Donna VanLiere ist Schauspielerin und hat bereits mehrere herzerwärmende Weihnachtsromane veröffentlicht. Sie lebt mit ihrem Mann und ihren beiden Töchtern in Franklin, Tennessee. Ihre Weihnachtsgeschichte *DIE WEIHNACHTS-SCHUHE* basierte auf dem Song *THE CHRISTMAS SHOES*, der in Amerika die Charts stürmte, ein enormes Feedback bekam und Tausende von Amerikanern zu Tränen rührte.

Weitere Titel der Autorin:

Die Weihnachtsschuhe (auch bei Lübbe Audio erhältlich)
Die Weihnachtsbraut (auch bei Lübbe Audio erhältlich)
Das Weihnachtswunder

Donna VanLiere

Die Engel von Morgan Hill

Eine Geschichte voller Hoffnung

Aus dem amerikanischen Englisch
von Anita Krätzer

BASTEI LÜBBE TASCHENBUCH
Band 16507

1. Auflage: November 2010

Vollständige Taschenbuchausgabe
der bei Lübbe Ehrenwirth erschienenen Hardcoverausgabe

Bastei Lübbe Taschenbuch und Ehrenwirth
in der Bastei Lübbe GmbH & Co. KG

Copyright © 2006 by Donna VanLiere
Titel der amerikanischen Originalausgabe: „The Angels of Morgan Hill"
Dieses Werk wurde im Auftrag von St. Martin's Press, L.L.C, durch die
Literarische Agentur Thomas Schlück GmbH, 30827 Garbsen, vermittelt

Für die deutschsprachige Ausgabe:
Copyright © 2010 by Bastei Lübbe GmbH & Co. KG, Köln
Textredaktion: Margit von Cossart
Titelillustration: © Michael Breuer, Riedstadt
Umschlaggestaltung: Christina Kruzz Design
Autorenfoto: Thomas Schlück
Satz: Bosbach Kommunikation & Design, Köln
Gesetzt aus der Adobe Caslon
Druck und Verarbeitung: GGP Media GmbH, Pößneck
Printed in Germany
ISBN 978-3-404-16507-0

Sie finden uns im Internet unter
www.luebbe.de
Bitte beachten Sie auch: www.lesejury.de

Der Preis dieses Bandes versteht sich einschließlich
der gesetzlichen Mehrwertsteuer.

Für meine Mutter Alice Jane Payne,
die in einem Ort aufwuchs, der Morgan Hill ähnelt

DANKSAGUNG

Meine Anerkennung und mein Dank gehen an:

Troy, Gracie und Kate dafür, dass sie das Schönste in meinem Leben waren.

Meine Mutter, weil sie mich zu dieser Geschichte inspiriert hat. Vor vielen Jahren erzählte sie mir, dass sie schon fast erwachsen war, als sie zum ersten Mal einen schwarzen Menschen aus der Nähe sah. Sie und mein Vater, Archie, wuchsen in Greene County, Tennessee, auf, und viele ihrer Kindheitsgeschichten darüber, wie sie die Bahnschienen entlanggingen, Kühe molken, Tabak anpflanzten und sich in kleinen Läden wie dem von Henry aufhielten, werden auf den folgenden Seiten wiedergegeben.

Jennifer Gares und Esmond Hammsworth, die mein Manuskript wieder und wieder und wieder gelesen haben. Ohne ihre Anregungen wäre es nicht zu dem jetzt vorliegenden Buch geworden!

Jennifer Enderlin für ihren Glauben an Morgan Hill und dafür, dass sie anderen diesen Glauben vermittelt hat. Wunderbar! Dankbar bin ich auch Sally Richardson, George Witte, Matthew Shear, John Karle, Matthew Baldacci, Mike Storrings und allen Mitarbeitern von St. Martin's Press, die zum Zustandekommen dieses Buches beigetragen haben.

Meine Tante Geraldine Culbertson, die mich während meiner Reise durch Greene County herumgefahren hat.

Ich danke ferner meiner Tante Maxine Harrison und ihrem Mann Merrill für ihre lange Gastfreundschaft und zahlreiche vorzügliche Mahlzeiten!

Rhonda Julian, die ich bei ihr zu Hause antraf, während ihre vier kleinen Kinder in der Nähe spielten. Rhonda bat ihren Vater Jack Lawson und ihren Onkel Tom Lawson zu sich, um mir vom Tabakanbau in den Vierzigerjahren des vergangenen Jahrhunderts zu erzählen. Sie war freundlich und gütig, und man merkte, dass ihre Kinder sehr an ihr hingen. Sie starb viel zu früh an Leukämie (auch ihr Vater verschied, während dieses Buch geschrieben wurde). Ich bin dankbar für die Art, in der Rhonda mich willkommen hieß, und für den Glauben, den sie in diese Geschichte setzte.

James »Spud« Ailshie, um 1940 Gemischtwarenhändler (und Tabakbauer!), der Henrys Laden lebendig werden ließ.

Meinem Pastor Chris Carter und alle von der Orchard Church in Franklin für ihre Freundschaft und ständige Inspiration.

Ich habe mit dem Schreiben dieses Buches vor ein paar Jahren im Blockhaus von Johnny und Janet Hunt, Raymond und Glenda Pumphrey und Jim und Kathy Law begonnen. Ich danke ihnen allen für die ideale Umgebung!

»Miss« Karen Parente, »Miss« Carole Consiglio und »Miss« Kelly Long von der Little School für ihre Herzlichkeit!

Und erneut Bailey, der alles in seinen Kräften Stehende tut, um stets in meiner Nähe zu sein.

Ich bin ein Teil all jener, denen ich begegnet bin.
ALFRED TENNYSON, ULYSSES

PROLOG

An dem Tag, an dem wir meinen Daddy beerdigten, regnete es in Strömen. Mama sagte, das sei so, weil die Engel weinten. Aber nachdem es stundenlang wie aus Kübeln geschüttet hatte, bezweifelte ich, dass die Engel Freudentränen vergossen, weil Daddy bei ihnen im Himmel war. Vielmehr vermutete ich, dass sie über seine dortige Anwesenheit schlicht bestürzt waren.

Mein Vater war Diabetiker und ein Trunkenbold gewesen – zwei Voraussetzungen, die nicht gut miteinander harmonieren. Doc Langley hatte ihn ständig ermahnt, dass die Trinkerei ihn umbringen werde, aber Daddy schenkte seinen Worten keine Beachtung. Eines Abends spielte er mit Beef, Dewey und den übrigen Jungs mal wieder Karten, als er, wie sie aussagten, »eine Art Anfall« bekam und verschied. Sie dachten, er hätte einfach zu viel getrunken, und ließen ihn die nächsten zwölf Stunden mit dem Kopf auf dem Tisch dasitzen, während sie ihr Spiel beendeten. Schließlich merkte einer der Jungs, dass Daddy nicht nur ein Nickerchen machte. (Sie können mir glauben, dass es für sie eine Meisterleistung war, nach nur zwölf Stunden etwas begriffen zu haben.) Sie holten einen Arzt, aber Daddy war längst tot. Der Arzt sagte, dass es nichts genützt hätte, wenn er früher zu ihm gekommen wäre. Der Alkohol hatte sein Blut vergiftet und ihn in ein diabetisches Koma versetzt. Er war achtundzwanzig Jahre alt geworden. Ich war damals neun.

Der Tag, an dem wir ihn beerdigten, war zugleich auch der Tag, an dem ich zum ersten Mal ein schwarzes Gesicht aus der Nähe sah. Im östlichen Tennessee gab es während des Bürgerkriegs keine Sklaven, darum hatte sich dort auch nie eine größere Zahl von Schwarzen angesiedelt. Viele wohnten in Greeneville, aber während meines neunjährigen Lebens war ich noch nie irgendwo anders als in Morgan Hill gewesen.

Mein Bruder John und ich fuhren mit Tante Dora in deren Auto, als wir uns einem alten Lastwagen näherten. Tante Dora suchte nach einer Möglichkeit, ihn zu überholen, als plötzlich ein winziger Kopf auf der Pritsche des Lastwagens auftauchte. Er gehörte einem kleinen Jungen, ungefähr so alt wie John, und hatte die Farbe von Milchschokolade. Sein Kopf war rund und kahl und die Augen groß und schwarz wie glänzende Murmeln. Der Junge klammerte sich an die hintere Wagenklappe und starrte uns an. Ich erinnerte mich, dass Mama über ein paar Farbige gesprochen hatte, die in die Stadt gezogen waren, aber ich hatte sie nie gesehen, also gaffte ich zurück. Der kleine Junge verlor fast den Halt, als der Lastwagen über eine Unebenheit holperte, und grinste dann – es war das breiteste, weißeste Grinsen, das ich je gesehen hatte. So unvermittelt, wie er aufgetaucht war, zog er sich plötzlich wieder in den Laster zurück, bevor dieser in die Abzweigung bog, die zur Cannon Farm führte.

»Na seht mal«, sagte Tante Dora. »Das sind die Farbigen, von denen eure Mama erzählt hat, dass sie in die Stadt gezogen sind. Sie werden vermutlich einiges durcheinanderbringen.« Ich verstand damals nicht recht, was sie meinte, aber das sollte sich schon bald ändern.

All dies geschah im Frühjahr 1947 in Morgan Hill, Tennessee. Morgan Hill liegt knapp neunzig Kilometer nordöstlich von Knoxville in der schönsten, sich sanft dahinziehenden grünen Hügellandschaft, die man sich nur vorstellen kann. Thomas Morgan war der Erste, der sich im Jahre 1810 dort ansiedelte. Er wohnte am Fuße eines kleinen Berges, den er sich selbst zu Ehren Morgan's Hill nannte. Schließlich wurde das »s« aus Bequemlichkeit weggelassen.

Die imposantesten Gebäude von Morgan Hill waren 1947 Walker's, ein winziger Gemischtwarenladen mit einer einzelnen Benzinzapfsäule an der Vorderseite, die Morgan Hill Baptist Church und die nach Doc Langleys Urgroßvater benannte Langley-Schule, die in einem sich im Sommer rasch aufheizenden, engen Ziegelsteingebäude auf der Spitze des Hügels in der Mitte der Stadt die Klassen eins bis zwölf beherbergte.

Wir waren eine arme Gemeinde. Einige der nur drei Jahre zuvor ans Stromnetz angeschlossenen Haushalte, darunter auch unserer, hatten nicht das erforderliche Geld, um die Stromrechnung zu bezahlen, und benutzten daher weiterhin Kerosinlampen. Wir hielten unsere eigenen Milchkühe, schlachteten unsere eigenen Schweine, bauten unser Gemüse selbst an und bemühten uns, so gut wir konnten, über die Runden zu kommen.

Möglicherweise denken Sie jetzt, dass sich dieses Buch vorwiegend um meinen Vater und eine ärmliche Kindheit im östlichen Tennessee dreht. Aber es geht um viel mehr. Nämlich darum, dass mein Herz von der Hoffnung auf ein Dazugehören und dem Traum von einer Familie ergriffen wurde. Inzwischen sind vierundfünfzig Jahre vergangen, und viele Einzelheiten sind mir nur noch verschwommen gegenwärtig. Aber die Erinnerungen des Herzens sind für mich heute noch genauso lebendig wie damals.

Die Frau, die ich bin, hat sehr viel mit jenem zehnten Jahr meines Lebens zu tun. Es begann wie jedes andere Jahr ohne ungewöhnliche Vorkommnisse. Aber mit jedem sich entfaltenden Tag wurde es bemerkenswerter. Es gibt Zeiten, in denen ich mich noch immer wundere, dass wir es durchgestanden haben. Es heißt, dass jedes Leben seine eigene Geschichte hat. Dies ist meine Geschichte, auch wenn so viele andere Menschen darin eingebunden sind, weil ich nie allein war. Sie waren immer bei mir und sind es noch heute.

ERSTES KAPITEL

Der Friedhof von Morgan Hill lag direkt hinter der Kirche. Sie können sich also vorstellen, wie bequem Beerdigungen damals waren. Nach der Predigt des Pfarrers gingen wir einfach durch die Hintertür und verabschiedeten uns von der armen Seele des Verstorbenen im Sarg. An Regentagen taten wir dies in der Kirche und ließen den Sarg dort stehen, bis der Regen aufhörte. Dann kamen die Totengräber zurück und begruben ihn. Aber an dem Tag, an dem wir Daddy beerdigten, fand um elf Uhr eine Hochzeit statt, und verständlicherweise wollte die Braut seinen Sarg nicht vor sich stehen haben, wenn sie und der Mann, den sie liebte, einander das Jawort gaben.

Noch nie in der Geschichte der Morgan Hill Baptist Church hatte es eine Terminüberschneidung gegeben. Die Beerdigung war auf zehn Uhr angesetzt, aber die Leute blieben wegen des Regens in ihren Häusern. Es war schon fast halb elf, als die ersten Trauergäste eintrafen. Die Braut und ihre Mutter hatten den Eingang der Kirche bereits mit Girlanden geschmückt. Ein großes rotes Spruchband mit der Aufschrift »Naomi und Cal für immer« war über die Kanzel gehängt worden – nett für eine Trauung, aber nicht gerade die passende Abschiedsdekoration für einen toten Mann. Eine Handvoll Trauernder stapfte in die Kirche. Die arme Naomi war außer sich.

»Mama, da liegt ein toter Mann vor dem Altar!«, schluchzte sie. »Er wird meine Hochzeit verderben!«

Naomis Mutter tätschelte ihr die Schulter und beruhigte und tröstete sie, so gut sie es vermochte. Sie begrüßte die ersten frühen Hochzeitsgäste, die vereinzelt durch die Tür eintraten, mit einem breiten, strahlenden Lächeln, um sie erst einmal zu den hinteren Bankreihen zu geleiten.

Man beschloss, die Totenandacht auf dem Friedhof abzuhalten, aber jeder wollte warten, bis sich der Regen wenigstens abgeschwächt hatte. Um Zeit zu gewinnen, sangen wir Kirchenlieder, die bei jedem Begräbnis gesungen wurden. Zunächst stimmten wir *In the Sweet Bye and Bye* an. Der Regen verstärkte sich, und Naomi schluchzte weiter vor sich hin. Dann sangen wir *Shall We Gather at the River* – angesichts des Wassers, das sich mittlerweile auf dem Friedhof angesammelt hatte, machte es den Eindruck, dass wir uns tatsächlich sehr bald an einem Fluss versammeln würden. Wir warteten und warteten und sangen und sangen, und je länger wir warteten und je lauter wir sangen, desto nervöser wurden Naomi und ihre Mutter.

Also begaben wir uns schließlich an das ausgehobene Grab. Wir beteten, dass die Blätter der Bäume uns ein wenig vor der Nässe schützen würden, das taten sie aber nicht. Wie halb ertrunkene Ratten standen wir eng gedrängt um das große schwarze Loch und versuchten zu trauern, während uns das Wasser bis auf die Unterhosen durchnässte. Der Priester, der uns die vergangenen dreißig Jahre betreut hatte, war in den Ruhestand getreten. Deshalb hatte Mama Pete Fletcher gefragt, ob er den Trauergottesdienst für Daddy abhalten könne. Pete war kein Priester, sondern ein Farmer und Mechaniker, und ich erinnere mich, dass er bei der Vorstellung, einen toten Mann zu seiner irdischen Ruhestätte verabschieden zu sollen, fast in Ohnmacht gefallen wäre.

Pete gab jedoch sein Bestes, um von der in Christi Auferstehung begründeten Hoffnung und davon zu sprechen, dass wir eines Tages wieder mit Daddy im Himmel vereint sein würden, aber ehrlich gesagt waren wir alle viel zu nass, um zuhören zu können. Vier Männer ließen den Sarg in das Grab hinabsinken. Die dicken Taue waren so glitschig, dass sie ihnen aus den Händen rutschten, weshalb der Kasten mit einem dumpfen Schlag auf dem feuchten Boden aufschlug. Es war nicht gerade das ergreifendste, aber sicher eines der unvergesslichsten Begräbnisse von Morgan Hill.

Mama ließ meinen siebenjährigen Bruder John und mich wieder mit Tante Dora nach Hause fahren. Sie war Daddys einzige Schwester und den weiten Weg von Cleveland, Ohio, zum Begräbnis gekommen. Tante Dora war dreißig, hatte dicke Knie und geschwollene Knöchel und befand sich in der unglücklichen Lage, ein hoffnungsloser Single zu sein. Wenn sich ein Junggeselle, wie alt oder zahnlos er auch sein mochte, irgendwo in der Nähe befand, schlang sie ihre wurstförmigen Arme um Johns Hals, um demonstrativ zu zeigen, dass sie der perfekte mütterliche Typ war. John sagte, dass er ihre Heimreise kaum noch abwarten könne. Aber wenn wir nicht mit Tante Dora gefahren wären, hätte sich auch nicht bis heute die Erinnerung an Milos kleines schwarzes Gesicht auf der Pritsche des Lastwagens in mein Gedächtnis eingebrannt.

Wir wohnten in einem kleinen weißen Farmhaus, in dem Mama geboren worden war. Es hatte zwei Schlafzimmer und an zwei Hauswänden eine Veranda. Die Vorderseite des Hauses war den Bahngleisen zugewandt, was keinen Sinn machte, weil man sie nur sah, wenn man die Schienen entlanglief oder mit dem Zug fuhr. Unser Haupteingang ging von der zur Straßenseite weisenden Küche an der Rückseite des Hauses ab. Ich war drei Jahre alt, als wir einzogen. Ich erinnere mich nicht mehr, wo wir davor wohnten, aber Mama sagte immer, dass in der Wohnung noch nicht einmal ein kleiner Hund mit dem Schwanz habe wedeln können.

Ich zog trockene Sachen an, während die Erwachsenen in die Küche drängten und lärmend so viel Essen bereitstellten, dass wir alle und außerdem noch Naomis und Cals Hochzeitsgäste hätten verköstigt werden können. Mit einem vollgepackten Teller verzog ich mich mit John im Schlepptau auf die Veranda.

Nachdem Daddy Mama vor zwei Jahren an die Wand geschleudert hatte, war John zu der Überzeugung gelangt, dass sich der Butzemann in unserem Haus aufhielt, und zwar unter seinem Bett, um genau zu sein. Jeden Abend musste ich deshalb unter seinem Bett nachsehen. Als John zu sprechen anfing, stotterte er. Er blieb an einem Wort oder Laut wie der Motor eines im Winter angeworfenen Traktors hängen. »Ab-b-b-ber«, stammelte er. Mit zunehmendem Alter verschwand das Stottern, doch ich wusste immer, wann er sich fürchtete, weil er dann Probleme mit der Aussprache der Wörter hatte. Wenn nur Mama, John und ich im Haus waren, konnte er fließend sprechen, aber wenn Daddy heimkam, brauchte John Ewigkeiten, etwas zu sagen. Seit Daddys Tod hat John fast nie mehr gestottert.

John hatte seine nasse Kleidung nicht gewechselt, und das erzürnte Mama. »John Charles, hast du nicht genug Grips, die nassen Sachen auszuziehen?« Ich wusste nie, ob sich Mama tatsächlich sorgte, dass John zu wenig Grips haben könnte, oder ob es um die Tatsache ging, dass John Verhaltensweisen zeigte, die sie an Daddy erinnerten. Wie auch immer, sie war fest entschlossen, ihm die Leviten zu lesen.

»Sie stören mich nicht, Mama. Sie sind gar nicht so nass.«

»Das Wasser läuft dir die Beine runter und tropft dir zwischen den Zehen durch«, erwiderte sie und zeigte auf den fußförmigen nassen Fleck auf der Veranda.

John ließ seinen Fuß auf den Boden klatschen, um einen weiteren nassen Abdruck zu hinterlassen. »Ich weiß. Ich finde das schön!«

Mama verdrehte die Augen, murmelte, dass John weniger Grips habe als Bohnenstroh, und ging ins Haus zurück. Da wir das Gerede vom Grips schon hundertmal zuvor gehört hatten, machten wir uns nichts draus, stürzten uns auf unseren Teller und schlangen das Essen wie die Schweine in uns hinein. Wir sahen zu, wie der Regen an der Vorderseite der Veranda hinabrann, hielten unsere Füße unter das vom Verandavorsprung herabfließende Wasser und erwähnten Daddy mit keinem Wort. Nicht, dass wir es nicht wollten; wir wussten einfach nicht, was wir sagen sollten. Wir verspürten keinerlei Traurigkeit über seinen Tod.

Daddy hatte als Schreiner gearbeitet (wobei es schwierig gewesen wäre, jemanden aufzutreiben, der hätte bezeugen können, dass er je auch nur einen Hammer in die

Hand genommen hatte), und seine Arbeit ließ ihn zuweilen wochenlang die Stadt verlassen. Häufig fuhr er mit Beef und ein paar der anderen Jungs nach Knoxville, um dort zu arbeiten, aber irgendwo auf der Strecke zwischen Knoxville und zu Hause verschwand immer fast das gesamte Geld. Das Geld, das er nicht vertrunken oder verspielt hatte, ging an Mama. Sie hatte schon vor Jahren gelernt, ihm deshalb keine Vorhaltungen zu machen, weil ihn das nur erzürnte. Er war dürr, aber schnell und konnte sie mit einem raschen, harten Schlag mit dem Handrücken zu Boden strecken. Mama hütete sich vor einer Auseinandersetzung mit ihm. Wenn er ihr das wenige übrig gebliebene Geld aushändigte, nahm sie es einfach an und machte sich damit aus dem Staub; sie versteckte es in einer Kaffeekanne, die sie im Hinterhof vergrub.

Sie hatten am 6. Mai 1937 geheiratet; am selben Tag, an dem die Hindenburg explodierte. Mama sagte Jahre später, dass ihre Ehe »ebenso dem Untergang geweiht war wie jener riesige Zeppelin«. Ich kam neun Monate später zur Welt und erregte, wenn überhaupt, nur wenig Jubel. (Inzwischen wusste Mama, in was sie sich da hineinbugsiert hatte, und ein weiteres Leben in ein mit Daddy geteiltes Zuhause hineinzubringen war nicht gerade ein Grund zum Feiern.)

In ihrer Jugend war Mama schick, fröhlich und hübsch mit ihrem langen braunen Haar, ihren blauen Augen, ihrem zarten Gesicht und ihrer einer Porzellanpuppe gleichenden Haut gewesen. Sie ging jeden Morgen mit ihrer besten Freundin Margaret und einem Jungen namens Joe Cannon zur Schule. Margaret pflegte meine Mutter damit zu necken, dass Joe außergewöhnlich nett zu ihr sei. Aber es blieb unklar, ob das stimmte, denn Joe näherte sich ihr nie. Er war zu schüchtern und zurückhaltend, um mehr zu tun, als mit ihr zur Schule und von dort wieder nach Hause zu gehen. Wie die Leute in der Gemeinde stets sagten, begriff niemand, »wie die hübsche Francine Parker je bei Lonnie Gable landen konnte«. Selbst damals schon war mein Daddy ein unverschämter Besserwisser gewesen, der auf dem schnellsten Wege ins Nirgendwo zu rasen schien.

Mama hatte ihre eigene Mutter Jahre zuvor verloren. Wer weiß, ob sie sich, wenn ihre Mutter noch gelebt hätte, in gleicher Weise nach der Aufmerksamkeit, die Daddy ihr schenkte, gesehnt hätte und nach ihrem Schulabschluss mit ihm davongelaufen wäre. Aber Mama war nie ein Mensch gewesen, der erwartete, dass andere sie aus dem selbst verursachten Schlamassel herausholten. Möglicherweise hoffte sie, Daddy werde einfach zu einer seiner »Arbeiten« aufbrechen und nicht wieder nach Hause kommen. Aber das passierte nie. Ich glaube, dass sein Tod für sie eine Befreiung von einer ganzen Anzahl von Problemen war.

John und ich blieben auf der Veranda und stopften uns schweigend mit Zitronen- und Schokoladentorte und Schokoladennusskuchen voll, als seien wir Überlebende in einem Kriegsgefangenenlager. Wenn jemand zu uns nach draußen auf die Veranda kam, hoben wir das Essen an unsere Münder, blickten tieftraurig drein und seufzten. Ab und zu steckte Mama ihren Kopf durch die Tür, und wir blickten mit jammervollen Hundeaugen zu ihr hoch. »Jane, bekommt ihr zwei, du und John, genug zu essen?« Wir nickten und schielten auf unsere Teller, die aussahen, als hätten Geier auf ihnen herumgehackt. Es wirkte pathetisch, aber wenn die Annahme, dass wir über Daddys Tod tatsächlich traurig waren, ihr ein wenig Frieden gab, dann wollten wir ihr das weiter vorspielen.

Tante Dora schob ihr dickes Gesicht über Mamas durch die Tür und sagte: »Euer Daddy ist jetzt bei den Engeln.« Wir nickten erneut und sahen düster vor uns hin, während sie und Mama die Zwischentür hinter sich schlossen.

Henry jedoch verstellte sich nicht. Henry Walker, der Besitzer unseres Gemischtwarenladens, hatte drei erwachsene Kinder, … feine Haarbüschel oben auf seinem sich lichtenden Schädel, die sich wie die zarten Flaumfedern von Jungvögeln bei jedem Windzug bewegten und ein größeres Herz als alle mir bekannten Menschen. Er erzählte John und mir die tollsten Geschichten, die wir je gehört hatten. Unsere Lieblingsgeschichte war die über die drei Musketiere. Wir wussten nie, ob er sich nicht den Großteil der Geschichte ausdachte, aber wir glaubten stets, dass wir zwei der drei Musketiere waren, die Frauen und Kinder aus der Gefahr retteten.

»Eines Tages werde ich ein Buch schreiben«, versicherte ich Henry. »Und du kommst darin vor.«

»Achte darauf, dass du den Leuten erzählst, wie gut ich aussehe«, erwiderte er stets.

Mama mochte es nicht, wenn ich dergleichen erzählte. »Es gibt noch Arbeit, die erledigt werden muss, Jane«, pflegte sie zu sagen. »Du kannst nicht arbeiten, wenn du träumst.« Also lernte ich, meine Buchideen für Henry aufzusparen, weil er mein bester Freund war.

Henry behauptete nie Dinge wie: »Jane, dein Daddy

hat dich sicher geliebt.«, oder: »Jane, du warst Daddys Augapfel.«, wie das so viele andere taten. Er kam raus auf die Veranda, schloss mich fest in seine Arme, sodass ich das Gefühl hatte, im Himmel zu sein, und sagte: »Hallo, meine Hübsche.« Er nannte mich immer seine Hübsche, obwohl das der Wahrheit keineswegs entsprach. Ich konnte mich schließlich im Spiegel sehen und wusste, wie ich aussah – so unscheinbar wie mein Name. Ich hatte dünnes, ungleichmäßiges kurzes Haar, das Mama mir selbst schnitt, abstehende Ohren und Sommersprossen auf der Nase. Ich war fade und ungraziös, alles andere als hübsch. Aber irgendwie glaube ich Henry, wenn er mich seine Hübsche nannte.

»Wir haben die Farbigen gesehen, die in die Stadt gezogen sind«, erzählte ich.

»Sie haben einen dünnen kleinen farbigen Jungen, der nicht älter ist als ich«, ergänzte John. »Er hat große runde Augen und ein trauriges Hundegesicht.«

»Er sieht ganz anders aus«, widersprach ich. »Was tun sie draußen bei den Cannons, Henry?«

»Sie helfen ihnen bei der Tabakernte.«

»Was essen Farbige?«, wollte John wissen. Er stellte immer die dümmsten Fragen.

»Sie essen dasselbe wie wir«, antwortete Henry.

»Wie riechen sie?«

»Was für eine blöde Frage ist das denn?«, sagte ich. »Sie riechen wie Menschen!«

»Tante Dora sagt, dass sie die Dinge durcheinanderbringen«, sagte John. »Wie bringen sie die Dinge durcheinander, Henry?« Das war eine berechtigte Frage.

»Das weiß ich nicht«, erwiderte Henry. Aber an dem

Blick, mit dem er uns ansah, merkte ich, dass er wusste, was Tante Dora gemeint hatte. Er wollte nur nicht darüber sprechen. Er legte seinen Arm um meine Schulter. »Es tut mir wirklich leid, dass ihr euren Vater verloren habt, Jane.«

Zum ersten Mal an jenem Tag wurde mir bewusst, dass ich Grund hatte, traurig zu sein. Nicht darüber, dass mein Daddy gestorben war, sondern darüber, dass ich nie wirklich einen gehabt hatte. Als ich Henry ansah, merkte ich, dass er alles über meinen Daddy wusste, sogar Dinge, die mir unbekannt waren. Und es kam mir merkwürdig vor, dass jemand, der achtundzwanzig Jahre lang auf dieser Erde herumgelaufen war, selbst im Tod nicht vermisst wurde ... noch nicht einmal von seiner eigenen Familie.

Als Henry und seine Frau Loretta aufbrechen und sich verabschieden wollten, fand Henry Fran im Stall. Sie stellte gerade die Kannen zum Melken bereit. Es war erst kurz nach Mittag, zu früh, um sich auf das abendliche Melken vorzubereiten. Henry wusste, dass sie einen Grund suchte, sich von den im Haus Versammelten zurückzuziehen. Ihr Aussehen erschreckte ihn. Wann ist Frannie so alt geworden?, überlegte er und musste an das kleine Mädchen denken, das kicherte, wenn er so tat, als zöge er einen Zehner aus ihrem Ohr.

»Brauchst du Hilfe, Fran?« Sie war durch eine Infektion in der Kindheit auf einem Ohr taub geworden und hatte ihn nicht gehört. Er trat vor sie hin, und sie wischte sich erschrocken über die Augen.

»Mein Gott, Henry!« Sie holte eilig einen Melkschemel, damit er sich setzen konnte. »Hast du etwas gegessen?«

»Ob ich etwas gegessen habe?« Er tätschelte seinen Bauch. »Ich habe genug für zehn gegessen.« Henry beobachtete, wie sie sich ein Stück Seil griff und damit herumspielte. Sie zwirbelte es in ihren Händen und wickelte es sich um die Finger, bis das Blut aus den Knöcheln wich.

In den Hügeln von Tennessee gab es das ungeschriebene Gesetz, dass man nicht um Hilfe bitten und nicht über seine wahren Gefühle sprechen und vor allem niemals sein Herz auf der Zunge tragen durfte. Henry kannte dieses Gesetz, aber er war stets der Erste, der sich darüber hinwegsetzte, vor allem gegenüber jemandem, den er so lange kannte wie Fran. »Wie geht es dir, Fran?« Er griff nach einem weiteren Melkschemel, stellte ihn neben sich und schlug einladend mit der flachen Hand darauf, damit sie Platz nahm.

Fran sah Henry nicht an. Sie konnte es nicht. »Gut«, flüsterte sie und setzte sich auf die zum Heuboden führenden Leitersprossen. Sie wirkte gequält.

Henry lehnte sich vor und neigte den Kopf, um ihr in die Augen sehen zu können. »Fran?« Eine einzelne Träne rann über ihre Wange, aber sie blieb stumm und wickelte weiter das Seil um ihre Finger. Er stand auf und tätschelte ihr Bein, dann setzte er sich rechts neben sie, damit sie ihn besser hören konnte. »Ich weiß, dass du es im Moment nicht glaubst, aber alles wird gut werden, Frannie.«

Weitere stille Tränen tropften auf ihre Hände, und sie schüttelte den Kopf. »Du kannst dir nicht vorstellen, wie oft ich mir den Tag ins Gedächtnis gerufen habe, an dem Lonnie sagte, dass wir heiraten würden. In meiner Vorstellung brenne ich nicht durch und heirate ihn, Henry. Ich heirate ihn auf gar keinen Fall.« Sie sah zu den Dachbalken hoch. »Ich weiß nicht, was ich machen soll«, sagte sie mit brechender Stimme.

Henry lehnte ihren Kopf an seine Schulter und legte den Arm um sie. Es gab immer ein Gefühl der Hoffnung, wenn Henry da war. »Es wird gut, Fran. Alles wird gut.« Lange saß er einfach nur da, während sie weinte.

»Ich glaube, ich wollte, dass er stirbt«, flüsterte sie und wischte sich über das Gesicht. »Ich lag nachts wach und wünschte, dass er nie wieder durch die Tür kommen würde… aber er kam. Manchmal ging er tage- und sogar wochenlang weg, um dann irgendwann wieder durch die Tür zu stürzen. Ich blieb still liegen und hoffte, dass er dachte, ich schliefe. Aber er scherte sich nicht darum. Er roch nach Schnaps und Schweiß, und ich sage dir, dass ich ihn hasste, Henry. Ich hasse seinen Geruch, und ich hasste seine Hände auf meinem Körper, und ich hasste ihn, weil er mit anderen Frauen schlief und sich dann auf mich warf.« Sie drückte die Handflächen an die Oberschenkel und rieb sie auf und ab. »Warum habe ich ihn geheiratet, Henry? Was hat nicht mit mir gestimmt?« Sie sah zu Henry auf. »Ich habe mir so oft… einfach nur gewünscht… dass er stirbt.«

Henry bemerkte die Falten um ihren Mund und die dunklen Ringe unter ihren Augen. Die zehn Jahre Ehe mit Lonnie hatten ihr schwer zugesetzt. »Fran, deine Wünsche haben Lonnie nicht sterben lassen«, sagte er. »Das jahrelange starke Trinken und schlechte Entscheidungen haben ihn umgebracht.«

Ein unaufhörlicher Tränenstrom rann ihr über die Wangen. »Ich bin schwanger, Henry.« Er sah sie lange durchdringend an. »Du blickst so irritiert drein, wie ich es bin«, sagte sie.

»Bist du sicher, Fran?«

Sie nickte und wischte sich über die Augen. »Ich bin sicher.«

»Es könnte die Magengrippe sein. Lotties Kinder hat's vergangene Woche alle erwischt.«

»Nein, das ist es nicht. Mir ist jetzt schon ein paar Wochen lang übel, und mir wurde letzte Nacht schlecht, nachdem ich Abendbrot gegessen hatte, und dann heute Morgen vor der Beerdigung wieder.«

»Nun, es könnte ja sein, dass du etwas Verdorbenes gegessen hast.« Er sah hoch und bemerkte, dass Loretta den Stall betrat. Sie blieb am Eingang stehen.

»Jedes Mal, wenn ich mich übergebe, ist es genauso wie in der Zeit, als ich mit Jane und John schwanger war«, beharrte sie. »Es ist die gleiche Art von Übelkeit.« Sie beugte sich vor und weinte in ihre Hände: »Was soll ich tun? Ich kann nicht noch ein Baby bekommen.«

Loretta kniete sich vor sie hin. »Wer weiß schon vorher, was aus einem kleinen Baby wird? Vielleicht entwickelt dieses Baby später einmal ein Mittel gegen Kinderlähmung.« Fran rührte sich nicht. »An dem einen Tag sind sie noch schreiende, fordernde kleine Dinger, und ehe du dich versiehst, führen sie ein Land durch den Krieg wie Roosevelt oder Churchill.« Loretta sah Fran in die Augen. »Ein neues kleines Leben bringt immer so viel Hoffnung mit sich, wenn es auf die Welt kommt.«

Fran hatte Loretta, die seit zehn Jahren mit Henry verheiratet war, schon immer gemocht. Lorettas erster Mann war bei einem Grubenunglück in Kentucky ums

Leben gekommen, und Edith, Henrys erste Frau, war fünf Jahre vorher gestorben. Loretta hatte auf dem Weg zu ihrer Schwester, die sie besuchen wollte, in Morgan Hill angehalten, um zu tanken. Sie ahnte nicht, dass sie hier ihren nächsten Ehemann finden sollte, der gerade im Gemischtwarenladen Hühnerfutter ins Regal räumte. Loretta hatte dunkles, kastanienbraunes Haar und ein Gesicht voller Sommersprossen. Sie sagte immer, sie würden von ihren Falten umhergeschoben. Loretta erinnerte Fran in vielerlei Hinsicht an ihre eigene Mutter. Dennoch, Loretta befand sich in diesem Fall, wie Fran glaubte, im Irrtum. Noch ein Baby bedeutete überhaupt keine Hoffnung.

»Fran, jetzt ist möglicherweise nicht der beste Zeitpunkt, darüber zu sprechen«, schaltete sich Henry ein und stand auf, »aber ich bin hergekommen, um dich zu fragen, ob du bereit wärest, mir in den nächsten Tagen im Laden zu helfen.«

Sie blickte zu ihm hoch. »Du hast noch nie sonderlich viel Hilfe benötigt.«

Henry klopfte seine Hose ab. »Loretta hat Rückenprobleme, und in den letzten Tagen ist es schlimmer geworden.« Fran sah Loretta an.

»Ich kann keine Futtersäcke mehr tragen. Ich habe vor ein paar Tagen ein Knacken gespürt, und seither habe ich Schmerzen.« Fran musterte ihr Gesicht. Loretta wusste, dass Fran den Job niemals annehmen würde, wenn sie den Eindruck hatte, dass sie ihn ihr aus Barmherzigkeit gaben. »Das letzte Mal, als ich mir den Rücken verrenkt habe, hat uns Mavis Duke geholfen«, erklärte Loretta.

»Frag bloß nicht wieder diese schnaufende Mavis

Duke!«, rief Henry. »Als sie mir bei der Inventur geholfen hat, dachte ich, dass eine Katze im Lagerraum stirbt.«

Fran schnäuzte in ihr Taschentuch. »Gut, Henry«, sagte sie dann.

Er lächelte und hoffte, dass ihm etwas einfiel, was er sagen konnte. Aber Henry konnte nicht die rechten Worte finden. Ihm war klar, dass dies keine gute Situation war. Überhaupt keine gute Situation.

In jener Nacht schlief Tante Dora in dem Zimmer, das ich mir mit John teilte, und das fand ich unerträglich. Ich wusste nicht, warum sie zu der Beerdigung gekommen war. Sie und Daddy hatten ihre Mutter verloren, als sie noch klein waren. Daraufhin war Dora zu einer Tante nach Ohio gezogen, während Daddy bei meinem Großvater geblieben war. Sie hatte meinen Vater jahrelang nicht gesehen.

Nachdem ich sie dabei beobachtet hatte, wie sie auf ihrem blassen, teigigen Gesicht kalte Sahne verteilte, wusste ich, dass ich nicht bleiben konnte; ich wollte nicht erleben, wie sie die Prozedur ihre wurstigen Arme und stämmigen Beine hinab fortsetzte. So beschloss ich, mit John in der Diele auf dem Boden zu schlafen. Irgendwie erschien mir die Aussicht, auf einem Hartholzboden zu schlafen, angenehmer als der Gedanke, von meiner glitschigen Tante einen Gutenachtkuss zu bekommen.

Wir hörten, wie Mama in der Küche das übrig gebliebene Essen in den Kühlschrank stellte, Essensreste in den Mülleimer warf und die leeren Platten und Schüsseln abwusch. John und ich lagen still da und lauschten ihrer Arbeit. Solange ich zurückdenken konnte, hatten hier immer Mama, John und ich gelebt. Ich hätte alles für einen Daddy gegeben, einen richtigen, der uns mochte und Mama nicht schlug.

Ich glaube, jedes Kind erlebt einen Moment, in dem es weglaufen möchte. Dann wirft es ein Stofftier in einen Koffer und setzt sich auf die Vordertreppe oder entfernt sich vielleicht sogar bis ans Ende der Auffahrt. Ich hatte oft daran gedacht, das zu tun, weil ich spürte, dass es für uns einen besseren Platz zum Leben geben musste, einen Ort, an dem wir eine wirkliche Familie sein konnten, und ich war fest entschlossen, diesen Platz zu finden.

Ich streckte meinen Arm aus und griff nach Johns Hand, während wir zuhörten, wie Mama in der Küche herumlief. Wir störten sie nicht. Wir boten ihr noch nicht einmal unsere Hilfe an, weil sie das nicht gewollt hätte; das war nicht ihre Art. Es war nicht so, dass wir uns nicht mit unserer Mutter verstanden hätten, aber sie war stets umgeben von einer nicht zu greifenden Traurigkeit, und John und ich wussten, wann sie allein sein wollte. Ich blieb noch lange wach und grübelte wie schon so oft darüber nach, wo wir einen Daddy finden konnten, damit wir eine richtige Familie wurden. Aber ich war zu müde zum Nachdenken und fiel mit dem rhythmischen Gezirp der Grillen in unserem Hinterhof und dem leisen Klirren von Mamas Teelöffel, mit dem sie den Kaffee in ihrer Tasse umrührte, in den Schlaf.

Am nächsten Morgen stolperte ich zur Küche. Mama sah erschöpft aus. Ich weiß nicht, ob sie überhaupt zu Bett gegangen war. »Jane, hol deine Tante Dora zum Frühstück!«, sagte sie.

Ich ging zur Schlafzimmertür und klopfte. »Tante Dora, es ist Zeit zu frühstücken.« Sie antwortete nicht. Ich klopfte erneut, diesmal lauter. Mama hasste es, wenn wir zu spät zum Frühstück kamen. »Tante Dora! Wach auf!«

Ihre Füße tappten über den Boden, und die Tür öffnete sich. John und ich rangen bei dem Anblick nach Luft. Ihre herabhängenden Brüste schaukelten in schockierender Realität hin und her. »Komme gleich«, sagte sie gähnend und gab mir einen Nasenstüber.

John und ich legten die Decken zusammen, bevor wir in die Küche eilten. Tante Dora folgte uns gleich darauf. Ihre Brüste waren nun ordentlich verstaut.

Nach dem Frühstück lud John Tante Doras Tasche hinten in ihr Auto. Wir logen, dass wir sie sehr vermissen würden, und drehten uns weg, um wieder ins Haus zu gehen. »Kommt ihr nicht her und gebt mir einen Kuss?«, drang es an unsere erschrockenen Ohren. *Gebt mir einen Kuss. Gebt mir einen Kuss.* Ich gab John einen Schubs, woraufhin er seine Hacken in den Kies bohrte.

»Benehmt euch und geht hin und gebt eurer Tante Dora einen Kuss«, sagte Mama.

Der dringlichste Wunsch jedes Kindes, das irgendeinen Kuss über sich ergehen lassen muss, ist der, dass er kurz und nur auf die Wange ist. Der scheußlichste aller Küsse hingegen, vor dem sich jedes Kind seit jeher fürchtet, ist der Kuss auf den Mund. Das ist einer zum Weglaufen.

Armer John. Der Kuss kam schnell. Ein harter, feuchter Pfeil, der einen großen roten Ring um seinen Mund hinterließ. John taumelte zurück. Nun streckten sich Tante Doras Arme nach mir aus. »Auf Wiedersehen, Janie-Schatz, mein Püppchen.« Ich trat vor und drehte mein Gesicht blitzschnell ein winziges Stück zur Seite, sodass der Kuss auf meiner Wange landete. Während sie fortfuhr, hob ich die Hand und bewegte die Finger in einem kraftlosen Versuch, ihr nachzuwinken, hin und her.

»Endlich ist sie weg!«, sagte John und wischte sich den Mund ab.

»Los«, sagte Mama. »Wir haben bereits die Sonntagsschule versäumt. Ziehen wir uns für die Kirche um.«

Ich trug zwei Jahre lang immer dasselbe Kleid zur Kirche. Jemand hatte es aus einem Mehlsack geschneidert (selbst Frauenkleider wurden aus Mehlsäcken gemacht) und es an mich weitergegeben, als ich sieben war. Damals war es mir zu groß gewesen. Inzwischen war es mir ein wenig zu klein und schob sich über meine Knie hoch.

»Zieh das Kleid an und fertig«, befahl Mama. »Du trägst die alten Overalls so oft, dass du noch zum Jungen wirst.«

Ich zog mir das Kleid über den Kopf und blickte an meinen Armen hinab; die Ärmel des Kleides waren gut zehn Zentimeter zu kurz. Ich betete, dass das Kleid bei der nächsten Wäsche auseinanderfiel.

Fran saß stets in derselben Reihe: in der dritten von vorn auf der rechten Seite. Die Kirchenbänke waren hart und an manchen Stellen rau. Die Wände waren weiß, und ungeachtet der Trostlosigkeit des Tages schien die Sonne durch die hohen Fenster auf beiden Seiten und tauchte das aus Pappelholz gefertigte Kreuz und die Bankreihen in goldene Kegel aus Licht.

Frans Freundin Margaret kam herein und setzte sich

direkt hinter sie. Ihre Familie hatte, soweit sich alle erinnern konnten, stets hinter Fran gesessen. Margaret war in Frans Alter, und obwohl sie stämmiger war, wirkte sie jünger als Fran. Sie hatte einen dunklen Teint und seidiges flachsfarbenes Haar, das sie zu einem Knoten geschlungen trug, den sie mit Haarklemmen feststeckte. »Wie geht es dir, Frannie?«, fragte Margaret.

»Es geht mir gut.« Wenn man im Krankenhaus im Sterben lag und gefragt wurde, wie es einem ging, antwortete man stets: Es geht mir gut. Es geht mir wirklich gut.

Fran und Margaret kannten einander seit ihrer Kindheit, und sie verhielten sich eher wie Schwestern als wie Freundinnen. Margaret drehte sich suchend nach ihrem Mann um und lächelte Joe Cannon zu, der hinten in der Kirche stand. Joe hatte welliges dunkelblondes Haar, dunkelbraune Augen, eine gerade Nase und ein stumpfes Kinn. Seine Haut nahm im Sommer die Farbe von Milchkaffee an. Margaret beugte sich zu Fran hinüber. »Siehst du gar nicht, wenn dich ein Mann anschaut?«

Fran schlug die Arme übereinander. »Natürlich sehe ich das«, raunte sie ihrer Freundin zu. »Schließlich habe ich Augen im Kopf.«

Margaret lachte. »Na, die scheinen aber nicht zu funktionieren.«

»Was um alles in der Welt meinst du?«

Margaret warf einen bedeutungsvollen Blick in den hinteren Teil der Kirche. »Joe Cannon steht da und hat direkt zu dir rübergesehen.«

»Nun, natürlich hat er zu mir rübergesehen. Schließlich sind wir hier nur fünf Leute. Er ist doch nicht blind.«

»Ich sitze hier auch, aber er hat mich keines Blickes gewürdigt.«

Fran blockte Margaret mit einer nach hinten ausholenden Handbewegung ab. »Sei still. Solche Reden schicken sich nicht in der Kirche.«

»Du bist ganz rot geworden, Fran Gable.«

»Natürlich bin ich das. Ich sitze hier in der Kirche und muss mir dummes Zeug anhören.«

»Es gab eine Zeit, in der du ihm sehr zugetan warst.«

»Das ist so viele Jahre her, dass ich mich noch nicht mal mehr daran erinnern kann, wie alt wir waren.«

»Er ist seit einiger Zeit aus Atlanta zurück, und er sieht dich wieder an, also solltest du ihn lieber auch ansehen.«

Frans Kopf fuhr zu Margaret herum. »Bist du verrückt geworden?«

Margaret lehnte sich auf ihrer Bank vor und ergriff lachend Frans Arm.

»Du spinnst, Margaret Davies. Lass mich los.« Fran entriss Margaret ihren Arm. »So verhält man sich nicht an einem Sonntag!« Sie versuchte, wütend zu sein, aber als sie Margaret ansah, musste sie kichern. Plötzlich wurde ihr bewusst, dass ihr Lachen bald ersterben würde. In ein paar Monaten, wenn sich ihr Bauch vorwölbte, änderte sich alles. Da nutzte es nichts, wenn Joe tatsächlich zu ihr rübersah.

John und ich warteten stets bis zum letztmöglichen Augenblick mit dem Hinsetzen und nahmen daher erst neben Mama Platz, als Ida Carpenter auf die Klaviertasten einzuhämmern begann. »Hallo, Miss Jane«, begrüßte mich Margaret. »Das ist aber ein schönes Kleid, das du da trägst.« Ich wand mich. Ihre Bemerkung war nicht gerade hilfreich für mich.

»Oh, wer um alles in der Welt ist das denn?« Wir drehten uns um und sahen den größten, schwärzesten Mann, den wir je gesehen hatten, im rückwärtigen Teil der Kirche bei den Cannons stehen. Neben ihm bemerkte ich den kleinen farbigen Jungen, der hinten auf dem Transporter gewesen war.

»Mann«, rief John, »in der Kirche steht ein Riese!«

Die Anwesenden verstummten, und alle wandten sich neugierig um. Dort hinten stand auch eine farbige Frau, die ein kleines Mädchen an ihre Brust drückte, das nicht älter als drei Jahre alt zu sein schien. Sein Haar war in winzige, mit roten Stoffstreifen zusammengebundene Zöpfe unterteilt worden, die ihm überall vom Kopf abstanden. Seine kleinen schwarzen Hände waren so groß wie die einer Babypuppe. Es war das schönste Kind, das ich je gesehen hatte. Hinter mir hörte ich unterdessen Margaret flüstern, sie hätten »ihre eigenen Kirchen«, und dann fügte sie hinzu: »Joe Cannon weiß ganz genau, dass er sie nicht mit herbringen kann.«

Mama wandte sich um und sah ihre Freundin an. »Wo sollen sie denn hingehen, Margaret? Hier in der Umgebung gibt es keine Kirche für Farbige.« In diesem Moment fing Mama einen Blick der Frau auf, die lächelnd zu Boden blickte. Mama erhob sich, und Margaret griff nach ihrer Hand.

»Setz dich, Fran.«

Mama starrte Margaret an und entzog ihr die Hand. Dann ging sie auf die farbige Familie zu. Das war untypisch für meine Mutter. Sie war nie diejenige, die jemand anderen als Erste begrüßte. Aber irgendetwas trieb sie an jenem Tag an. Etwas zog sie von ihrem Platz hoch und zu einer Mutter hin, die ihr Kind umklammerte. Alle Mitglieder der Gemeinde hielten inne und beobachteten sie.

Sie schüttelte der Frau die Hand. »Sie müssen Addy und Willie Dean sein.« Sie legte ihren Arm um Addy und führte sie zu unserer Bank. »Wir haben gehört, dass Sie in der Stadt sind.«

Ich musterte viele unserer Freunde, die sich noch am Vortag nach Daddys Beerdigung in unserem Haus gedrängt hatten. Es war ihnen deutlich anzumerken, dass sie weder mit Mama noch mit den Cannons oder in diesem Fall mit Gott selbst einverstanden waren.

Joe Cannon war zweiundzwanzig Jahre alt gewesen, als man ihn nach Europa in den Krieg geschickt hatte. Wie viele Männer aus dem Süden verstand er es, mit ruhiger Hand mit dem Gewehr auf etwas zu zielen und jedes sich bewegende Objekt mühelos zu treffen. Nachdem er den Krieg durchgestanden hatte, war er nicht bereit, sich von dem in der Kirche ausgebrochenen Schweigen aus der Fassung bringen zu lassen. »Kommen Sie«, sagte er und geleitete den großen Farbigen durch den Mittelgang. Ich riss den Mund auf, als die riesige Gestalt hinter mir in die Reihe trat.

Henry und ein paar weitere Männer hatten Pete Fletcher gebeten, an den nächsten Sonntagen in der Kirche zu predigen. Er saß in der ersten Reihe und bereitete sich auf die Verkündigung seiner Botschaft vor. Später berichtete er, dass er spüren konnte, wie sich ihm die Haare im Nacken sträubten, als sich Schweigen in der Kirche ausbreitete. Er wandte sich um und erblickte die vier farbigen Gesichter, welche die Gemeinde hatten erstarren lassen.

»Guten Morgen«, sagte er, trat aus seiner Bankreihe und streckte seine Hand aus. »Ich bin Pete Fletcher.«

»Willie Dean Turner«, erwiderte der Farbige mit gesenktem Kopf.

Pete sah die Gemeinde an und räusperte sich. Er war ein dünner drahtiger dreißigjähriger Mann mit einem ungebärdigen braunen Haarschopf, der immer den Eindruck erweckte, als fege gerade ein Sturm hindurch. »Heute sind ein paar neue Freunde bei uns.« Seine Stimme war schwach. Viele der Anwesenden rutschten auf ihren Sitzen umher und blickten zu Boden. »Die Turners sind hierhergezogen und arbeiten draußen bei den Cannons. Ich will sie nur wissen lassen, wie sehr wir uns darüber freuen, sie heute hier bei uns zu haben.« John begann, in die Hände zu klatschen, aber niemand folgte seinem Beispiel. Man hätte die Stille schneiden können. Es war ein Schweigen, in dem selbst das kleinste Geräusch wie ein Kratzen oder Schlucken laut wirkt.

Henry und Loretta erhoben sich und eilten an die Seite der Turners. »Schön, dass Sie da sind, Willie Dean«, meinte Henry und schüttelte ihm die Hand. »Ich wollte schon raus zur Farm kommen, um Sie kennen zu lernen.«

»Guten Morgen, Addy«, sagte Loretta. »Ich bin Loretta Walker.« Addy lächelte und erwiderte leise ihren Gruß. »Sie können uns jederzeit besuchen oder mir einfach sagen, wenn Sie etwas brauchen, und dann bringen ich es Ihnen raus.«

Henry kniete sich vor Milo hin und flüsterte in sein Ohr: »Du kommst zu mir in den Laden, und dann gebe ich dir eine eisgekühlte Coca-Cola.« Milo nickte und vergrub seinen Kopf im Arm seines Daddys.

Otis und Nona Dodd, die kleinsten und ältesten Bewohner von Morgan Hill, schlurften aus ihrer Sitzreihe, und ich beobachtete, wie Nonas Hand in der riesigen schwarzen Hand verschwand. Margaret schien das überhaupt nicht zu freuen, ihr lauter Seufzer streifte heiß und feucht meinen Nacken. Aber Otis und Nona waren so alt wie Moses und Zippora selbst, und daher beachteten sie weder Margaret noch irgendjemand anderen, als sie wieder in ihre Sitzreihe zurückgingen.

»Warum sind alle so still?«, fragte John Mama. Sie hob den Zeigefinger an die Lippen, um ihn zum Schweigen zu bringen. Ich ließ meinen Blick durch die Gemeinde schweifen und fragte mich, ob Tante Dora dies mit ihrer Bemerkung gemeint hatte, die farbige Familie würde »einiges durcheinanderbringen«.

Ich verstand kein Wort von dem, was Pete an jenem Tag sagte, aber ich wandte meine Augen nicht von ihm ab. Etwas geschah in unserer Kirche, das ich noch nie zuvor empfunden hatte. Ich wusste nicht, was es war, aber ich wusste, dass es mir nicht gefiel. Einige Gemeindemitglieder gingen nach dem Gottesdienst auf die Turners zu, um ihnen das Gefühl zu vermitteln, willkommen zu sein, und sprachen und lachten mit ihnen. Aber einige Leute, Leute wie Margaret, gingen wortlos hinaus.

John und ich versteckten uns nach dem Gottesdienst hinter Henrys Lastwagen und waren froh, fern von Willie Dean zu sein. Dann ließ Henrys ausgestreckter Arm in uns beiden Angst aufsteigen.

»Komm her, Jane«, sagte er. »John, komm und lern die

Turners kennen, bevor sie heimfahren.« John gab mir von hinten einen Schubs, und ich stolperte auf Henry zu. Der vor mir auftauchende Mann wurde mit jedem Schritt, den ich auf ihn zuging, größer. »Dies sind Jane und John.«

»Es sind meine Kinder«, erklärte Mama Addy.

Henry sah uns an. »Willie Dean und seine Familie sind den ganzen Weg von Mississippi hergekommen, um den Cannons auf der Farm zu helfen.«

Nach seiner Heimkehr aus dem Krieg hatte Joe begonnen, in einer Textilfabrik in Atlanta zu arbeiten, die dem Vater eines Kriegskameraden gehörte. Joe war der Jüngste einer sechsköpfigen Familie und der einzige überlebende Sohn. Zwei ältere Brüder, Del jr. und Ludlow, waren schon vor vielen Jahren gestorben. Joes Vater Del alterte auf unschöne Art. Das taten die meisten Männer, die viele lange, heiße Stunden auf einer Farm im Süden arbeiteten. Helen meinte, dass Del mit zunehmendem Alter seinen Verstand zu verlieren schien. Ende 1946 hatte Joe eine Nachricht an die Verwandten in Alabama und Mississippi geschickt, um ihnen mitzuteilen, Del wolle einen Teil seines Landes an jeden verkaufen, der bereit sei, zu ihm zu kommen, um mit ihm zu arbeiten. Willie Dean Turner war der Erste gewesen, der sich meldete, und Joe kam lange genug von Atlanta nach Hause, um bei der Tabakernte zu helfen.

»Gebt Willie Dean die Hand«, sagte Henry. Wir rührten uns nicht. Mama beugte sich zu mir herunter. »Benimm dich und geh und schüttle dem Mann die Hand«, flüsterte sie mir zu. Aber ich konnte es nicht tun. John konnte es auch nicht. Wir standen beide wie angewurzelt. Willie Dean beugte sich vor und streckte mir seine große Pranke entgegen. Ich spürte, wie sich meine Hand hob, und beobachtete, wie sie in der Masse aus kohlschwarzem Fleisch verschwand.

Anschließend schüttelte er John die Hand. Wie üblich, konnte John seinen Mund nicht halten. »Heiliger Bimbam«, rief er. »Du bist groß wie ein Pferd!« Henry lachte, und Mama drehte John das Ohr um, woraufhin Henry noch stärker lachte.

Das kleine Mädchen reckte sich und griff die Hände ihres Daddys. Dann begann es, sich an seinen Beinen hochzustemmen. Willie Dean schob die Kleine auf seine Schultern. »Kannst du sie erreichen, Schatz?« Sie streckte ihre Arme zum Himmel. »Höher«, rief sie. Er packte ihre Hände und half ihr, sich auf seine Schultern zu stellen. Sie streckte ihre winzigen Hände zum Himmel aus und wedelte mit ihnen durch die Luft. »Da sind sie!«, jauchzte sie. »Ich kann sie anfassen. Ich fass die Engel an.«

Ich beobachtete sie und wünschte mir, solch einen Daddy für John und mich finden zu können. Einen, der uns auf sich hochklettern und uns auf seinen Schultern sitzen lassen würde.

Am Lastwagen der Turners stand ein dreibeiniger verwahrloster kleiner Hund. Der farbige Junge rannte los, hob den Hund hoch und setzte ihn auf die Ladefläche des Wagens.

»Wo hast du denn *den* hässlichen Hund gefunden?«, fragte John, der ihm hinterhergelaufen war.

»Er hat uns gefunden«, erwiderte der Junge. »Daddy hat gesagt, dass wir ihn nach all den Strapazen, die er durchgemacht hat, um uns zu finden, zumindest füttern müssen.« Der Hund wedelte mit dem Schwanz und vergrub seine Nase unter dem Arm des Jungen.

Auch das kleine Mädchen und ich liefen auf den Lastwagen zu. »Wie heißt er denn?«, fragte ich und tätschelte den Rücken des Hundes.

»Das ist Fred«, zwitscherte das vogelartige Stimmchen der Kleinen hinter mir. Ich half ihr, auf den Lastwagen zu steigen.

»Du bist der schwärzeste Junge, den ich je gesehen habe«, meinte John.

»Und du bist der weißeste, den *ich* je gesehen habe«, erwiderte der Junge.

»Wie heißt du?«, fragte ich.

»Wie heißt *du*?«

»Ich hab dich zuerst gefragt.«

»Ja, sie hat dich zuerst gefragt«, bestätigte John.

Wir starrten einander eine ganze Weile an, bevor der Junge uns seine Hand entgegenstreckte – so, wie es sein Daddy getan hatte. »Ich bin Milo Isaiah Turner.«

Ich schüttelte seine Hand, und dann schüttelte John seine Hand, wobei er ordentlich fest zudrückte und sie effektvoll auf und ab bewegte. »Ich bin John Charles Gable.« Er klang wie ein Mann, der sich um eine Stelle bewirbt. Mit dem Daumen auf mich weisend, fügte er hinzu: »Das ist Jane.«

»Das ist Rose«, gab Milo zurück.

Damit hatten wir offiziell mit den ersten schwarzen Menschen Bekanntschaft geschlossen, die uns je begegnet waren. Wir sahen zu, wie sie wegfuhren. Milo spähte über die hintere Wagenklappe, gerade so, wie er es getan hatte, als wir ihn das erste Mal sahen. John und ich winkten ihm nach und fragten uns, wie es wohl sein würde, mit einem farbigen Jungen befreundet zu sein.

Wir schwiegen, während wir nach Hause gingen. John und ich balancierten stumm auf den Schienen. Schließlich fragte ich: »Mama, warum haben einige der Leute nicht mit den Turners gesprochen?«

»Manche Leute sind eben so, Jane.«

Das war in meinen Augen keine Antwort. »Aber sie haben sich benommen, als ob sie sie nicht mochten, und sie kennen sie doch noch nicht einmal«, setzte ich nach. Sie schwieg. »Was glaubst du, warum sie sich so verhalten haben, als ob sie sie nicht mögen würden?«

Mama seufzte. »Das weiß ich nicht, Jane. Manche Leute benehmen sich eben seltsam, so ist es nun mal.«

Wenn man im Süden *so ist es nun mal* sagte, bedeutete das, die Unterhaltung war zu Ende. Das war ebenfalls keine Antwort, aber ich wusste, dass Mama nicht bereit war, darüber zu sprechen. Ich wollte ihr weitere Fragen stellen. Ich wollte sie fragen, warum die Leute die Turners noch nicht einmal ansahen oder warum einige unserer vertrautesten Freunde ihnen die kalte Schulter zeigten. Aber ich schwieg. Ich nahm nur ihre Hand und ging wortlos neben ihr nach Hause.

»Putzt euch jetzt eure Zähne und geht zu Bett«, sagte Mama an jenem Abend. »Ihr müsst morgen früh aufstehen und mit mir zur Arbeit gehen.«

Erstaunt fuhren unsere Köpfe zu ihr hoch. »Du hast doch gar keine Arbeit«, entgegnete John.

»Jetzt habe ich eine«, sagte Mama. »Ich werde im Laden arbeiten.«

John machte vor Freude einen Luftsprung. Es waren

nur noch wenige Tage bis zum Beginn der Sommerferien, und Mama hatte uns gesagt, wir bräuchten bis dahin nicht mehr in die Schule zu gehen. Das allein war schon wunderbar genug, aber dass sie im Laden arbeiten würde, übertraf alles. Wir gingen für unser Leben gern in Henrys Laden. »Das ist das Tollste, was je passiert ist!«

Es schien, dass sich nie etwas wirklich Aufregendes in Morgan Hill ereignete, und manchmal konnte das höchst deprimierend sein, aber jetzt verbesserte sich die Lage sichtlich. Wir ahnten nicht, dass in den nächsten Monaten Dinge in Morgan Hill geschehen würden, die unser Leben für immer ändern sollten.

ZWEITES KAPITEL

Jeden Morgen taten wir in unserem Haus die gleichen Dinge: Bevor es hell wurde, stand Mama auf und fachte den Ofen in der Küche an (wenn dafür neues Holz benötigt wurde, holten wir es am Abend davor herein). Unterdessen ging ich zum Brunnen und holte Wasser. Zuerst goss ich einen Teil davon in den Wasserbehälter im Ofen, dann füllte ich das Waschbecken, damit wir uns das Gesicht und die Hände waschen konnten.

John versuchte sich normalerweise vor dem Waschen zu drücken. »John, hast du nicht genug Grips, um dir das Gesicht ordentlich zu reinigen?«, fragte Mama jeden Tag.

»Mein Gesicht ist nicht schmutzig«, pflegte er zu antworten. »Ich habe heute Nacht doch bloß geschlafen.« Aber damit kam er nicht durch.

John ging zum Hühnerstall und holte die Frühstückseier, und dann fütterten wir beide die Schweine und gingen zum Stall, um die Kühe zu melken. Die Pet Milk Company aus Greeneville fuhr durch Morgan Hill und lieferte Milch, die von Leuten wie uns stammte. Die Milch verkauften wir an diese Firma, die Hühner und die Eier an Henry. Alles, was wir nicht selbst ziehen oder töten konnten, wie Mama es formulierte, mussten wir kaufen. Einmal hatte wir neun Kühe, aber Daddy verkaufte fünf von ihnen, um Spielschulden zu begleichen. Er versuchte auch, unseren Küchentisch und die dazugehörigen Stühle zu verkaufen, aber die gehörten Mamas Eltern, und sie bekam einen einer Südstaatlerin würdigen Tobsuchtsanfall. An jenem Abend bezog sie die Prügel ihres Lebens, aber als der Morgen anbrach, waren der Tisch und die Stühle noch da.

Mir machte es nichts aus, dass wir nur noch fünf Kühe hatten. Das zweimal tägliche Ausstreichen und Auspressen ihrer Euter machte meine Hände steif, und ich war es müde, dass Flo immer wieder ihren großen Huf hob und ihn genau in meinen Eimer stellte. Außerdem verabscheute ich es, mit John zu melken, weil er jeden Morgen mit einer Zitze auf mich zielte und mir einen langen Milchstrahl ins Gesicht spritzte. Während des Krieges schrie er: »Bombardiert die Japsen! Bombardiert den Feind!«, und dann bekam ich eine Ladung ab.

Wir gossen unsere Milch immer in eine große, knapp zwanzig Liter fassende Kanne und hängten sie dann in den Brunnen. Dort blieb die Milch kälter als in unserem Kühlschrank. Eines Tages sagte Daddy: »Fran, die Milch wird aus der Kanne verschüttet und verdirbt das Brunnenwasser.«

»Was du in deinen Brunnen tust, kommt stets in deinem Eimer wieder hoch«, sagte Mama zu ihm, aber von dem Tag an ließ sie ihn die Milch nicht mehr absenken oder heraufziehen, weil sie wusste, dass *er* es war, der sie ständig verschüttete. Erst Jahre später wurde mir klar, dass sie nicht wirklich den Brunnen oder den Eimer meinte mit dem, was sie zu ihm gesagt hatte.

Daddy pflegte den Rahm von unserer Milch abzuschöpfen, um ihn zu verkaufen, aber Mama unterband das. »Kinder brauchen die ganze Milch«, widersetzte sie sich ihm eines Tages.

Mit dem Verkauf von Milch und Eiern verdienten wir nicht viel, aber ein wenig. Meine Mutter war nicht sparsam. Wir hatten nicht genug Geld, um sparsam zu sein. Sie war imstande, mit fast keinem Geld auszukommen. In einem Winter während der Zeit, in der die Schweine geschlachtet wurden, machte sie Sülze (die Ohren, Füße und andere Abfallteile der Schweine wurden zusammen gekocht und dann zu einer Art Laib geformt). Selbst Daddy konnte das nicht essen, auch wenn er guter Stimmung und betrunken war. Ich glaube, die Schweine schreckten ebenfalls davor zurück.

An jenem Morgen traten wir nach dem Frühstück den drei Kilometer langen Weg über die Bahngleise zum Laden an. Wir gingen auf den Schienen statt auf der Straße, weil sie direkt in die Stadt führten. Unser Farmhaus war oben auf den Bahndamm gebaut worden, und deshalb stiegen wir zunächst die Stufen hinab, die schon Mamas Vater bis zu den Schienen in den Boden gehauen hatte.

Von den Schienen aus konnten wir die Hintertür von Beef Hankins' Haus sehen. Da Beef so nahe wohnte, war es für Daddy sehr bequem gewesen, im Anschluss an seine allnächtlichen Pokerspiele zurück nach Hause zu torkeln. Beefs Frau Ruby saß auf der rückwärtigen Veranda und starrte vor sich hin. Sie war immer dort, wenn wir vorbeigingen. Wenn wir es während des Schuljahrs richtig abpassten, brachen wir vor Louise, der kleinen Tochter von Beef und Ruby, auf. Sie war ebenso unattraktiv und, von ihren Schulleistungen her zu urteilen, ebenso dumm wie Beef. Wir wollten wegen ihres nichtsnutzigen Vaters nie mit ihr gehen.

John schob die Träger seines Overalls von den Schultern. »Herr im Himmel, ich sterbe noch hier draußen in dieser Hitze.«

Die heißen Schienen riefen Blasen an unseren Füßen hervor, und so liefen wir daneben. Die Geißblattranken hingen tief vom Bahndamm herab und erfüllten die Luft mit einem der unverwechselbaren Düfte, die ich später mit jenem Frühling und Sommer verbinden sollte.

»Der Winter kommt schon noch früh genug, John«, erwiderte Mama. »Dann stirbt alles in der Kälte ab.«

»Ich will ja nicht, dass es kalt ist. Ich will nur nicht, dass es so verdammt heiß ist.«

»Du musst die Hitze des Sommers und die eisige Kälte des Winters durchstehen. Jeder tut das.«

Mama blickte hoch und winkte Ruby zu. Ruby winkte nicht zurück.

»Warum winkt Miss Ruby denn nie zurück?«, fragte ich.

»Weil sie still ist«, antwortete Mama.

Es schien mir, dass manche Menschen von Natur aus still waren. Menschen wie Joe Cannon. Aber dann wieder hatte ich den Eindruck, dass sie still gemacht worden waren, dass etwas oder jemand jeden Laut aus ihnen herausgesaugt hatte. Wenn eine Stimme erstickt wirkte, dann war es die von Ruby.

»Sie kann nicht winken, weil Fledermäuse Eier auf ihren Kopf gelegt und sich bis zu ihrem Gehirn durchgefressen haben und sie verrückt geworden ist«, sagte John. »Das ist der Grund, warum sie die ganze Zeit vor sich hin starrt.«

»Fledermäuse legen einem keine Eier auf den Kopf«, widersprach ich.

»Sie legen einem Eier auf den Kopf, und die kriechen ins Gehirn und fressen einem die Birne leer. Dann wird man total irre.«

»Sei still, John«, schalt Mama. »Es ist noch zu früh am Morgen, um über Fledermauseier und Gehirne zu reden. Fledermäuse legen überhaupt keine Eier.«

Aber während des restlichen Weges zum Laden hielt ich für alle Fälle meine gefalteten Hände über den Kopf.

Der Aufenthalt in Henrys Laden hatte immer etwas Magisches. In ihm herrschte, wie in allen Läden auf dem Lande, ein ganz spezieller Geruch – eine Mischung aus Holzofen, Pfeffer, Räucherwurst, Kästen voller Kaffee, frisch gemahlenem Mehl, getrockneten Bohnen, Kartoffeln, Kohl, Tomaten und allen möglichen Saaten. Am Eingang stand ein Getränkeautomat, der mit eisgekühlten Coca-Cola-, Dr.-Pepper- und Orange-Crush-Flaschen (Letztere bezeichneten wir als »Orangenrausch«) bestückt war. Die Borde an den Wänden des Ladens waren mit Brot, Obst- und Gemüsekonserven, abgefüllter Milch, Waschpulver, Erdnussbutter und Salzkeksen gefüllt. Säcke mit Hühner-, Rinder- und Pferdefutter stapelten sich in der Mitte des Ladens und auf der vorderen Veranda.

Alte Männer wie Gabbie Doakes (der, wie er sagte, vor Jahren Frieden mit der Arbeit geschlossen hatte) pflegten morgens zum Laden zu eilen, um dort herumzulungern. Sie saßen einfach da und taten nichts. Sie lungerten stundenlang herum, lachten, tauschten sich über Probleme aus und kauten Tabak, den sie in eine braun verkrustete Dose spuckten, die sie bei sich trugen.

Henry hielt für Kunden immer einen Topf mit kochendem Kaffee auf dem Ofen bereit, auf der Theke standen große Glasbehälter, die mit Lakritzstangen, Sahnebonbons, unvergleichlicher Schokolade und anderen Süßigkeiten gefüllt waren. An der Vorderseite des Ladens in der Nähe des Fensters stand eine lange Kühleinheit, in der auf der einen Seite große Behälter mit Eiscreme und auf der anderen Seite Sandwiches, Käse, Schinken und Eier untergebracht waren. Henry hatte außerdem eine mit unterschiedlichsten Süßigkeiten gefüllte Waschwanne neben die Theke gestellt. Der Laden war ein Kinderparadies.

Außer dem Schulgebäude war Henrys Laden das erste Haus in Morgan Hill, das 1944 an die Stromversorgung angeschlossen wurde. Die halbe Dorfgemeinde kam herbei und starrte zu der einzelnen Glühbirne hinauf, die von der Decke hing. Wir wussten, dass es in den großen Städten Strom gab, aber wir hätten uns nie träumen lassen, dass er in unsere kleine, fernab von aller Welt gelegene Gemeinde kommen würde.

Immer wenn wir in den Laden gingen, stürzten John und ich uns auf das Radio, um es anzuschalten und Maxine Harrison lauschen zu können, wenn sie die landesweiten Nachrichten vorlas. Im Rundfunk wurden morgens als Erstes die Nachrichten gesendet, und die ausführlichen, durch Todesanzeigen ergänzten Nachrichten folgten am Mittag. Mit gepresster, angespannter Stimme verlas Maxine die Nachrufe. »George Cass aus Mosheim ist vergangene Nacht bei sich zu Hause gestorben«, verkündete sie beispielsweise mit kaum feststellbarer Modulation. »Er ist neunundachtzig geworden. Die Todesursache ist unbekannt.«

»Unbekannt!«, rief Loretta. »Gütiger Gott, er war neunundachtzig!«

Nach Daddys Tod waren John und ich zum Laden gerannt, weil wir wussten, dass dies in den Nachrichten gebracht werden würde. Maxine verlas zwei Todesanzeigen vor der, die unseren Vater betraf. Die eine bezog sich auf ein tot geborenes Baby, die andere auf jemandes Vater, der noch nicht einmal mehr in Tennessee, sondern irgendwo in Indiana gewohnt hatte.

»Findest du nicht, dass man zumindest hier in der Gegend gestorben sein sollte, wenn sie den Namen von einem im Radio erwähnen?«, fragte John. Ich bedeutete ihm zu schweigen, als ich Daddys Namen hörte.

»Am Donnerstag ist Charles Lonnie Gable in Morgan Hill gestorben«, leierte Maxine herunter, und an diesem Morgen wirkte ihre monotone Stimme besonders gelangweilt. »Er ist achtundzwanzig Jahre alt geworden. Todesursache waren Diabetesprobleme. Er hat eine Frau und zwei Kinder hinterlassen.« Dann wandte sich Maxine der nächsten Todesanzeige zu.

Ich starrte das Radio an. »Sie hat meinen Namen nicht erwähnt!« Das war meine einzige Chance gewesen, meinen Namen im Radio zu hören, und nun war sie vorüber.

»Meinen hat sie auch nicht erwähnt«, meinte John.

»Die anderen Überlebenden von Toten hat sie ständig bejammert, aber unsere Namen hat sie einfach überflogen«, sagte ich und warf meine Arme in die Luft. »Wie oft passiert es dir schon, dass dein Daddy stirbt?«

Als wir an dem Morgen, an dem Mama mit ihrer Arbeit anfing, in den Laden kamen, klatschte Henry in die Hände.

»Eure Mama muss heute Nachmittag nach Greeneville fahren, um Kolonialwaren auszuliefern und Pferde- und Hühnerfutter zu kaufen. Wer will sie begleiten?«

Immer wenn sich uns eine Gelegenheit bot, aus der Stadt herauszukommen, verweigerte uns Mama, sie zu nutzen. Sie begründete das stets mit demselben Satz: Sie werden euch eins über den Schädel schlagen. Ich hatte Maxine Harrison nie eine Todesanzeige über jemanden verlesen hören, der gestorben war, nachdem man ihm in Greeneville oder Morristown eins über den Schädel geschlagen hatte. Aber Mama beharrte darauf, dass es passierte. Ich fragte mich zudem stets, mit was die Leute eins über den Schädel bekamen: mit einem Baseballschläger oder mit irgendeiner großen Höhlenmenschkeule? Wir durften auch nie mit dem Zug irgendwohin fahren. Sie werden euch eins über den Schädel schlagen und euch dann tottrampeln, pflegte sie zu sagen.

»Dürfen wir mit, Mama?«, fragte ich deshalb hoffnungsvoll.

»Nein. Sie werden euch eins über den Schädel schlagen.« Ich wusste nicht, warum ich überhaupt gefragt hatte.

Henry bat Loretta, den Lastwagen mit Kolonialwaren beladen zu helfen, aber schon bald klagte sie über ihren Rücken. »Oh, stimmt ja«, sagte Henry. »Komm, Jane. Hilf du mir, die Sachen einzuladen.«

Ein Teil dessen, was Henry tat, oder besser, was zu tun er auf sich nahm, bestand darin, den alten Menschen in Morgan Hill Lebensmittel und alles andere, was sie brauchen konnten, zu liefern. Wenn sie nicht imstande waren, das, was Henry ihnen brachte, zu bezahlen, ließ er ihnen die Pakete trotzdem da. Er und Loretta waren nicht wohlhabend. Sie mussten sich ebenso wie wir Übrigen durchkämpfen. Aber wenn jemand hungrig war, sorgte Henry dafür, dass der Betreffende zumindest einen Laib Brot und Erdnussbutter hatte, um die Nacht zu überstehen.

Ich schnappte mir einen Karton und stellte ihn hinten auf Henrys Lastwagen. »Henry? Hat Loretta wirklich einen kaputten Rücken?«

»Ja.«

Ich starrte zu ihm hoch und dachte nach. »Was glaubst du, wie lange sie sich krank fühlen wird?«

Er hielt inne und hob mein Kinn an. »Das weiß ich nicht. Warum?«

»Na, ich habe gedacht, dass sie vielleicht gar keinen kaputten ...«

»Manchmal können wir auch zu viel denken«, schnitt mir Henry das Wort ab. »Und wenn wir zu viel denken, dann kann es passieren, dass wir neunmalklug sein wollen, und manchmal ist Unwissenheit ein Segen.«

Ich war verwirrt, aber ich nickte zustimmend.

Wir luden Säcke mit Mehl und Zucker und Kartons mit Konserven auf die Ladefläche des Lastwagens und sahen zu, wie Mama den ersten Gang einlegte und hinaus auf die Straße fuhr.

Frans letzte Auslieferung an diesem Tag ging an die Cannon Farm. Sie fuhr in die Einfahrt und sah, wie sich Joes Mutter Helen aufgeregt um die schreiende kleine Rose kümmerte, die sich eine blutende Wunde an der Stirn hielt.

»Was ist passiert?«, rief Fran über das Geschrei hinweg.

»Sie ist vom Laster gefallen«, erwiderte Addy.

»Sie hat draußen auf der Farm nichts zu suchen«, sagte Helen und drückte das kleine Mädchen an sich. »Nicht wahr, mein kleines Veilchen?«

»Ich bin kein Veilchen«, widersprach Rose schluchzend.

»Das stimmt, meine kleine Petunie.«

»Ich bin auch keine Petunie. Ich bin Rose.«

Helen piekste ihren Finger in Roses Bauch, und das kleine Mädchen kreischte. »Das stimmt, kleine Rose.«

Fran schickte sich an, den Karton mit Waren in Richtung Tür zu schleppen.

»Stell das einfach hier ab, Fran«, stoppte Helen sie. »Die Sachen kommen in Addys Haus.«

Addy sah in den Karton. »Das sind nicht unsere ...«

»Wer will ein Stück Torte?«, unterbrach Helen sie. Rose sprang von ihrem Arm und rannte zur Tür. »Adelia, ich nehme Rose mit und gebe ihr etwas Torte, und dann lege ich sie ein Weilchen hin. Sie können sie holen, wenn Sie Ihre Tagesarbeit beendet haben.«

Addy reckte ihren Hals, um der bereits ins Haus gelaufenen Rose hinterherzusehen.

»Sie hat vor Jahren einen Sohn durch einen Unfall auf der Farm verloren«, erklärte Fran.

Addy starrte zur Tür. »Es ist schon gut.«

Fran spürte, dass Addy ein ungutes Gefühl hatte, dass sich ihr Kind, ein schwarzes Kind, in einem weißen Haushalt aufhielt. »Helen Cannon liebt Kinder«, sagte sie deshalb sanft. Sie öffnete die Tür des Lasters. »Springen Sie rein. Ich fahre Sie zu Ihrer Wohnung.«

Addy hielt den Karton auf ihrem Schoß, während Fran den Gang einlegte und den Kiesweg hinunterfuhr, der hinter der Scheune der Cannons entlang zu der alten Schindelhütte führte, in der sich die Turners eingerichtet hatten. Sie bestand aus einem kleineren Raum, der noch als Abstellkammer für Konserven und Gemüse diente, und einem größeren, auf dessen Boden ein Deckenlager bereitet worden war. Fran reichte Addy die Sachen aus dem Karton.

»Sie wurden in Mississippi geboren und sind dort auch aufgewachsen?«

»Ich wurde in Alabama geboren, aber wir sind von einer Farm zur nächsten gezogen. Meine Mama und mein Daddy sind tot. Meine übrige Familie ist überallhin verstreut. Ich bin Willie Dean in Mississippi begegnet.«

Fran bemerkte ein kleines Medaillon an Addys Hals. »Das ist aber schön.« Addy öffnete das schlichte Medaillon und zeigte Fran ein winziges Foto von sich und Willie Dean auf der einen und Rose und Milo auf der anderen Seite.

Inzwischen hatten sie den Karton leergeräumt. Fran nahm ihn und wandte sich zur Tür. Dann drehte sie sich noch einmal zu Addy um. »Addy... nicht alle in Morgen Hill sind so, wie Sie es gestern erlebt haben.«

»Das weiß ich«, erwiderte Addy. Sie lächelte. »Es waren nur einige. Es sind immer nur einige.«

Als Fran die Windfangtür öffnete, quietschte das Scharnier.

»Danke, Miz Gable.«

»Nennen Sie mich Fran.« Sie sah Addy an und dachte, dass sie noch etwas sagen sollte, aber ihr fiel nichts ein. Während sie sich anschickte, zum Lastwagen zu gehen, legte sie die Hand auf ihren Bauch.

»Wie weit sind Sie schon, Miz Fran?« Fran riss den Mund auf und sah Addy an. »Eine schwangere Frau legt immer eine Hand auf den Bauch, wenn ihr übel wird, genauso, wie Sie es eben getan haben. Ihnen ist nicht bewusst, dass Sie das getan haben. Die Übelkeit hat Sie dazu gebracht. Ich weiß das. Sie kommt und geht. Weiß es sonst schon jemand?«

»Henry und Loretta.«

»Ihre Kinder wissen es nicht?«

Fran setzte sich auf die Veranda und schüttelte den Kopf. »Nein. Ich wollte erst einmal abwarten.« Sie blickte auf den Boden, legte die Hände an den Nacken und bewegte ihren Kopf auf und ab.

Addy beobachtete sie. »Sie hoffen doch nicht, dass Sie es verlieren?«

»Es gibt hundert Dinge, die schlimmer wären.«

Addy starrte in Richtung des Kiefernwäldchens vor ihrer Hütte. Sie lauschten schweigend dem Schnaufen des Nachmittagszugs, der durch Morgan Hill fuhr. »Ich hab mit vier Jahren mit dem Baumwollpflücken angefangen«, berichtete sie.

Fran konnte sich Addy nicht bei der Feldarbeit vorstellen. Ihr Gesicht war so glatt wie das der kleinen Rose, und ihr Haar war säuberlich geflochten und am Hinterkopf zusammengesteckt. Ihr zarter Körperbau schien sich nicht für die Feldarbeit zu eignen, aber ihre Hände waren von der Arbeit rau und spröde geworden.

»Ich hab die heißen Morgen gehasst, wenn die Sonne auf mich niederbrannte und mein Kleid nass vom Schweiß wurde. Und ich hab es gehasst, wenn die trockenen, stacheligen Fruchthülsen meine Haut aufrissen und meine Finger bluteten.« Addy rieb die Hände aneinander und betastete die von jenen frühen Jahren in den Feldern zurückgebliebenen Narben. »Wenn wir morgens die Lastwagen beluden, konnte ich sehen, wie die weißen Kinder umherliefen und bei dem großen Haus spielten, und es gab viele Tage, an denen ich einfach nur mitten in der Baumwolle gestanden und geweint hab, weil ich auch spielen wollte. Aber Mama hat immer zu mir gesagt, dass farbige Kinder nicht spielen dürfen, solange die Baumwolle noch nicht gepflückt ist. Ab und zu trug der Wind das Lachen und Spielen der weißen Kinder rüber, und das hat mein Herz bluten lassen wie nur was. Eines Morgens, als ich etwa zwölf Jahre alt war, hatte ich genug. Ich hab gefragt: ›Mama, wie viel Baumwolle muss ich denn noch pflücken?‹ Sie hat geantwortet: ›Das weiß ich nicht. Aber ich weiß, dass von dir erwartet wird, dass du sie pflückst ... wenigstens jetzt.‹ Ich hab gesagt: ›Mama, ich bin müde.‹ Und sie hat gebrüllt: ›Natürlich bist du müde. Wir sind alle müde! Aber du hast keine Wahl. Du hast dir dieses Rennen nicht ausgesucht ... Du bist dafür *ausgewählt* worden, und niemand hat behauptet, dass es leicht sein wird. Es wird Zeiten geben, da ist dir heiß, und du bist müde und halb tot, und kaum jemand bietet dir auch nur eine Tasse kaltes Wasser an ... Aber einige werden es tun, und diejenigen, die es tun, geben dir genug, damit du weiterlaufen kannst. Deine Mama wird immer eine von ihnen sein.‹«

Addy machte eine Pause und lächelte. »Jetzt freue ich mich, wenn es morgens heiß ist, weil mich das immer an meine Mama erinnert.« Fran saß ganz ruhig da und hörte zu. »Miz Fran«, fuhr Addy fort, »ich weiß nichts über Sie. Ich weiß nur, dass ich, wenn Sie das wollen, eine von denen bin, die Ihnen immer eine Tasse kaltes Wasser gibt.«

Fran sah auf ihre staubigen Schuhe und schlug ihre

Füße aneinander. »Vielleicht brauche ich bald einen großen, schweren Krug voll Wasser«, sagte sie nachdenklich.

»Dann werde ich eben dafür sorgen, dass mein Brunnen immer voll ist.« Addy stützte sich auf ihre Knie. »Eines Tages werden Sie zurückblicken und sich fragen, wie Sie das nur durchgestanden haben – wie Sie nur auf die andere Seite gekommen sind... Aber Sie sind es. Wir kommen immer rüber.«

Es gibt ein paar rare Augenblicke im Leben, in denen man spürt, dass man für immer einen Freund oder eine Freundin gefunden hat. Fran spürte dies an jenem Tag. Sie stand auf, um zu gehen. »Sie können zum Laden kommen, wann immer Sie wollen«, sagte sie.

Addy stand da und sah auf Frans Bauch. »Machen Sie sich über den da keine Sorgen, Miz Fran. Er wird sich schon zur Welt durchkämpfen, wenn er muss.«

»Warum glauben Sie, dass das Baby ein Er ist?«

Addy lächelte. »Meine Mama hat gesagt, dass einem bei Jungs am Anfang häufiger schlecht ist, wenn man mit ihnen schwanger ist. Sie müssen ihm einen starken Namen geben. Einen Namen, mit dem er durchkommt im Leben.«

Fran legte ihre Hand auf den Bauch. Sie wusste, dass das Baby mehr brauchen würde als einen starken Namen, um durchzukommen. Aber das sagte sie Addy nicht. Sie lächelte, hoffte jedoch gleichzeitig, dass sich Addy irrte und sich das Baby nicht zur Welt durchkämpfen würde. Sie wünschte, dass es überhaupt nicht auf die Welt kam.

Pete Fletcher hielt am Laden an, stieg aus und warf eine Münze in den Getränkeautomaten, der vorne auf der Veranda stand. Dann zog er einen Dr. Pepper heraus. Henry gab John und mir ebenfalls eine Münze. »Ihr beide habt den ganzen Tag gearbeitet. Holt euch was Feines und setzt euch her zu mir und Pete«, sagte er. Ich öffnete die Tür des Getränkeautomaten und zog einen Orange Crush heraus.

Pete, der sich hingesetzt hatte, sprang wieder auf und ging zu seinem Lastwagen. »John, ich habe etwas für dich. Ich hab es vor ein paar Tagen gefunden und gedacht, dass du es vielleicht haben möchtest. Mein Bruder hat es damals aus dem Krieg mitgebracht.« Er überreichte John eine Pilotenmütze mit Ohrenklappen, zu der auch eine Schutzbrille gehörte, und setzte sich wieder.

»Heiliger Bimbam!«, rief John. »So eine habe ich mir schon immer gewünscht. Er setzte die Mütze auf, die Ohrenklappen hingen ein ganzes Stück über sein Kinn hinab. Dann zog er die Schutzbrille über seine Augen und lächelte. »Wie sehe ich aus?«

»Wie ein Käfer«, antwortete ich.

»Wie ein echter Kampfflieger«, sagte Henry.

John rannte raus und lief surrend um die Zapfsäule. »Das ist für dich, du dreckiges Miststück«, rief er und stieß Schussgeräusche aus.

Ich saß neben Henry auf der Hollywoodschaukel und stöhnte auf, als plötzlich Beef, Dewey Schaeffer, Clyde Frank und Martin Lands vor dem Laden anhielten. Beef, Clyde und Martin arbeiteten zusammen, Dewey stammte nicht aus Morgan Hill. Wir sahen ihn nur selten. Er arbeitete in einem gut fünfzehn Kilometer entfernt liegenden Sägewerk. Dewey hatte dunkles gewelltes Haar und himmelblaue Augen. Frauen fanden ihn attraktiv, aber trotz meiner jungen Jahre spürte ich, dass er etwas Wildes an sich hatte. Vielleicht war das der Grund, warum die Frauen ihn für gut aussehend hielten. Es war dieselbe Gruppe Männer, die mit Daddy in der Nacht, in der er starb, zusammen gewesen waren. Manchmal hatten sie in unserem Haus Karten gespielt, aber dann war Mama immer mit John und mir woandershin gegangen. »Es wäre schön, wenn du bleiben würdest, Fran«, pflegte Dewey an solchen Tagen zu sagen. Daraufhin packte Mama unsere Hände und zog uns nach draußen, bevor einer der Jungs mit uns reden konnte.

»Guten Tag, Jeff«, sagte Henry. Niemand nannte Beef »Jeff«. Niemand außer Henry. Beef hatte eine breite Brust, einen kräftigen Nacken und ein rundes, aufgedunsenes Gesicht. Seine Wangen und sein Hals waren von einem kräftigen schwarzen Bart überwuchert, der dunklem Moos ähnelte. Sein Haar war kurz rasiert. Für den Rest meines Lebens sollte ich mit dem Namen Jeff jemanden verbinden, der groß, fett und faul war.

Einmal fragte ich Henry, warum er Beef »Jeff« nannte, und er antwortete, weil das sein Name sei. Beef passte besser zu ihm. Henry erklärte, dass er Beef aus der Zeit kenne, in der er noch ein kleiner Junge war. (Ich konnte mir Beef nicht klein vorstellen.) Sein Daddy, erzählte er, sei ein Taugenichts gewesen, und seine Mama sei weggelaufen, sodass Beef habe sehen müssen, wie er groß wurde.

Beef nickte. »Henry. Pete.« Zu John oder mir sagte er nichts. Das tat er nie.

»Jungs, nehmt euch 'ne Cola und setzt euch zu uns«, sagte Henry.

Ich krümmte mich zusammen. Wer wollte schon, dass sich Beef und die Jungs zu einem setzten?

»Ihr habt heute alle gearbeitet?«, fragte Pete und setzte seine Dr.-Pepper-Flasche an den Mund.

»Wir denken darüber nach«, antwortet Dewey, schob sich eine Prise Kautabak in den Mund und brach in brüllendes, durch das Rauchen zu vieler Zigaretten schartig gewordenes Gelächter aus. »Aber wir wollen nicht zu viel darüber nachdenken, weil wir dann vielleicht noch in Stimmung kommen loszulegen.«

Pete und Henry lachten gemeinsam mit Beef und den Jungs, und ich fragte mich, ob sie in der Nacht, in der mein Daddy gestorben war, auch so gelacht hatten.

»Was für 'ne Arbeit macht ihr denn gerade?«, fragte Henry und stieß sich mit den Füßen ab, sodass die Schaukel vor- und zurückschwang.

»Clyde und ich sollen rüber nach Johnson City, wo sie 'ne Schule bauen«, erzählte Beef und wischte sich den Schweiß von der Stirn. »Aber wir haben uns schon das erste Mal nicht darum gerissen, zur Schule zu gehen, darum haben wir es auch jetzt nicht allzu eilig, dorthin zu kommen.«

Die Jungs kicherten über diesen dummen Witz.

»Aber ihr werdet diesmal dafür bezahlt«, entgegnete Henry.

»Der Grund zieht nicht«, erwiderte Clyde, was Beef und Dewey in noch lauteres Gelächter ausbrechen ließ.

Clyde war ein dünner, drahtiger Mann. Sein schmales Gesicht war pockennarbig, und sein braunes Haar klebte ihm immer fettig am Kopf.

»Ihr habt doch sicher von den Niggern in der Stadt gehört?«, fragte Beef. Ich hielt den Atem an, und John hörte auf, mit Surrgeräuschen um die Zapfsäule zu rennen. Bezeichnete er die Turners als Nigger? Hielt er die kleine Rose für einen Nigger?

»Wovon sprichst du, Jeff?«, fragte Henry.

Beef zog eine Tabakdose hervor, streute etwas daraus auf ein Stück Zigarettenpapier und rollte es mit seinen dicken, aufgedunsenen Fingern zusammen. »Von diesen Niggern, die am Sonntag in der Kirche aufgetaucht sind.«

»Alle reden von ihnen«, ergänzte Clyde und schob seine verschmierten Finger in die Taschen seines Overalls. »Es heißt, sie sind einfach nach vorn marschiert und haben sich hingesetzt.«

»Du musst sie gesehen haben, Pete«, meinte Beef und pflückte sich Tabakkrümel von der Zungenspitze. »Es heißt, dass du sie vorgestellt hast.« Pete lehnte sich in seinem Stuhl vor. John lauschte atemlos, seit Beef das erste Mal das Wort »Nigger« ausgesprochen hatte. Beef zog an seiner Zigarette. »Ich dachte immer, dass Nigger ihre eigenen Kirchen haben.«

Pete nahm einen großen Schluck von seinem Dr. Pepper. »Das hab ich nicht gewusst. Du, Henry? Beef, wo steht in der Bibel, dass farbige Menschen ihre eigenen Kirchen haben?«

Ich sah, wie eine Ader an Beefs verschwitzter Stirn anzuschwellen begann. Er war zu einem Schwätzchen gekommen, aber Pete machte ihn lächerlich. »Ein paar Nigger haben das drüben in Pulaski versucht, und sie haben sie gelyncht«, sagte Beef. »Haben sie aufgeknüpft und dem Rest von ihnen die Leviten gelesen.«

Mein Herzschlag beschleunigte sich. Ich hatte Henry und ein paar der Männer schon vorher über Fälle von Lynchjustiz sprechen hören, aber die schienen sich immer

Welten entfernt von Morgan Hill ereignet zu haben. Ich drückte mich an Henrys Seite. Henry legte den Arm um mich. »Jeff, du und die Jungs, ihr kommt seit Jahren her, und ich habe nichts gegen eure Gesellschaft, aber heute müsst ihr das, was ihr da sagt, zurücknehmen.« Henrys Stimme hatte sich verändert.

Beef sah Henry an und warf mir einen kurzen Blick zu. Ich hielt die Luft an. Dann zuckte Beef lächelnd die Schultern. »Ich hab nur gesagt, dass es manchen Leuten nicht gefällt, wenn diese *Menschen* mit uns in die Kirche gehen«, sagte er langsam und stieß eine kleine Rauchwolke aus.

Pete stand auf und lehnte sich an die Tür. »Mit uns? Du meinst mit Leuten wie dir und mir? An diesem Punkt erstaunst du mich nämlich, Beef. Denn ich habe dich schon seit fünfzehn Jahren oder noch länger nicht mehr in der Kirche gesehen.« Beef wich keinen Zentimeter zurück. Pete ebenfalls nicht. Hier war ein Mann, der es kaum schaffte, vor die Gemeinde zu treten und zu predigen, doch jetzt bot er Beef und den Jungs die Stirn.

Henry stellte seine Coke ab. »Jeff, die Turners arbeiten hier. Sie ziehen ihre Kinder hier groß. Es sind gute Leute. Sie tun niemandem etwas. Also, warum setzt ihr euch nicht einfach hier hin und trinkt eine Coke mit uns?«

Beef ließ die Zigarette aus seinem Mund heraushängen, der aufsteigende Rauch zwang ihn, seine Augen zu faltigen Schlitzen zusammenzukneifen. »Nein danke, Henry«, sagte er und stieg mit Dewey, Clyde und Martin wieder in seinen Laster. »Wir müssen weiter.« Er fuhr fort, und Pete und Henry sahen ihnen nach, wie sie hinter dem Bogen der Straßenkurve verschwanden.

Pete nahm seine Kappe ab und rieb sich den Kopf. Wir beobachteten wortlos, wie sich der Staub auf der Straße wieder legte. Schließlich meinte Pete: »Ich glaube nicht, dass ich für solche Sachen geschaffen bin.«

»Irgendjemand muss dafür geschaffen sein, Pete«, sagte Henry, »weil die Turners hierbleiben.«

Wieder sagte keiner ein Wort. Ein Lieferwagen fuhr vor, um zu tanken, und John rannte eifrig zur Zapfsäule und griff nach dem Schlauch. Pete klopfte Henry auf den Rücken. Er verabschiedete sich nicht, sondern ging einfach nur zu seinem Lastwagen und fuhr davon. Ich blieb still auf der Schaukel sitzen und zog meine Knie unter das Kinn. Nach einer Weile fragte ich: »Warum, meinst du, hassen alle die Turners?«

Henry schlug ein Bein über sein Knie. »Hass ist ein schrecklich mächtiges Wort, meine Hübsche.«

»Warum, glaubst du, *mag* sie dann keiner?«

Nachdenklich sah er mich an und seufzte. Er wusste, dass ich keine Ruhe geben würde. »Vermutlich fürchten sie sich«, sagte er. »Aber es sind nicht alle, Jane.«

Ich schloss für einen kurzen Moment meine Augen und öffnete sie dann wieder. »Aber es sind schrecklich viele. Haben sie Angst, weil Willie Dean so groß ist?«

»Nein, ich glaube, dass sie Angst haben, weil es ungewohnt ist, dass eine farbige Familie direkt hier in Morgan Hill wohnt.« Ich sah Henry unverwandt an. »Niemand ist so recht daran gewöhnt, und da sich die Dinge hier über eine so lange Zeit nicht verändert haben, fällt es manchen Leuten sehr schwer, sich daran zu gewöhnen.«

»Aber die Turners ändern doch nicht alles.«

»Manche Leute glauben aber, dass, wenn die Turners

hier wohnen, alle möglichen anderen farbigen Leute ebenfalls herziehen und Morgan Hill auf den Kopf stellen.«

»Aber sie wollen doch nur irgendwo leben können«, sagte ich und stützte mein Kinn auf meine Knie. »Ich finde, da sind sie genau wie wir.«

Er legte seine Hand auf meinen Nacken und seufzte. Ich ließ meinen Kopf auf den Knien liegen, weil ich so besser nachdenken konnte. Henry stieß sich ab, sodass die Schaukel wieder vor- und zurückschwang. Wir beobachteten beide, wie John die Scheiben des Autos an der Zapfsäule reinigte. Mit jedem Wischen über die Windschutzscheibe hüpften die Ohrenklappen seiner Fliegermütze auf und ab.

»Henry, warum haben Beef und die Jungs sie Nigger genannt?«

»Achte nicht auf Jeff, meine Hübsche. Er redet viel, wenn der Tag lang ist, er liebt es, Reden zu schwingen. Das hat er schon immer getan. Aber soviel ich weiß, hat Jeff Hankins noch nie einer Seele in dieser Gemeinde etwas zuleide getan. Ruby setzt er herab, wenn er mit ihr spricht. Wenn er nicht rumstänkern kann, ist er nicht glücklich. Aber ansonsten ist er genauso wie wir alle.« Ich blickte zu ihm hoch. Beef war in keinster Weise wie wir. »In seinem tiefsten Inneren verbirgt er einen Teich voller Tränen, den niemand sehen kann.«

»Glaubst du, dass die Turners wieder in die Kirche kommen?«

»Das weiß ich nicht. Wir werden sehen.« Henry drückte meine Schulter. »Beef wird ihnen nichts tun, meine Hübsche. Mach dir deswegen keine Sorgen. Und die Leute kriegen sich schon wieder ein. Du musst ihnen nur Zeit geben.«

Aber diesmal wusste ich nicht, ob ich Henrys Worten glauben konnte. Ich wusste überhaupt nicht mehr so recht, was ich noch glauben konnte.

Als Mama zurückkam und John in seiner Fliegermütze sah, war das Erste, was sie sagte: »Mit dem Ding schwitzt du nur noch mehr, und dann kippst du um!« Ich seufzte. Zu all dem anderen hatte ich nun noch eine Sorge mehr.

Ich half Mama nach dem Abendbrot mit dem Saubermachen. Plötzlich griff sie nach einem Handtuch und presste es sich an den Mund. Über einen Stuhl stolpernd, riss sie die Tür auf und rannte in den Hof. John und ich liefen hinter ihr her und sahen zu, wie sie sich ins Gras übergab.

»Was ist los, Mama?«, schrie John und stürzte zu ihr. »Bist du krank?« Er hatte eine Gabe, direkt nach dem Offensichtlichen zu fragen.

Sie richtete sich auf und ging zurück ins Haus. »Ich werde ein Baby bekommen«, sagte sie.

John und ich starrten sie mit aufgerissenem Mund an. Wie konnte sie ein Baby bekommen, wenn sie keinen Ehemann hatte? Keiner von uns wusste, wie Babys entstanden, und wir stellten auch keine weiteren Fragen. Wie alle guten Südstaatler hatten wir von klein auf gelernt, keinerlei Fragen zu stellen. Je weniger man wusste, desto besser war es.

An einem schwülen Sonntagnachmittag im Juli kamen die Turners und die Cannons sowie Henry und Loretta zu uns zu Besuch. Joe und Willie Dean machten Hufeisenwerfen, während Del Cannon in einem Korbstuhl saß und an Stöcken herumschnitzte. Er machte sich nichts aus ihnen, er schnitzte nur so lange an ihnen herum, bis spitze, kurze Enden übrig blieben. Rose steckte jedes Werk in ihre Tasche, als sei es aus kostbarem Gold. Helen, Addy und Mama kochten in der Küche, und wir konnten hören, wie sie lachten. Selbst Mama. »Hab Erbarmen, Herr«, hörten wir sie schnauben. »Lieber Gott im Himmel!« Wir hatten sie in den vergangenen drei Monaten öfter lachen hören als in all den Jahren zuvor. Ich glaube, es gab Zeiten, in denen sie vergaß, dass sie schwanger war.

Vor dem Essen gingen wir Kinder mit Henry zum Bach. Addy stand neben Fran auf der Veranda und beobachtete, wie wir die Böschung hinunterrannten. »Ich bin so müde, dass ich hier auf der Stelle umfallen könnte«, sagte Addy.

»Na, wenn du das tust, dann fall dorthin und nicht auf mich drauf. Es könnte sonst gut sein, dass ich nicht wieder aufstehen kann.« Jeder hatte bemerkt, dass sich Frans Bauch rundete. Sie warf einen Blick auf Addy. »Wo ist dein Medaillon?«

Addy schüttelte den Kopf. »Ich weiß es nicht. Ich glaube, ich hab es verloren. Ich hab überall danach gesucht.« Sie fasste an ihren Hals, wo die Kette sonst immer gehangen hatte. »Wie geht's dem Baby?«

Fran starrte zum Stall. »Es bewegt sich nicht sonderlich viel.«

Addy streckte ihre Hand aus und legte sie auf Frans Bauch. »Hallo, mein Kleiner«, sagte sie lächelnd.

»Was machst du da?«

»Du legst nie deine Hand auf den Bauch. Darum wollte ich's wenigstens mal tun.« Fran sah Addy nicht an. Addy hob ihren Kopf, sie lächelte noch immer. »Du kannst mich nicht beachten, wenn du willst, Fran Gable, und du kannst so tun, als ob das Baby da nicht drin wäre, aber das ändert nichts. Das Baby wächst, diese weiten Kleider, die du trägst, beweisen es.«

Fran lehnte sich gegen einen Verandapfosten. »Wer hat dich überhaupt gebeten vorbeizukommen?«

»Jemand hat gesagt, dass ich jederzeit vorbeikommen kann, wenn ich will.« Addy schlug sich auf ihr Bein. »Ich werde dafür beten, dass das Baby nicht ebenso grantig wird wie seine Mama.«

Fran legte irritiert ihre Hand auf den Bauch. »Das Baby hat mich getreten«, sagte sie ungläubig.

Addy warf die Hände in die Luft. »Er hat gehört, dass du herummeckerst, und verbündet sich mit mir.« Sie legte ihre Hände erneut auf Frans Bauch. »Was für ein Kämpfer er ist.«

Fran schob Addys Hände weg. »Dieses Baby tritt, weil du wie eine Verrückte auf mich einredest.«

»Ich kann ja wieder nach Hause gehen«, sagte Addy freundlich. »Ich könnte sogar den ganzen Weg zurück nach Mississippi fahren. Obwohl das jammerschade wäre, weil wir sehr gern in Morgan Hill sind.«

Fran setzte sich auf die Verandatreppe. »Du kannst genauso gut hierbleiben, wo du schon mal hier bist«, sagte sie barsch.

Addy setzte sich neben sie. »Und warum? Weil du mich vermissen würdest, wenn ich weg wäre?«, fragte sie vorsichtig. Fran antwortete nicht. »Würdest du deine Freundin Addy Turner vermissen, wenn sie nicht mehr dort drüben wohnen würde?«

Fran sah Addy nicht an. »Tja, ich habe nicht allzu viele Freundinnen, also könnte das schon möglich sein.«

Addy lehnte sich an sie. »Nun, ich würde dich auch vermissen, du halsstarriger Dummkopf. Ich habe immer gedacht, dass Willie Dean der halsstarrigste Mensch ist, dem ich je begegnet bin, aber ich glaube, dass du ihn noch übertriffst.« Addy stieß Fran mit der Schulter, und Fran verlor ihr Gleichgewicht. Sie richtete sich wieder auf und schubste nun Addy. Sie stießen einander so lange, bis sie beide auf den Boden fielen.

»Ich sag dir was«, meinte Fran und klopfte sich ihr Kleid sauber. »Es ist überhaupt nicht mehr langweilig, seit du in Morgan Hill aufgetaucht bist.«

Addy warf ihren Kopf in den Nacken und lachte.

Ich weiß nicht mehr, wie lange wir an dem Bach standen und Henrys Geschichten zuhörten. Aber ich erinnere mich an das Gelächter und das tiefe Glücksgefühl, das ich an jenem Nachmittag empfand. Vielleicht ist das unsere Art, wie wir die Dinge erinnern wollen: das Schlechte übertünchen und es durch das Gute ersetzen. Aber so ist es nie. Nicht im wirklichen Leben. Im wirklichen Leben muss man beides annehmen. Es gibt keine andere Möglichkeit. Ich erinnere mich, dass ich mir wünschte, jener Sommer würde niemals enden und die Schule würde nie mehr beginnen und der Winter würde nie kommen. Aber er kam. Der Winter kommt für jeden von uns.

DRITTES KAPITEL

*I*n jener Nacht wälzte sich Helen Cannon in ihrem Bett hin und her. Irgendetwas riss sie aus dem Schlaf. Sie glaubte, in der Ferne etwas zu hören. Es klang wie Hundegebell. Sie lauschte einen Moment lang, aber sie nahm nur Stille wahr, und so schlief sie wieder ein. Einige Zeit später war es wieder da, diesmal lauter und dichter an ihrem Ohr. Sie öffnete ihre Augen und merkte, dass direkt vor ihrem Fenster ein Hund bellte. Es war ein keuchendes Bellen, das sie aus dem Bett fahren ließ. Sie stolperte in die Eingangshalle und öffnete Joes Schlafzimmertür. »Joe, ich glaube, Fred hat ein Tier draußen vor unserem Haus gefasst.«

Joe warf die Decke zur Seite und stieß die Verandatür auf. »O mein Gott!«, schrie er.

Ich weiß nicht, ob es die Scheinwerfer des Autos im Fenster waren, die mich weckten, oder Doc Langley, der mit lauten Rufen durch die Tür gestürmt kam.

»Fran, steh auf! Du musst zu den Turners kommen!«

Ich fuhr hoch und sprang aus dem Bett ans Fenster. Ich konnte sehen, wie Mama in der Dunkelheit zu Docs Laster rannte. Ich stürzte zu meinem Overall und schrie John zu: »Wach auf!«

»Was ist?«, fragte er und schlief wieder ein.

Ich lief zu ihm und schüttelte ihn. »Irgendwas ist los. Irgendwas ist passiert.« Ich zog ihn aus dem Bett, drückte ihm seinen Overall in die Hand und zerrte ihn aus der Tür.

Wir rannten querfeldein in Richtung Cannon Farm. Als wir Seitenstiche bekamen, blieben wir stehen. John krümmte sich. »Ich kann nicht m-m-mehr laufen, Jane.«

Ich griff seine Hand und zog ihn zu mir. »Los, weiter!«, schrie ich. Mir war schlecht. Warum sollte Doc Mama mitten in der Nacht wecken? War Addy krank? War irgendetwas mit der kleinen Rose passiert? Mein Herz klopfte noch schneller, als ich John durch die Tabakfelder führte. Dann sahen wir es. Große orangefarbene Flammen loderten hoch in die Luft. Die Schindelhütte, in der die Turners wohnten, brannte lichterloh. Wir rannten auf sie zu.

Als wir dichter herankamen, sah ich, wie Del und Joe Cannon und andere Männer Wasser aus dem Brunnen schöpften und in die Flammen gossen. Um uns herum schrien und riefen und rannten Leute. Wo war Mama? Wo waren Milo und Rose? Ich rannte in die Mitte des Durcheinanders und sah, wie Henry Mama von der Hütte fortzerrte. Sie schlug um sich und schrie: »O Gott! Nein! Nein, mein Gott! Nein!«

Ich rief nach ihr: »Mama!«

Henry wirbelte auf seinen Absätzen herum und sah uns. »Los, jemand muss die Kinder hier wegbringen!«

Ich weiß nicht, wie es Loretta gelang, aber sie rannte auf John und mich zu, packte jeden von uns unter einen Arm und schleppte uns zu Henrys Laster. »Mama!«, brüllten wir beide weinend. »Mama!« Loretta startete den Laster und brauste davon. John und ich drehten uns um und pressten unsere Hände gegen das Rückfenster. Tränen strömten uns über das Gesicht, während wir sahen, wie die Flammen höher und höher in den Himmel schlugen.

Loretta brachte uns ins Haus der Cannons. Wir standen am Fenster, und sie zog uns eng an sich. »Mit eurer Mama ist alles in Ordnung«, sagte sie wieder und wieder. Wir klammerten uns an sie und weinten voller Angst.

Nach einer ganzen Weile – wie viel Zeit inzwischen verstrichen war, weiß ich beim besten Willen nicht mehr – kam Doc mit Milo in den Armen hereingestürmt. Henry, Helen und Mama folgten ihm mit Nona Dodd und drei anderen Frauen auf dem Fuße.

»Legt ihn dort in das Zimmer«, sagte Helen.

Wir rannten ebenfalls in das Zimmer, und ich konnte Milos Körper zwischen den Erwachsenen erspähen, die sich um ihn drängten. Er trug Unterhosen. Doc riss seine Arzttasche auf und zog ein Stethoskop und andere Instrumente hervor. Ich drängte mich zwischen die Erwachsenen, und auch John quetschte sich hinter mir durch. An Milos Beinen waren hellrote Flecken zu sehen. Doc sprang auf. »Seine Lungen sind in Ordnung, und seine Verbrennungen sind nicht weiter schlimm«, sagte er und stürmte aus dem Zimmer.

Loretta und Nona beugten sich über Milo und drückten in kaltes Wasser getauchte Stofflappen auf seine Haut. Nona tupfte sein Gesicht und seinen Nacken mit einem feuchten Tuch ab. Ich weiß nicht mehr, was sie sagten. Ich erinnere mich nur noch daran, wie sanft sie Milo berührten und wie sie ihn trösteten und beruhigten, auch wenn er sie scheinbar nicht hören konnte.

Dann hörte ich laute Rufe an der Eingangstür. John und ich rannten in die Eingangshalle und sahen, dass Joe hereinkam; er trug Addy in den Armen. Ich erwartete jeden Augenblick jemanden mit Willie Dean und

Rose hereinkommen zu sehen, aber es kam niemand mehr.

Helen wies auf ihr Bett. »Hier, Joe.« Er legte Addy ab, und die Erwachsenen scharten sich um sie.

»Ich brauche Wasser, Helen«, rief Doc. »Und bring mir ein paar Tücher oder ein Stück Stoff, das ich in Streifen schneiden kann.« Helen und Joe verließen den Raum, und Mama kauerte sich auf einen Stuhl, den sie neben das Bett gestellt hatte. »Fran, such mir eine Schere.« Mama sprang von ihrem Sitz hoch, und Doc holte Spritzen und Medikamente aus seiner Tasche. Ich ging zum Bett. Auch Addys Haut wies an manchen Stellen große, hellrote Flecken auf, aber sie hatte nicht viele Verbrennungen. Nur ihr Haar war angesengt. Ich trat näher heran. Ihr Gesicht war nahezu unversehrt. Es war noch immer schön. Plötzlich begann Addy zu zittern. Eine eisige Furcht überfiel mich, während ich sie beobachtete, und ich streckte meine Hand nach ihr aus.

»Tritt zurück, Jane«, sagte Doc. Erschrocken sprang ich zur Seite. John rief mich zu sich, und wir hielten uns an den Händen. Doc zog ein Medikament aus einer Flasche in eine Spritze auf und injizierte es Addy in den Arm. Sie war bewusstlos, aber sie schrie auf vor Schmerzen. Es war ein furchterregender, entsetzlicher Schrei, der mich erzittern ließ. Helen, Joe und Mama kamen ins Zimmer zurückgerannt und gaben Doc das von ihm benötigte Verbandszeug.

Henry hob mich hoch und brachte mich und John in eine Zimmerecke, da immer mehr Leute ins Haus strömten und sich um Addys und Milos Betten drängten. Ich weiß nicht mehr genau, wer in jener Nacht alles da war, aber ich höre noch die geflüsterten Gebete. *Lieber Gott, hilf ihnen. Rette sie, lieber Gott.*

Die Zeit verstrich viel zu langsam in jenem Zimmer. Viel zu langsam. Mama setzte sich an Addys Bett und streichelte ihre Hand. Nachdem er Addy versorgt hatte, was mir wie Stunden vorkam, stand Doc auf. Er sah zunächst Henry und Loretta, dann Del und Helen und Joe Cannon an. Mama blickte zu ihm hoch. »Ich kann nichts für sie tun«, sagte er.

Seine Worte hingen wie dicker Nebel im Raum und machten mir das Atmen zur Qual. Ich musste ihn missverstanden haben. Er hätte doch sagen müssen: Ihre Verbrennungen sind nicht weiter schlimm, so, wie er es bei Milo getan hatte.

»Geben Sie ihr etwas«, sagte Mama. »Geben Sie ihr etwas, damit sie...«

»Ich kann ihr nicht helfen. Ihre Lungen sind bereits zu stark geschädigt. Alles, was ich tun kann, ist, ihre Schmerzen zu lindern.« Tränen flossen über Helens Gesicht. »Ihr bleibt noch ein wenig Zeit. Vielleicht ein paar Stunden. Ich weiß es nicht.«

Mama begann zu schluchzen. Die Tränen, die sie nie für meinen Vater vergossen hatte, weinte sie nun für Addy. »O Gott!«, stöhnte sie und streichelte Addys Hand. »O Gott, o Gott, o Gott. Was ist nur geschehen?«

Joe ließ den Kopf hängen und glitt die Wand hinunter auf den Boden. Helen saß mit dem Kopf in ihren Händen da, und Del kniete neben ihr. Loretta stand am Fußende des Bettes und weinte. John klammerte sich an Henry, und ich stand da, hielt Henrys Hand und betete, dass ich endlich aufwachte.

Ich weiß nicht, wie viel Zeit vergangen war, aber irgendwann lief ich zur Eingangstür. Fred, der Hund, rannte vor der Veranda hin und her. Wo blieben die Männer, die Rose hereintrugen? Wo waren jene, die Willie Dean ins Haus halfen?

Henry legte seine Hand auf meine Schulter, und ich presste meine Stirn gegen die Tür. »Wo sind die Männer, die Rose bei sich haben?«, fragte ich, aber in meinem Inneren kannte ich die Antwort. Ich wusste, dass die Männer hilflos dastanden und warteten, bis das Feuer niederbrannte, weil sie vorher nicht zu ihren Körpern durchdringen konnten. Ich wusste, dass sie kopfschüttelnd die Flammen beobachteten und wünschten, sie hätten mehr tun können, um Willie Dean und sein kleines Mädchen zu retten. Aber sie konnten nichts tun... und ich wusste es.

Sie fanden Willie Dean und Rose kurz vor der Eingangstür der kleinen Hütte, wie ich später erfuhr. Willie Dean lag über seiner kleinen Tochter, und seine Arme waren um sie geschlungen. Sechs Männer trugen ihre Körper aus der Hütte. Keiner von ihnen sprach ein Wort. Einer der Männer zog eine Abdeckplane von der Laderampe seines Lastwagens, legte Rose in die Arme ihres Vaters und hüllte die beiden darin ein. Mehr weiß ich nicht.

Ich ging in das Zimmer zurück, in dem Addy lag, und sah, dass alle noch genauso warteten wie vorher. Loretta hielt John eng umschlungen auf ihrem Schoß. Mama saß immer noch an Addys Bett. Ihr Gesicht war gerötet, aber sie weinte nicht mehr. Addy rang schwer keuchend nach Luft. Doc stand mit vor seinem Mund geballter Faust da. Er hatte schon andere Menschen von dieser Welt gehen sehen, aber vermutlich noch nie erlebt, dass jemand derart qualvoll starb. Helen betupfte in der Hoffnung, die Schmerzen zumindest ein wenig zu lindern, weiterhin Addys Stirn mit einem in kaltes Wasser getauchten Tuch. Wir sprachen nicht. Wir standen oder saßen da und warteten.

»Fran.« Es war nur ein Flüstern. Wir reckten die Hälse, um etwas zu hören. »Fran.«

Mama beugte sich dichter zu Addy herunter, und ihre Augen füllten sich erneut mit Tränen. »Was ist, Addy?«

»Wo sind... meine Babys?«

Mama konnte Addy nicht sagen, dass Rose und Willie Dean tot waren. Sie strich über Addys Haar. »Milo geht es gut. Er liegt im Zimmer nebenan und wird wieder gesund werden.«

»Und Willie Dean und Rose?«, flüsterte Addy stockend und sah Mama an, der eine einzelne Träne über die Wange rann. Sie schüttelte den Kopf und blickte weg. Ich schlang meine Arme um Henry und presste mich noch dichter an ihn.

»Wir haben versucht, zu ihnen durchzukommen. Aber wir konnten nicht.«

Mama beugte sich noch weiter vor, über ihre Wangen floss jetzt ein Strom von Tränen. Sie legte ihren Kopf neben den von Addy. »Sch, sch, sch.«

»Fran«, flüsterte Addy. »Fran.« Mama hob den Kopf. »Mein... Junge... kümmerst du dich um ihn?« Ihre Stimme klang fest.

Mama nickte. »Doc und ich werden uns gut um ihn kümmern.«

Addy versuchte, ihre Hand zu meiner Mutter zu heben. »Nein. Würdest... du ihn... in dein Haus holen?« Tränen tropften von Mamas Kinn. »Würdest ... du ihn ... großziehen, Fran? Du bist ... noch jung. Du hast Kinder ... in seinem Alter. Wir haben ... sonst niemanden. Würdest du ihm ... helfen?«, brachte sie mit letzter Kraft hervor.

»Ja«, sagte Mama. »Ja, das werde ich.« Sie tupfte behutsam Addys Stirn mit dem feuchten Tuch ab und sah sie an. »Das werde ich, Addy. Das werde ich.« Sie sagte es wieder und wieder, bis Addy die Augen schloss.

Als Erstes hörte ich Helens erstickten Schrei. Sie setzte sich ans Bett und presste die Hand vor den Mund. Ihre weiße Haut spannte sich über den Venen, die fein verästelt ihre Hand durchliefen. Riesige Tränen flossen jetzt über das Gesicht der alten Frau.

Loretta nahm John auf ihren Arm und verließ mit ihm das Zimmer. Ich spürte, wie mich Henry zur Tür drängte, aber ich stemmte mich gegen den Boden und starrte Addys Körper an. Ich wollte, dass sie sich bewegte. Ich starrte sie an und wollte, dass sie wieder atmete.

»Wie ist das passiert?«

Die Frage zerriss die Stille und ließ mich hochfahren. Es war die Frage, die wir uns alle gestellt, aber dann beiseitegeschoben hatten. Niemand sagte etwas. Mama fragte erneut, noch immer Addys Gesicht abtupfend. »Wie ist das passiert?«

»Fran ...«, sagte Henry.

»War es Brandstiftung?« Ihre Stimme wurde lauter. »Ich möchte eine Antwort haben.« Niemand rührte sich. Niemand wusste, was er sagen sollte. Mama sprang von ihrem Stuhl auf. »Hat jemand das Feuer gelegt, Henry?« Ihre Augen loderten, und ich schrak zurück. Sie rannte zur Tür. Joe griff sie bei den Armen und hielt sie fest. »War es

Brandstiftung, Joe?«, schluchzte sie und machte sich los. »Hat jemand das Feuer gelegt?«

»Wir wissen es nicht, Fran«, erwiderte er und hielt sie erneut fest. »Wir wissen es nicht.«

John und ich saßen zusammen auf einem Sessel und wachten über den schlafenden Milo, weil wir Angst hatten, auch er würde sonst sterben. Schließlich nickte John ein. Sein Kopf rutschte über meine Schulter und hing schließlich über die eine Sesselseite hinab. Henry trat leise ins Zimmer neben das Bett. »Wird Milo auch sterben?«, fragte ich, auf Milos sich hebende und senkende Brust starrend.

Henry zog das Laken, mit dem Milo zugedeckt war, über seine Arme. »Doc sagt, dass er wieder gesund wird. Er hat nicht so viel Rauch in die Lungen bekommen.« Er warf ein Kissen auf den Boden, bettete John darauf und legte eine Decke über ihn. Ich stand auf, damit er sich hinsetzen konnte, und kletterte dann auf seinen Schoß. Voller Angst, ihn auch noch zu verlieren, umklammerte ich seinen Nacken und legte meinen Kopf unter sein Kinn. »Wirst du sterben, Henry?«

»Ich habe das in nächster Zeit nicht vor.«

»Wie ist Milo rausgekommen?«

»Joe hat ein Fenster eingeschlagen und zu ihm und Addy gelangen können.«

»Du meinst, er ist direkt ins Feuer gesprungen?«

»Die Flammen hatten gerade den Raum erreicht, in dem Milo schlief. Joe schlug das Fenster ein und holte Milo heraus, bevor er in den übrigen Teil der Hütte rannte.«

Schweigend dachte ich über das nach, was Henry mir

gerade erzählt hatte. Ich erinnerte mich daran, dass Joe Addy ins Haus getragen hatte, aber er hatte nicht so ausgesehen, als sei er gerade aus einem brennenden Haus gekommen. Er hatte meiner Ansicht nach genauso ausgesehen wie an jenem ersten Sonntag, als er aus dem Krieg zurückgekommen war. Da hatte er ebenfalls nicht ausgesehen wie jemand, der im Krieg gekämpft hatte. Er sah immer so aus wie Joe.

»Hat Rose gewusst, dass sie sterben würde?«, fragte ich Henry nach einer Weile.

»Ich glaube nicht, dass sie das gewusst hat.«

Ich wollte ihm glauben. Ich wollte glauben, dass der Rauch ihre Lungen füllte, bevor sie auch nur eine Flamme an ihrem Körper spürte. »Aber Willie Dean hat es gewusst, nicht? Er muss es gewusst haben.«

»Willie Dean hat getan, was er tun musste. Das Einzige, woran er dachte, war seine Familie.«

»Können sie uns jetzt sehen?« Ich versuchte mir Willie Dean, Addy und Rose im Himmel vorzustellen, aber alles, was mir vor Augen trat, war Addys toter Körper und das Bild von Rose und Willie Dean.

»Hm. Da es im Himmel keine Traurigkeit gibt, vermute ich, dass sie nicht zu uns herabblicken. Denn wenn sie das täten, wären sie jetzt schrecklich traurig.«

Ich dachte lange darüber nach und fragte dann: »Wo war Gott, als das Feuer gebrannt hat? Warum hat er es nicht ausgemacht, Henry?«

Er legte seinen Kopf an die Rückenlehne des Sessels. »Ich weiß es nicht. Ich weiß nur, dass es viele Dinge gibt, die wir nie verstehen werden.« Ich fragte mich, ob Willie Dean und Addy jetzt alles verstanden. Ich fragte mich, ob sie wussten, warum sie alle gestorben waren und Milo nicht.

Mama kam herein und stellte sich ans Fußende des Bettes. Sie wirkte erschöpft, und ihre Augen waren klein und rot.

»Wird er bei uns wohnen?«, wollte ich wissen.

Sie nickte. Ich beobachtete, wie sie Milo anstarrte, und rätselte, wie um alles in der Welt wir alle zusammenleben konnten, wie Milo je ohne seine eigene Familie leben sollte und wie die Leute meine Mutter behandeln würden – eine verwitwete Weiße, die einen farbigen Jungen in ihrem Haus wohnen ließ. Ich dachte und dachte und dachte über diese Dinge nach, bis ich in den Schlaf glitt. Henry legte mich neben John auf den Boden und deckte mich mit einer Steppdecke zu.

Mama zog sich einen Stuhl an Milos Bett und setzte sich neben ihn. Sie blieb dort sitzen, bis er aufwachte, und dann sagte sie ihm, was geschehen war. Sie erzählte ihm alles.

Am nächsten Tag rannte ich nicht zu Henrys Laden, um Maxine beim Verlesen der Todesanzeigen zuzuhören. Ich wollte nicht daran denken, dass die Menschen, während sie von dem Feuer vorlas, das auf der Cannon Farm ausgebrochen war, einfach ihr Leben fortsetzten, als ob nichts geschehen wäre, auch wenn ich wusste, dass die Farmen bestellt und die Kühe gemolken und das Unkraut in den Gärten gejätet werden musste. Das Leben würde ohne die Turners weitergehen.

Henry, Pete, Del und andere Männer arbeiteten den gesamten Morgen hindurch, um die Überreste der Hütte der Turners fortzuschaffen. »Milo soll nicht jedes Mal an das erinnert werden, was geschehen ist, wenn er hier vorbeikommt«, erklärte Henry mir, während er die verkohlten Bretter auf seinen Laster warf. Ich stieg über die noch warmen, verbrannten Trümmer und stieß versengte Bretter mit dem Fuß beiseite, um noch irgendetwas zu finden, das Milo an seine Familie erinnern würde. »Du kannst da nichts finden«, sagte Henry und legte seine Hand auf meine Schulter. »Es ist nichts übrig geblieben, meine Hübsche.«

In der Ferne sah ich, wie Joe mit Milo zu seinem Laster ging. Ich hoffte, dass es Helen gelungen war, Milo dazu zu bewegen, ein paar Bissen Biskuits und etwas Milch zu sich zu nehmen. Gedankenverloren stieß ich ein weiteres Brett mit meinem Fuß fort, während ich sie beobachtete. »Deine Mama braucht dich, Jane«, sagte Henry. Ich schüttelte den Kopf. Ich wollte nicht nach Hause gehen, nicht nach dem, was passiert war, nicht, wo Milo jetzt dort hingebracht wurde. Henry hob mein Kinn, sodass ich ihn ansehen musste. »Deine Mama wird dich zu Hause brauchen, meine Hübsche. Los, geh jetzt.«

Ich nahm Fred, den Hund, auf meine Arme und lief los. Er brauchte auch einen Platz, wo er bleiben konnte.

An einem Dienstagmorgen begruben wir Willie Dean, Addy und Rose. Der Friedhof war voller Menschen. Auch viele von denen, die auf die Anwesenheit der Turners in unserer Kirche ablehnend reagiert hatten, kamen an jenem Tag heraus und trauerten um sie. Mehrere mit zahlreichen Schwarzen, die ich noch nie zuvor gesehen hatte, beladene Kleinlaster fuhren vor der Kirche vor. Die Schwarzen gingen zum Friedhof und umringten Milo.

»Wer sind die?«, fragte ich Henry.

»Vielleicht haben sie Maxine im Radio gehört und sind von Greeneville hergekommen.«

»Warum?«

»Um ihre Aufwartung zu machen, Jane.«

Ich blickte mich auf dem Friedhof um und sah den Grabstein meines Vaters zum ersten Mal seit seinem Begräbnis wieder. – *Charles Lonnie Gable, 3. Februar 1919 – 20. Mai 1947.*

»Diese Steine sagen nicht viel, oder, Henry?«

»Alles steckt dort in dem kleinen Strich«, sagte Henry und wies auf den Strich zwischen dem Tag der Geburt und dem Todestag. Ich musterte die Zeile. »Da steckt das ganze Leben eines Menschen drin, Jane.«

»Aber niemand weiß, was geschehen ist, wenn er auf den kleinen Strich da guckt.«

»Die Menschen, auf die es ankommt, wissen es.«

»Ich werde es immer wissen«, flüsterte ich den Sargdeckeln der Turners zu. »Ich werde mich immer erinnern.«

Pete schlug seine Bibel auf und las aus dem Buch Jesaja: »Fürchte dich nicht, denn ich habe dich erlöst; ich habe dich bei deinem Namen gerufen; du bist mein! Denn so du durch Wasser gehst, will ich bei dir sein, dass dich die Ströme nicht sollen ersäufen; und so du ins Feuer gehst, sollst du dich nicht brennen, und die Flamme soll dich nicht versengen. Denn ich bin der Herr, dein Gott.« Die Schwarzen unter uns riefen: »Amen!« Ich sah zu ihren Gesichtern hoch. Warum stimmten sie dem zu, was Pete vorlas, wo die Turners doch durch Flammen getötet worden waren? Pete las weiter: »Denn siehe, ich will ein Neues machen; jetzt soll es aufwachsen, und ihr werdet's erfahren, dass ich Wege in der Wüste mache und Wasserströme in der Einöde.« Ein tiefes Summen erhob sich um die Gräber, gefolgt von den Rufen: »Ja, Herr! Amen!«

Ich schielte von einem schwarzen Gesicht zum nächsten. Viele hatten ihre Augen geschlossen, aber sie sangen wie mit einer Stimme *Amazing Grace*, als die Männer unserer Gemeinde die Gurte ergriffen und begannen, die Särge nach unten abzuseilen. Ich grub meine Finger in Henrys Bein. Er hob mich hoch, und ich drückte mein Gesicht an seine Schulter. Diesmal konnte ich es nicht ertragen, den Männern dabei zuzusehen, wie sie das taten.

Tränen strömten über Mamas Gesicht. Sie presste ihre Hand an den Mund, als würde sie auseinanderbrechen, wenn sich ihr ein Schluchzen oder Stöhnen entrang. Helen hielt Milo fest umschlungen und drückte ihn an ihre Seite. Aber Milo weinte nicht. Er sah zu, wie die Särge versenkt wurden, und gab keinen einzigen Laut von sich.

VIERTES KAPITEL

*D*as zweite Mal innerhalb kurzer Zeit kamen unzählige Leute in unser Haus. Von den Rampen ihrer Laster luden sie Unmengen von Essen ab, und diesmal ließen sie auch Kleidungsstücke da – einen Overall, ein Hemd oder Schuhe für Milo. Selbst Menschen, die Willie Dean und Addy nie in unserer Gemeinde willkommen geheißen hatten, ließen etwas für Milo da. Sie lächelten unsicher, weil sie nicht wussten, was sie zu einem schwarzen Waisenjungen sagen sollten, aber man merkte ihnen an, dass sie hofften, ihre Hilfsbereitschaft würde alle vorherige Zurückweisung seiner Familie genüber ausgleichen.

John und ich gingen mit Milo auf die Veranda. Wir saßen schweigend da, während wir an unserem Essen knabberten, von dem wir das meiste Fred gaben. Mama kam über den Hof zu uns herüber und blieb vor uns stehen. »Habt ihr etwas gegessen?« Wir nickten, und sie ging wieder weg. John und ich versuchten, uns in Milos Gegenwart normal zu verhalten, aber es war nichts normal, und jeder wusste das. Ein farbiger Junge wohnte jetzt in unserem Haus – nichts würde mehr normal sein.

Helen und Del kamen auf die Veranda. Helen setzte sich neben Milo und nahm ihn in ihre Arme. »Wir haben deine Mama und deinen Daddy geliebt«, sagte sie mit Augen voller Tränen. »Und wir haben die kleine Rose geliebt.« Sie zog Milo noch dichter zu sich heran. »Es gibt gute, anständige Menschen auf dieser Welt, Milo, und deine Mama und dein Daddy haben zu den besten Menschen gehört, die man sich vorstellen kann.« Sie drückte seinen Kopf an ihre Schulter und tätschelte seinen Arm. Helens wenige Worte ließen die Welt in einem anderen Licht erscheinen. Sie griff nach Milos Hand und blieb den restlichen Nachmittag bei ihm sitzen.

Fran lief zwischen den Leuten im Garten hin und her und wünschte sich, dass sie fortgehen würden. »Wie lange willst du ihn bei dir wohnen lassen, Fran?«, fragte jemand. »Möglicherweise kannst du jetzt gleich eine farbige Familie finden, die bereit wäre, ihn aufzunehmen«, schlug jemand anderes vor. Vier Frauen umringten sie und wiesen ihr, wie sie es formulierten, »einen Ausweg aus dieser Klemme« und rieten ihr, was sie tun würden. In diesem Moment spürte Fran Margarets Hand auf ihrem Arm. Sie verzogen sich auf die rückwärtige Veranda und setzten sich auf die Treppen.

»Wie geht es dir, Fran?«

»Gut. Ich bin nur müde.«

Margaret knabberte an einem Stück Kokosnusskuchen. »Gibt es irgendetwas, das ich für dich tun kann?«

»Nein. Ich wüsste nicht, was. Im Augenblick bin ich unfähig, klar zu denken.«

Margaret neigte sich zu Fran hin. »Die Leute sagen, dass du den Jungen aufnimmst.«

»Das stimmt.«

»Du willst ihn wirklich aufziehen?«

»Ich werde es versuchen.«

»Wie willst du das schaffen?«

Fran schüttelte den Kopf. »Das weiß ich nicht, aber ich habe es seiner Mama versprochen.«

»Du kannst das nicht tun, Fran. Es würde zu viel für dich werden.«

»Ich hab's bisher auch geschafft. Sicher kann ich noch einen mehr durchfüttern.«

»Aber der Junge ist kein Verwandter.«

Fran blickte hinüber zu den Eisenbahnschienen. »Ich hab's seiner Mama versprochen.«

»Das ist egal. Du schaffst es nicht. Wie willst du ihn und das Baby, das du trägst, durchbekommen?«

»Das weiß ich noch nicht.«

»Du musst es nicht tun, Fran.« Margaret beugte sich noch dichter zu ihr hin und flüsterte: »Er ist ein Farbiger.«

Der Druck in Frans Kopf verstärkte sich. Sie rieb sich die Schläfen und stand auf. Eine tiefe Müdigkeit ergriff sie. »Wir sind alle Farbige, Margaret«, erwiderte sie und ging fort, bevor Margaret noch etwas sagen konnte. Sie ging auf die Küchentür zu, aber als sie Joe erblickte, blieb sie stehen.

»Du siehst aus, als müsstest du dich hinsetzen«, sagte er. Während er sie zu der Wagenfläche führte, auf die Loretta einen Topf mit dampfendem Kaffee gestellt hatte, bemerkte sie die Schnitte und Brandwunden, die er sich im Feuer an den Armen zugezogen hatte. Er reichte Fran eine Tasse Kaffee. »Das wird dich zu Kräften kommen lassen. Loretta hat ihn gekocht.« Es war allgemein bekannt, dass Loretta alles zustande brachte, nur nicht eine gute Tasse Kaffee.

Fran nahm einen Schluck und würgte. »Das ist der scheußlichste Kaffee, den ich je getrunken habe«, sagte sie zaghaft lächelnd.

Joe nahm sich ebenfalls eine Tasse. »Geteiltes Leid ist halbes Leid.« Sie setzten sich unter einen Ahornbaum, den schon Frans Vater gepflanzt hatte. »Hör mal, Fran, die Männer haben sich unterhalten. Es lässt sich nicht feststellen, ob es Brandstiftung war.«

»Ich weiß es. Ich wusste es schon in jener Nacht.«

Joe streifte mit den Fingern durchs Gras. »Ich glaube, dass sie eine Lampe haben brennen lassen, die dann einen Vorhang oder eine Decke in Brand gesteckt hat.« Er senkte den Kopf. »Es wäre einfacher zu denken, dass es Brandstiftung war. Dann könnte man jemandem die Schuld geben.«

Fran lehnte sich gegen den Baumstamm und sah durch die Äste nach oben. »Ich denke die ganze Zeit, dass wir alle gerade aufzuwachen beginnen.« Sie blinzelte, als ein Sonnenstrahl ihre Augen traf. »Ich kann mich noch daran erinnern, wie ich klein war und Prediger Hale über Lazarus sprach, der von den Toten erweckt wurde. Er sagte: ›Maria und Martha wollten, dass Jesus ihren Bruder wieder gesund machte, doch Gott sagte sinngemäß: Das ist euer Weg, aber ich habe einen besseren Weg.‹ Ich habe viele Male in meinem Leben über bessere Wege nachgegrübelt. Und ich gebe mir wirklich größte Mühe herauszufinden, was in diesem Fall hier der bessere Weg ist.« Sie schüttelte den Kopf. »Ich kann kaum meine eigenen Kinder großziehen, ganz zu schweigen von ...«

»Fran«, unterbrach Joe sie.

»Ich kann ihn nicht großziehen, Joe.«

»Doch, das kannst du.«

»Ich weiß nichts über seine Sitten ... die Sitten seines Volkes. Ich weiß nichts über Farbige oder das Großziehen eines farbigen Jungen. Er wird mich nie als seine Mama akzeptieren.«

Joe stellte seine Tasse auf den Boden. »Das ist auch ganz in Ordnung so, Fran. Du bist nicht seine Mutter. Er wird seine eigene Mama in Erinnerung behalten und sie lieben. Addy musste wissen, dass ihr Junge ein Zuhause haben würde.«

Fran senkte den Kopf. »Aber jedes Mal, wenn ich ihn ansehe, weiß ich, dass ich es nicht tun kann.«

»Addy wusste, dass du es könntest. Darum hat sie so lange durchgehalten. Sie wollte durchhalten, bis sie dich bitten konnte, dass du für ihren Jungen sorgst.« Fran sah Joe an, und eine Träne rollte ihr über die Wange. »Sie wusste, dass du es tun könntest, Fran«, sagte Joe noch einmal.

Sie wollte Joe sagen, dass er sich irrte, dass sie es nicht tun konnte, weil sie Angst hatte und finanziell nicht über die Runden kam. Aber das tat sie nicht. Sie nickte nur.

Als alle aufbrachen, half ich Mama, die Lebensmittel in den Kühlschrank zu stellen. Wir trugen einen Sack Kartoffeln und einen Sack Zwiebeln zum Keller. Als Mama die Kellerluke herunterklappte, hörten wir ein Winseln und Geschrei. Mama rannte ums Haus herum. Milo stand am Rande der Weide und bewarf Fred mit Steinen. »Hau ab! Verschwinde von hier, du blöder Hund!«, brüllte er. Ein Stein traf Fred am Rücken. Jaulend rannte der Hund über die Weide und blieb dann stehen. »Hau ab!«, schrie Milo wieder und warf einen weiteren Stein, der Freds Brust traf. »Ich hasse dich!« Fred rannte noch ein Stück weiter, aber dann blieb er wieder stehen und beobachtete Milo.

In diesem Moment erreichte Mama den Jungen. »Milo!«, rief sie, »hör auf, Fred mit Steinen zu bewerfen.«

»Ich hasse ihn«, erwiderte er und wuchtete einen großen Stein hoch, den er in Freds Richtung sausen ließ. »Er ist nicht mehr mein Freund.« Er beugte sich vor, um einen weiteren Stein aufzuheben, aber Mama kniete sich vor ihn hin und hinderte ihn daran. »Fred *ist* dein Freund. Das ist der Grund, warum er dort steht und darauf wartet, dass du aufhörst, ihn mit Steinen zu bewerfen. Er möchte hierherkommen und bei dir sein.«

Mama hielt Milo noch immer fest. »Fred wehzutun kann deine Mama und deinen Daddy nicht zurückbringen. Er ist auch traurig, weißt du.«

Milo schüttelte Mama ab, hob einen weiteren Stein auf und warf ihn mit aller Kraft auf die Weide, aber diesmal nicht in Freds Richtung. Dann marschierte er davon. Fred folgte ihm in den Stall, wo sie beide bis zum Abend blieben.

Milo mochte nichts zu Abend essen, und Mama zwang ihm nichts auf. Aber sie brachte ihn dazu, zum Zubettgehen hereinzukommen. Er stand an der Schlafzimmertür, und John krabbelte zu mir ins Bett. »Willst du noch mal ins Bad, bevor du dich hinlegst?«, fragte Mama. Er schüttelte den Kopf und rannte raus auf die Veranda. John und ich sprangen aus dem Bett, um ihn durch das Fenster zu beobachten. Mama öffnete die Verandatür und schlug sie hinter sich zu.

Draußen umklammerte Milo einen Pfosten. John und ich pressten die Ohren an die Tür, um zu lauschen. »Es ist schon spät, Milo. Komm ins Bett. Du musst ein wenig schlafen.«

»Es gehört sich nicht für mich, dort drinnen zu schlafen. Ich schlaf hier.«

Mama seufzte und setzte sich auf einen der Rohrstühle. »Die Veranda ist der Ort, an dem Fred schläft. Menschen schlafen dort drinnen in den Betten.«

Er schüttelte den Kopf. »Es gehört sich nicht, und ich weiß es.«

Sie stand auf, legte ihm eine Hand auf die Schulter und drehte ihn zu sich, damit er sie ansah. »In diesem Haus schlafen Menschen in Betten.«

»Aber es gehört...«

»In diesem Haus schlafen Menschen in Betten.« Mama stellte sich hinter Milo, um ihn zur Tür zu schieben, aber er klammerte sich an die Verandabrüstung. »Also gut, dann warte eine Minute, damit ich mein Kissen und meine Decken holen kann.«

»Wofür?«

»Ich kann dich nicht hier draußen allein schlafen lassen.« Sie öffnete die in die Küche führende Tür.

»Du kannst nicht hier draußen schlafen.«

»Warum nicht?«

»Weil das nicht richtig ist.«

»Es ist für dich genauso wenig richtig. Aber da du darauf bestehst, werde ich hier draußen bei dir schlafen. Wenn du in deinem Bett schlafen würdest, dann würde ich in meinem schlafen. Wir könnten eine andere Nacht vereinbaren, um hier draußen zu schlafen.«

Milo dachte einen Augenblick nach und nickte dann. John und ich krabbelten zurück in mein Bett und sahen zu, wie Milo in Johns Bett kroch. Mama zog die Decken über jeden von uns. Sie küsste uns nicht, das war nicht ihre Art. Sie sagte gute Nacht und schloss die Tür hinter sich.

In der Stille hörten wir dann, wie sich Milo zum Fenster hindrehte, und ich wusste, dass er weinte. In der Nacht zuvor hatte er das auch getan. Wir drehten unsere Köpfe zu ihm hin und starrten auf seinen Rücken. Hilflos lauschten wir, wie er sich in den Schlaf weinte.

Ich weiß nicht, ob Mama in jener Nacht überhaupt geschlafen hat. Jedenfalls sah ihr Gesicht am nächsten Morgen, als sie in unsere Zimmer kam, übernächtigt aus; die Ringe unter ihren Augen waren noch dunkler geworden. »Los«, sagte sie, »ihr müsst jetzt aufstehen.« Sie ging an Milos Bett und sah ihn an. »Möchtest du etwas frühstücken, Milo?« Er antwortete nicht. »Nun komm schon. Steh auf und wasch dich.«

Mamas Schlürfen beim Kaffeetrinken, Johns Schlucken der Milch und das Kratzen unserer Gabeln auf den Tellern waren die einzigen Geräusche, die die Stille an unserem Tisch durchbrachen. »Du musst etwas essen, Milo«, sagte Mama.

Ich sah hoch und bemerkte, dass er keinen einzigen Bissen zu sich genommen hatte. Er saß nur da und starrte auf seinen Teller. »Die Würstchen sind wirklich gut«, sagte John. Ich warf ihm einen scharfen Blick zu, um ihn zum Schweigen zu bringen.

»Milo, du musst essen«, wiederholte Mama. »Seit gestern Nachmittag hast du nichts zu dir genommen.« Milo starrte auf seinen Teller. Wir saßen in der Stille, und das Ticken der Uhr auf dem Kaminsims in der Diele klang wie eine Bombe, die gleich explodieren würde. Einige Minuten verstrichen, aber wir hatten den Eindruck, als sei eine ganze Stunde vergangen, in der das betäubend laute Ticktack in unseren Ohren dröhnte.

Mama stand auf und nahm Milo den Teller weg. »Ich pack dein Essen ein. Vielleicht magst du es später. Jane, du und John, ihr zeigt Milo, was zu machen ist. Ihr müsst rausgehen und die Kühe melken, bevor die Milchgesellschaft eintrifft. Wir wollen nicht zu spät zum Laden kommen.« Ich sah zu ihr hoch. Wir sollten heute gar nicht zum Laden gehen. Henry hatte zu Mama gesagt, sie solle zu Hause bleiben. »Los, Jane. Lass es mich nicht zweimal sagen.«

Außer der beim Melken in den Eimer spritzenden Milch und dem gelegentlichen Muhen einer missgelaunten Kuh herrschte auch im Stall totales Schweigen. Wir gossen die Milch in die Kannen und drehten gerade den letzten Deckel fest, als der Milchwagen in die Einfahrt bog.

Mama nahm das Geld und ging zum Haus, während ich unsere Melkschemel fortstellte. Ich hörte draußen an der Seite des Stalls ein dumpfes Schlagen und sah um die Ecke. Dort stand Milo, der mit Steinen warf, einen nach dem anderen. Ich ließ ihn allein und suchte nach Mama.

Sie war im Hinterhof und hob gerade den Erdbrocken an, den sie immer auf das Loch legte, das sie für die Kaffeekanne gegraben hatte. Sie legte die paar Dollarscheine hinein und schob die Kanne in das Loch zurück. »Mama, du musst das jetzt nicht mehr machen«, sagte ich. Sie drehte ihren Kopf und sah, dass ich hinter ihr stand. »Daddy ist tot. Du musst das Geld jetzt nicht mehr verstecken.« Sie wischte die Hände an ihrem Kleid ab, sah in das

Loch zurück und nickte. »Milo wirft schon wieder mit Steinen.«

»Wen bewirft er?«

»Niemanden. Er wirft sie an den Stall.«

»Dann lass ihn einfach.« Sie zog die Kaffeekanne aus dem Loch, hob sie an ihre Brust und ging ins Haus. »Macht euch fertig. Wir müssen los.«

Ich griff den Eimer mit Eiern, die wir an Henry verkaufen wollten, und fragte John, der gerade Heu vom Dachboden nach unten warf: »Ist Milo bei dir?« John schüttelte den Kopf. Ich suchte alle Ställe und Getreidetröge ab und lief dann um den Stall. Wo war er? Ich rannte ums Haus und ließ meinen Blick in beide Richtungen über die Eisenbahnschienen gleiten, bevor ich in die Küche lief. Die Verandatür knallte hinter mir zu, und Mama blickte vom Waschbecken hoch, wo sie das Geschirr spülte. »Ist Milo hier drinnen?« Verwirrt sah sie mich an. Milos Namen rufend, lief ich durchs Haus. Sie kam hinter mir her. »Er ist nicht da«, sagte ich. »Er ist weggelaufen.«

Joe Cannon fand keinen Schlaf. Jedes Mal, wenn er einnickte, hörte er Addys Schreie aus der Hütte der Turners dringen. »O Gott, meine Babys!«, hatte sie gerufen, als Joe sie in jener Nacht herausgeholt hatte.

Er stand früh auf und ging mit einer Lampe in den Stall. Die Kühe hoben die Köpfe, und begierig darauf, gemolken zu werden, stand eine nach der anderen auf und erweckte den Stall zum Leben. Joe freute sich auf die Arbeit. Sie lenkte ihn von der Erinnerung an das Feuer ab.

Joe war ein schweigsamer Mann. In seinen Briefen nach Hause hatte er nie darüber berichtet, was ihm in Europa widerfahren war. Seine Familie wusste lediglich, dass er Scharfschütze war, und da es in seiner Einheit bereits einen weiteren Mann namens Joe gab, nannten ihn die Männer Cannon. Wenn ein Mann aus seiner Einheit fiel, war es Joes Pflicht, Eltern und Ehefrau zu benachrichtigen und darzulegen, wie ihr Sohn oder Ehemann gestorben war und wie, falls er noch etwas gesagt hatte, seine letzten Worte lauteten. Als Joe nach Morgan Hill heimgekehrt war, schrieb er weiterhin diese Briefe. Noch Jahre später bekam er Dankesschreiben, aber die Erinnerungen waren zu belastend, und so verdrängte er sie.

Irgendjemand hatte die Idee gehabt, einmal in der Woche »unseren Jungs im Krieg« zu schreiben. Also verfasste jede Woche jemand in Morgan Hill einen Brief und erzählte, was zu Hause geschah. Joe sagte, dass es die Briefe aus der Heimat gewesen waren, die ihn am Leben gehalten hatten, und er bewahrte jeden Einzelnen von ihnen auf.

Joe schlug der letzten Kuh, die er gemolken hatte, aufs Hinterteil. Als ihr Bauch die gerötete Haut an seinen Armen streifte, verzog er das Gesicht und fuhr mit den Fingern über die Brandwunden. Er griff nach dem Melkfett und strich eine dünne Schicht auf die Wunden. Joe musterte seine Arme, und Tränen traten ihm in die Augen. In Gedanken stürzte er wieder und wieder in das Haus der Turners und rettete sie alle. Addy schrie nicht nach ihren Kindern, weil sie bereits in Sicherheit waren.

»Du bist die ganze Nacht auf gewesen?«

Die Stimme seines Vaters ließ Joe hochfahren. Er wischte sich den Schweiß, der ihm auf der Stirn stand, an der Schulter ab. »So ziemlich. Die Kühe sind gemolken.«

Del sah zu, wie Joe den Deckel auf der letzten Milchkanne befestigte. »Deine Mama hat Frühstück gemacht. Geh doch ins Haus und iss etwas, und dann kannst du ja noch ein wenig schlafen.«

Joe kehrte seinem Vater auch weiterhin den Rücken zu. »Mir geht's gut, Pop. Ich komm gleich rein.«

»Du brauchst nicht hierzubleiben, Joe«, sagte Del. »Du musst nach Atlanta zurück. Ich und deine Mama schaffen's schon.«

»Ich bleibe, bis ich jemand anderen finde, der herkommen kann, um euch zu helfen.«

»Aber das kann Monate dauern. Du musst zurück an deine Arbeit gehen.«

Joe rieb sich mit den Handballen kraftvoll die Augen. Dann griff er nach einer an der Wand hängenden Hacke und ging in Richtung Tabakfeld. »Wir können das später besprechen, Pop.«

Nachdem Willie Dean und Addy als Hilfskräfte auf die Farm gekommen waren, hatten Joe und Del beschlossen, zwei Morgen Tabak anzubauen, einen Morgen mehr als bisher. Joes Blick streifte über die Tabakreihen, und er fragte sich, wie sein Vater zwei Morgen selbst bestellen sollte. Er wusste, dass Del recht hatte. Es würde Monate dauern, um eine neue Hilfskraft für die Farm zu finden, und er musste zurück nach Atlanta fahren.

Joe bohrte die Kante der Hacke in den Boden und riss ein kleines Büschel Unkraut heraus, das zwischen zwei Pflanzen wuchs. Irgendein Geräusch drang an seine Ohren, und er hielt inne. Nach einem kurzen Moment begann er weiterzuarbeiten, aber als er ein weiteres, diesmal deutliches Geräusch hörte, verharrte er. Schweigend lauschte er und rollte die Ärmel seines Hemds herunter, um seine Brandwunden zu bedecken. Er sah über das Feld hinweg und ging in die Richtung, aus der das Geräusch kam. Am Ende des Feldes, in der Nähe des Pinienwäldchens, sah er zwei kleine nackte Füße. Leise näherte er sich ihnen. Milo lag dort auf dem Boden, den Arm über dem Gesicht. Joe lehnte sich auf den Griff der Hacke.

»Milo?« Milo fuhr zusammen, aber er ließ den Arm über seinem Gesicht. »Was tust du hier?«

»Ich lieg bloß da und warte, dass mein Daddy und meine Mama zur Arbeit herkommen.«

Joe gaben diese Worte einen Stich ins Herz, und er setzte sich neben Milo auf den Boden. »Weiß Fran, dass du hier bist?« Milo schüttelte den Kopf. »Dann machen die sich unten bei den Gables möglicherweise schon riesengroße Sorgen.«

»Ich bleib da nicht mehr.«

»Warum nicht?«

»Weil ich bei meiner Mama und meinem Daddy und Rose lebe.«

Joe zog ein Taschentuch aus seiner Hose hervor und wischte sich damit über den Nacken. »Sie sind hier nicht mehr, Milo.«

Milo ließ den Arm von seinem Kopf gleiten und sah ihn an. »Sie kommen wieder, Mr. Joe.«

Joes Gedanken wanderten zurück zum Krieg, wo ihm die Kugeln um die Ohren gepfiffen waren. Er hatte stets gehofft, dass das Schlimmste nicht geschehen und sein Bruder neben ihm wieder aufstehen und fortgehen werde, aber das geschah nicht. Der Tod war nicht so gnädig. »Sie können nicht wiederkommen«, sagte er jetzt und legte seine Hand auf Milos Kopf. Dabei schnürte sich ihm der Hals zusammen. »Sie können nie mehr wiederkommen.«

Milo setzte sich auf, zog die Knie an, legte seine Stirn darauf und schaukelte vor und zurück. »Sie müssen wiederkommen, damit wir zusammen wohnen können und Mama Essen macht.« Tränen füllten seine Augen, und er vergrub sein Gesicht zwischen den Knien. Joe legte den Arm um Milos Schultern und zog ihn an sich. »Sie haben mich allein hiergelassen. Sie müssen wiederkommen und mich holen.«

»Deine Mama hat Fran gebeten, sich um dich zu kümmern.«

Milo wiegte den Kopf auf seinen Knien vor und zurück. »Diese Leute sind weiß.«

»Sie sind gut...«

»Farbige wohnen nicht mit weißen Menschen zusammen«, unterbrach ihn Milo.

Joe nickte und blickte an den Himmel. »Ich vermute mal, dass es so etwas hier bisher noch nicht gegeben hat. Da hast du recht. Aber ich wüsste beim besten Willen nicht, dass das irgendwo in einem Gesetzesbuch niedergeschrieben steht.« Er legte seine Hand auf Milos Nacken und tätschelte ihn. »Deine Mama hätte alles dafür gegeben, hier bei dir bleiben zu können, Milo. Und solange ich lebe, werde ich davon überzeugt sein, dass sie durchgehalten hat, weil sie sicherstellen wollte, dass sich jemand um dich kümmert.« Milo sah ihn an. »Sie hat diese Welt nicht eher verlassen, bis sie wusste, dass du versorgt bist und ein Zuhause hast, in dem du aufwachsen kannst.«

»Aber die Gables sind weiß.«

»Ich vermute, dass deine Mama das nicht bemerkt hat.«

Milo legte sich wieder auf den Boden, verschränkte die Arme vor seinem Gesicht und dachte lange über Joes Worte nach.

FÜNFTES KAPITEL

*J*oe fuhr Milo noch an jenem Morgen zu unserem Haus zurück. Milo stand auf der Veranda und bohrte seinen Zeh zwischen zwei Bretter. »Es tut mir leid, Ma'am«, sagte er.

Mama zog ihn an sich und fuhr ihm übers Haar. »Es muss dir nicht leidtun.«

Wenig später ging Milo schweigend mit uns über die Schienen zu Henrys Laden, und auch wir sagten kaum etwas. Die Stille dauerte lange und war quälend. Glücklicherweise begann die Sonne, heißer auf uns herabzubrennen, was unsere Schritte beschleunigte.

»Der kleine Niggerjunge wohnt jetzt bei euch?«, schallte es durch unser Schweigen.

Ein Schauder lief mir über den Rücken. Wir sahen alle die Böschung hoch und erblickten Beef und Clyde, die uns von Beefs Veranda aus zulächelten. Mama ergriff Milos Hand. Ihre andere Hand hob sie zu einem kurzen Winken. »Guten Morgen.« Sie schien zu hoffen, dass, wenn sie Beef und Clyde in Ruhe ließ, diese uns ebenfalls in Ruhe lassen würden.

»Ich glaube nicht, dass Lonnie allzu glücklich wäre, wenn er wüsste, was in seinem Hause vor sich geht«, rief Clyde. Mama fasste Milos Hand fester, und ich griff nach Johns und zog ihn weiter. »Er würde es nicht wollen, dass dieser Nigger das Haus verpestet.«

Mein Herz schlug mir bis zum Halse, und ich eilte voran, um mit Mama Schritt zu halten.

»Er ist ein schöner kleiner Nigger«, brüllte Beef hinter uns her.

Mama beachtete ihn nicht. Sie ging weiter und zog Milo noch enger an ihre Seite. »Puh, diese Hitze ist ganz schön heftig, nicht?«, sagte sie, um Milos Gedanken von Beef und Clyde abzulenken. »Ich wüsste gern, wer all diese Hitze bestellt hat.«

»Ich auch«, schaltete ich mich in dem Bemühen ein, Milo abzulenken. »Es ist wirklich heiß.«

Milo hielt seinen Blick fest auf die Schienen geheftet. »Mein Daddy sagt, ich soll nicht hinhören, was solche Leute sagen.«

»Dein Daddy hat recht«, stimmte ihm Mama zu. »Ich weiß, dass du sie hören kannst, aber höre ihnen niemals zu.«

Alvin Dodson, ein Junge aus unserer Schule, versteckte sich oft hinter den Geißblattbüschen an den Schienen und wartete darauf, dass John und ich vorbeikamen. Ich glaube nicht, dass es einen Jungen auf dieser Welt gab, den ich mehr hasste als Alvin Dodson. Als im Herbst zuvor die Schule begann, ging er das zweite Mal in die fünfte Klasse; er war doppelt so groß wie die anderen Kinder und durch und durch gemein.

Jeden Morgen auf unserem Schulweg sprang Alvin hinter den Büschen hervor und warf mir eine Faust voller Kletten ins Haar. Dann schubste er John von den Schienen und rannte weg. (Da Johns Haar stets sehr kurz war, hielten sich darin keine Kletten.) Bis wir in der Schule waren, hatten John und ich gewöhnlich alle Kletten herausgeklaubt, wobei stets auch große Büschel meines Haars mit herausgerissen wurden. Ich hoffte darauf, mich eines Tages revanchieren zu können.

»Aber Jane«, sagte Henry immer. »Möglicherweise bist du der einzige Lichtstrahl der Freundlichkeit, den Alvin sieht. Wie wird es aussehen, wenn du dich genauso gemein und ekelhaft verhältst wie er?« Ich beschloss, über Henrys Bemerkungen die Freundlichkeit betreffend später nachzudenken, nachdem ich mich an Alvin gerächt hatte.

Alvin wartete an jenem Morgen auf mich und John, aber er hatte nicht damit gerechnet, dass Mama oder Milo uns begleiten würden. Ich konnte ihn hinter den Büschen nicht sehen, aber ich wusste, dass er dort sein musste. Mama wusste es ebenfalls. »Guten Morgen, Alvin«, sagte sie, weiter auf die Schienen vor sich blickend. Wir hörten ein Rascheln und sahen, wie Alvin hinter einem Busch hervorlugte.

»Wohnt der farbige Junge da bei euch?«

Der Zorn, den ich gegenüber Beef und Clyde empfand, stieg nun in mir hoch. »Steck deine verrotzte Nase nicht in unsere Sachen, Alvin Dodson! Das hier geht dich nicht das Geringste an, also halte dich raus.«

»Jane«, rügte Mama mich. »Er hat doch nur eine Frage gestellt.«

»Die Fragen dieser Natter verdienen keine Antwort«, erwiderte ich laut genug, dass mich Alvin hören konnte.

»Dafür kriegste noch was«, rief Alvin.

Ich blieb stehen, drehte mich um und brüllte: »Du kriegst was, wenn du mir noch einmal Kletten ins Haar schmeißt, du blöder Hinterwäldler!«

Mama griff meinen Arm und zerrte mich die Schienen

entlang. »Was ist los mit dir? Du bist heute Morgen voller Bosheit.«

Ich überhörte ihre Worte, sah Alvin nach, der die Böschung hochrannte, und überlegte, wie ich eines Tages mit ihm abrechnen konnte.

Henry hielt Milo im Laden in seiner Nähe und erklärte ihm, wie man die Registrierkasse bediente und was hinter der Theke zu tun war. Jedes Mal, wenn an jenem Morgen jemand hereinkam, warf der oder die Betreffende Milo ein routiniertes Lächeln zu und sah dann auf die eigenen Schuhspitzen oder rieb an einem imaginären Fleck am Ärmel, um den Augenkontakt mit ihm zu vermeiden. Viele kamen, um sich über das Geschehene und die Ursache des Feuers zu unterhalten und, wenn Mama außer Sichtweite war und sie meinten, John oder ich könnten nichts hören, die Frage zu stellen, ob Mama noch bei Verstand war, einen farbigen Jungen bei sich aufzunehmen. Aber es war zu schwierig, darüber zu sprechen, während sein kleines schwarzes Gesicht sie ansah.

Eine Hupe ertönte, und Henry und John gingen zur Tür, um ein Auto aufzutanken. »Du übernimmst die Verantwortung, bis ich zurück bin«, flüsterte Henry Milo zu. Als der Tank voll war, kam Henry wieder herein und beugte sich suchend über die Theke. »Wo ist Milo?«

Ich schaute vom Fegen hoch, und Mama trat von dem Bord weg, das sie gerade mit Waren bestückte. »Er war eben noch da«, sagte sie.

Mama und ich suchten die Reihen zwischen den Regalen ab, während Henry zum hinteren Teil des Ladens ging und die Tür zum Lagerraum öffnete. Er gab Mama ein Zeichen, dass er Milo gefunden hatte, ging hinein und setzte sich neben Milo auf den Boden.

»Ich will die Registrierkasse nicht mehr bedienen«, erklärte Milo.

»Ich habe ein Problem«, sagte Henry. »Ich muss all diese Konserven in schöne gerade Reihen ordnen, aber ich habe einfach keine Zeit, das zu tun. Ich weiß nicht, wie ich's schaffen soll.«

»Ich könnte es machen.«

»Also, das wäre natürlich wunderbar, aber du wirst das nicht machen wollen, weil du dich dann den ganzen Tag in diesem alten, staubigen Warenlager aufhalten müsstest.«

»Das macht mir nichts.«

Henry tätschelte Milos Hinterkopf. »Also okay. Ich zeig dir, was zu tun ist.« Sie standen auf, und Henry zeigte auf das erste Bord. »Du musst alles fein säuberlich gruppieren. Hier ist beispielsweise der Lachs. Reih jeweils drei Dosen von hinten nach vorn auf.« Er stellte die Dosen ins Regal. »Siehst du. Jetzt kann man sie ganz leicht zählen. Meinst du, dass du das machen kannst?« Milo nickte, und Henry fasste ihm unter das Kinn und sah ihn an. »Komm hierher, wann immer du willst«, sagte er und schloss die Tür hinter sich.

Mama, John und ich umringten Henry am Tresen. »Was ist los?«, fragte Mama.

Er hob die Hände. »Es geht ihm gut, Fran. Er wird das Lager für uns in Ordnung bringen.«

»Was in Ordnung bringen? Es gibt nichts, was ...«

»Er muss in Ruhe gelassen werden, Fran«, unterbrach er sie. »Er will nicht hier draußen sein, wo ihn alle anstarren. Lass ihn einfach.«

Am späten Morgen hatte Milo die Tür des Lagerraums noch nicht wieder geöffnet. »Es geht ihm gut«, wiederholte Henry. »Er wird rauskommen, wenn er dazu bereit ist.«

John und ich unternahmen keinerlei Versuch, als Erster am Telefon zu sein, als es an jenem Tag klingelte. Wir taten überhaupt nichts. »Es gibt nichts so Ohrenbetäubendes wie die Trauer«, sagte Loretta. »Gleichgültig, was du tust, sie dröhnt dir mit aller Lautstärke in den Ohren.«

Die Essenszeit brach an, und Milo hatte noch immer nicht die Tür geöffnet. Mama klopfte und hielt ihm ein Räucherwurstsandwich und ein Glas Milch hin. »Hast du Hunger?« Er schüttelte den Kopf und setzte seine Arbeit fort; er reihte gerade Bohnendosen auf. »Dann lass ich's hier.« Sie stellte das Sandwich und die Milch auf ein Bord und betrachtete die Reihen mit den Konservendosen. »Du machst gute Arbeit hier hinten. Henry wird stolz auf dich sein.« Milo arbeitete weiter, ohne sich zu ihr umzudrehen. »Also, es steht hier, wenn du Hunger bekommen solltest.«

Mama lehnte sich an die Verkaufstheke. »Er isst immer noch nichts.«

»Er wird essen, wenn er hungrig ist«, antwortete Henry und ging mit John und mir aus der Tür, um das Auto von Olive Harper zu betanken.

Mama griff nach einem Lappen und rieb über einen Fleck auf dem Tresen. Loretta nahm ihr den Lappen aus der Hand. »Es wird schon alles gut mit ihm werden, Fran. Er muss auf die Art trauern, die für ihn richtig ist.«

»Ich weiß nicht, was ich zu ihm sagen soll. Ich sehe ihn an, und mir fällt einfach nichts ein, was ich zu diesem kleinen Jungen sagen könnte, der alles verloren hat. Zu was für einer Person macht mich das?«

»Das macht dich menschlich, Fran.«

Ich füllte das Benzin in den Tank von Olives Wagen, während John ihre Windschutzscheibe putzte. Olive lobte Henry, was für eine hervorragende Hilfe er sich geholt hatte, und gab jedem von uns einen Penny, bevor sie fortfuhr. Ich lief zur Schwingtür an der Veranda hoch, setzte mich hin und schob den Penny in die Tasche meines Overalls. »Was ist, wenn Milo nicht rauskommt? Was, wenn er für immer da hinten bleibt?«

Henry setzte sich neben mich und lehnte seinen Arm an die Tür. »Er wird rauskommen, meine Hübsche.«

»Was sollen wir zu ihm sagen, wenn er das tut?«

»Ihr müsst nichts sagen.«

Ich zog den Penny aus meiner Tasche und musterte ihn. »Na, darin sind wir schon ziemlich gut, denn in unserm Haus hat niemand irgendetwas gesagt.«

Henry winkte einem Lastwagenfahrer zu, der am Laden vorbeifuhr, und auch ich hob die Hand. »Ich habe meine Mutter geliebt«, erzählte er, »aber diese Frau wusste nie, wann sie schweigen musste. Wenn du sie nach der Uhrzeit fragtest, hat sie sich gleich über die Geschichte der Uhren ausgelassen. Als Junge hatte ich manchmal das Bedürfnis zu sagen: ›Mama, sag nichts. Setz dich einfach zu mir.‹«

Ich sah zu ihm hoch. »Ich habe keine Ahnung, wovon du redest.«

Er zog mich dichter zu sich heran. »Manchmal ist es schön, einfach nur mit jemandem zusammen zu sein, ohne jeden stillen Raum mit großem Gerede auszufüllen.«

Ich lehnte mich an Henrys Brust, schloss die Augen und ließ jeden Quadratzentimeter der Veranda sich mit Stille füllen.

Solange ich zurückdenken kann, kam ein Mann namens Hoby Kane mit seinem Eislaster von Greeneville nach Morgan Hill. Im Süden wurden die Menschen nie als scheu, sondern als zurückhaltend bezeichnet, und Hoby war ganz besonders zurückhaltend. Wir kannten den Namen der Krankheit damals noch nicht, aber Hoby hatte eine Skoliose des Rückgrats. Er lief so krumm, wie ich noch nie jemanden habe laufen sehen, aber das konnte sein Tempo nicht drosseln. Er hatte stets Zitronenbonbons in seiner Jackentasche (er trug immer eine Jacke, um seinen gekrümmten Rücken zu verbergen), und ich griff hinein und nahm mir eins.

Obwohl wir uns nach Kräften bemühten, Milo mit der Attraktion von Hobys Eislieferung herauszulocken, blieb er den ganzen Tag im Lagerraum. Als Mama die Tür öffnete, um ihm zu sagen, dass wir nach Hause gingen, bemerkte sie, dass das Räucherwurstsandwich noch unberührt dort lag, wo sie es zurückgelassen hatte, aber dass das Glas Milch ausgetrunken war.

Spät an jenem Nachmittag brachte Helen uns Abendbrot, aber Milo aß nichts. Mama sprang auf und goss John und mir ein Glas Milch ein. »Möchtest du auch etwas Milch, Milo?« Er nickte, und Mama goss sein Glas bis oben hin voll; die Flasche stellte sie neben ihn. Sie setzte sich hin und beobachtete ihn, wie er sein Glas leerte. Milo sah zur Milchflasche. »Nimm nur«, sagte sie. »Du kannst dir noch ein Glas einschenken.« Er goss sich Milch bis zum Rand ein, und Mama beendete ihr Essen voller Zufriedenheit, dass er etwas in seinen Bauch bekam.

Es war eine weitere schweigsame Mahlzeit in unserem Haus. Mama sagte noch nicht einmal zu John, dass er die

Fliegermütze absetzen sollte. Wir aßen wortlos, und ich betete, schneller denn je essen zu können, damit ich vom Tisch aufstehen und den Kummer so schnell wie möglich verlassen konnte.

Wir hörten einen Laster unseren Weg hochfahren, und ich sprang auf, um aus dem Küchenfenster zu sehen. »Es ist Margaret«, sagte ich erleichtert und voller Dankbarkeit für jeden, der dazu beitrug, ein Gespräch in unserem Haus anzufachen.

Margaret kam über die Veranda. Fred bellte, doch sie beugte sich hinab und streichelte ihn, worauf er seinen Kopf an ihr Bein drückte, um weitere Streicheleinheiten zu bekommen. Sie lugte durch die Windfangtür herein, und ihr Gesicht wurde ernst, als sie sah, dass Milo bei uns am Tisch saß. »Klopf, klopf«, sagte sie und zog ihre Mundwinkel zu einem gezwungenen Lächeln hoch.

»Komm rein«, sagte Mama.

Normalerweise hätte sich Margaret einen Teller gegriffen und von dem, was wir gerade aßen, mitgegessen, aber heute blieb sie an der Tür stehen und beobachtete uns. »Nun, nun«, sagte sie und suchte nach Worten. »Ich wollte euch nicht beim Essen stören. Ich dachte, ihr wärt schon fertig.«

Milo ließ den Kopf hängen, und Mama stand auf. »Wir sind fertig«, sagte sie. »Lauft nach draußen und spielt ein wenig.« Margaret trat von der Tür weg, als John hinter ihr durchrannte. Milo sah nicht hoch, um in Margarets Augen zu blicken, als er die Tür vorsichtig aufstieß. Ich begann, den Tisch abzuräumen. »Geh schon, Jane. Du kannst ebenfalls spielen.« Ich rannte aus der Tür.

Margaret half Fran, den Tisch abzuräumen. »Du siehst müde aus, Fran.«

»Ich bin müde. Setz dich. Ich geb dir eisgekühlten Tee.«

Margaret sah zu, wie Fran die bernsteinfarbene Flüssigkeit in ein Glas füllte. »Wie geht es ihm?«, fragte sie.

Fran schabte die Speisereste in einen Eimer. »So gut, wie man das den Umständen entsprechend erwarten kann, glaube ich.«

»Ich habe heute von Beef und den Jungs erfahren.«

Fran unterbrach ihre Arbeit. »Das ist nichts als dummes Gerede.«

»Sie werden dir das Leben schwer machen, Fran.«

Fran schlug das Maisbrot in Wachspapier. »Beef und seine Freunde haben nichts Besseres zu tun als rumzuschwätzen. Das tun sie schon seit Jahren. Jeder hat sich daran gewöhnt.«

»Es sind nicht bloß Beef und die Jungs, Fran.«

Frans Gesicht war finster, als sie sich umdrehte. »Warum bist du gekommen? Was willst du mir sagen, Margaret?«

»Die Leute finden es nicht richtig, dass hier ein farbiger Junge wohnt. Du bist eine Witwe, Fran, und du solltest nicht...«

Fran lehnte sich gegen die Küchentheke. »Diese Leute, von denen du sprichst, wissen, dass dieser kleine Junge ein Waise ist, ja?«

»Natürlich tun sie das, Fran. Aber es gibt farbige Leute, die ihn bei sich aufnehmen würden. Farbige, die wissen, wie man einen farbigen Jungen großzieht.«

»Seine Mama hat mich gebeten, mich um ihn zu kümmern, und ich habe vor, das zu tun...«

»Nur weil sie nichts von anderen Farbigen in der Gegend wusste. Wenn sie gewusst hätte, dass es hier einige farbige Familien ganz in der Nähe gibt, glaubst du dann nicht, dass sie diese zumindest hätte in Betracht ziehen wollen? Die Frau lag im Sterben. Sie dachte, sie hätte keine andere Wahl.« Fran drehte sich zu den Fenstern und sah den Kühen beim Grasen auf der Weide zu. »Fran, eine Verbindung Ungleicher ist nicht recht.«

Fran wirbelte herum und sah ihre Freundin an. »Zitierst du mir die Bibel, Margaret? Denn wenn du das tust, klingst du genauso unwissend wie Beef. Einem farbigen Jungen ein Zuhause zu geben hat nichts mit einer ›Verbindung Ungleicher‹ zu tun.« Ihr Gesicht hatte sich gerötet, und ihre Hände zitterten. »Wenn du gegenüber all den ›Leuten‹, die so erschüttert darüber sind, dass ich einen farbigen Jungen in meinem Hause habe, etwas aus der Bibel vortragen willst, dann erinnere sie doch an den Vers, in dem es heißt, dass reiner Glaube bedeutet, die Waisen und Witwen in ihrem Elend aufzusuchen. Es hat den Anschein, dass in diesem Haus nun beide Kategorien zu finden sind. Aber die einzigen Leute, die uns besuchen, wollen nichts als Scherereien heraufbeschwören.«

»Fran, wir sind schon seit Ewigkeiten befreundet, und du weißt, dass ich dich nicht verrückt machen will.« Fran wandte sich wieder ihrer Arbeit zu. Sie begann, heißes Wasser ins Spülbecken zu füllen. »Ich bin nicht gekommen, um irgendetwas heraufzubeschwören. Ich wollte dich nur dazu bewegen, zumindest einmal darüber nachzudenken, bei irgendwelchen farbigen Leuten ein Zuhause für ihn zu finden.«

Fran drehte sich nicht zu Margaret um. Sie schrubbte

das Geschirr so heftig, dass das Wasser auf den Boden spritzte. Margaret blieb noch einige Augenblicke in der Hoffnung sitzen, dass Fran etwas sagen würde. Aber da sie das nicht tat, stand Margaret auf. »Ich möchte nur nicht, dass Beef oder irgendjemand sonst dir wehtut, Fran.«

Als sich die Tür hinter Margaret schloss, ließ Fran den Kopf hängen. Ihr Herz hämmerte, und ihre Arme und Beine zitterten. Sie hatte das Gefühl, dass sich jetzt auch noch ihre älteste Freundin gegen sie wandte. Sie blickte an sich herab. Ihr Kleid war völlig durchnässt.

Ich sah unter dem Bett nach dem Butzemann, bevor John an jenem Abend hineinkletterte. »Alles in Ordnung«, sagte ich.

»Was für ein Baby bekommt Mama?«, flüsterte John.

»Wie soll ich das wissen? Es gibt niemanden außer Gott, der das wissen kann.«

»Wo ist das Baby denn?«

»Drinnen in ihrem Bauch.«

»Was macht es da drinnen?«

»Es wird größer«, flüsterte ich laut. »Hör auf, mir so viele dumme Fragen zu stellen. Ich denk nach.«

»Worüber denn?«

Ich sah ihn im Mondlicht an. »Das mit dem Baby ist keine gute Nachricht. Es ist ein weiterer Mund, der gefüttert werden muss, und du weißt genauso gut wie ich, dass Mama nicht genug Geld verdient, uns alle zu ernähren.« John starrte mich an, aber er schwieg. »Wir müssen irgendwelche Leute finden, die uns alle in ihre Familie aufnehmen.«

»Wer wird uns alle in seine Familie aufnehmen?«

»Ich denke darüber nach, seit Daddy gestorben ist, aber mir ist bisher nichts eingefallen. Trotzdem – ich denke mir schon noch was aus.«

In jener Nacht lag ich lange wach und starrte an die Decke. Es fiel mir bereits schwer, in meiner Vorstellung einen Platz für uns drei zu finden, damit wir eine richtige Familie sein konnten. Aber wenn noch Milo und das Baby hinzukamen, machte das die Chancen, ein Zuhause zu finden, gänzlich zunichte. Es war ein Mund mehr zu füttern, und obendrein ein farbiger Mund mehr. Ich konnte mir überhaupt nicht vorstellen, dass es irgendjemanden gab, der uns in seine Familie aufnehmen wollte, weil wir zu viele waren.

Ich konnte hören, wie Mama in der Küche aufräumte. John grub seinen Ellenbogen in meinen Nacken, und ich stieß seinen Arm von mir. Es war mir ein Rätsel, wie er schlafen konnte. Ich sah zu Milo hinüber, aber der blickte an die Wand. Ich schlug das Laken von meinen Beinen, schlich zur Tür und öffnete sie. Dann ging ich durch die Diele und huschte in den Flur, der zur Küche führte. Ich konnte hören, dass sich Mama bewegte, aber ich konnte nicht herausfinden, was sie tat. Dazu war es zu leise. Ich ließ mich an der Wand neben der Küchentür auf den Boden gleiten. Wenn Mama aus der Tür herauskam, das wusste ich, musste sie direkt an mir vorbeigehen. Ich zog die Knie an meine Brust, hielt den Atem an und wartete.

Plötzlich hörte ich etwas, das wie eine jammernde Katze klang. Das Geräusch war zu leise, als dass ich es wirklich gut hören konnte. Also legte ich den Kopf auf die Knie und spitzte weiter die Ohren. Da war es wieder. Es war schwach, aber ich hörte es. Ich hob den Kopf und lauschte angestrengt. Ich hasste den Gedanken an die armen Geschöpfe, die von einem Raubtier gefangen wurden. Das Geräusch kam in Wellen, und ich kauerte mich noch dichter an die Wand. Auf einmal wusste ich, was es war – meine Mutter. Sie weinte. Ich legte eine Wange auf meine Knie, die ich noch enger an mich zog. In unserem Haus wurde furchtbar viel geweint, aber niemand wusste, was man dagegen tun konnte.

Ich hörte, wie ein Stuhl über den Boden scharrte, und presste mich an die Wand, aber Mama verließ die Küche nicht. Ich schob mich an die Tür, um zu sehen, was sie tat. Durch die Stuhllehnen vor dem Tisch konnte ich sie sitzen und ihre Daumen an die Schläfen pressen sehen. Ihr taubes Ohr war der Tür zugewandt, also stand ich vorsichtig auf und beobachtete sie.

Mein ganzes Leben lang war meine Mutter mir wegen ihrer Stärke sehr groß erschienen, aber als ich sie nun betrachtete, bemerkte ich, wie klein und zerbrechlich sie war. Während ihrer Ehe mit meinem Vater war sie oft allein gelassen worden, aber ich glaube nicht, dass sie sich je allein gefühlt hat, nicht bis zu diesem Moment. Ich huschte in die Diele zurück, bevor sie mich sehen konnte, setzte mich wieder auf den Boden und hörte ihren erstickten Schluchzern zu, bevor ich zurück ins Bett kroch.

Um den Farmern Zeit zu geben, den Tabak zu schneiden und ihre letzte Heuernte einzubringen, lag der Anfang des neuen Schuljahres immer nach dem Labour Day. Auch wenn es noch Wochen bis zum September waren, stand Fran früher als üblich auf und ging am Laden vorbei den

Hügel hinauf, der zur Schule führte. Sie hatte mit niemandem darüber gesprochen, dass sie hingehen würde. Sie beschloss an jenem Morgen einfach, es zu tun.

Oben auf dem Hügel hielt sie kurz die Luft an, bevor sie die Stufen zu den Eingangstüren hinaufging. Sie stieß sie auf, ging durch die leeren Flure und betrat das Büro von Bill Jeffers. Bill war seit siebzehn Jahren der Direktor der Schule. Er hatte Fran 1937 ihr Abschlusszeugnis überreicht und Lonnie Gable zweimal wegen ungebührlichen Betragens der Schule verwiesen. Nach seinem zweiten Verweis hatte Lonnie sich dafür entschieden, die Schule ganz aufzugeben, weil er der Meinung war, in zehn Jahren genug gelernt zu haben.

Delores Cockburn, seit fast fünfzehn Jahren Bills Sekretärin, saß an ihrem Schreibtisch. Sie hatte ein scharf geschnittenes Gesicht, und ihre dichten Augenbrauen ließen sie verdrießlich aussehen. »Ah, Fran Gable«, sagte sie. »Was in aller Welt tun Sie hier? Die Schule fängt doch erst im September an.«

»Das weiß ich, Delores. Aber ich muss Milo Turner anmelden.«

Delores blickte über den Rand ihrer Brille hoch. »Ich habe davon gehört, dass Sie ihn aufgenommen haben, Fran.«

»Das stimmt. Das habe ich getan. Und jetzt muss ich ihn in der Schule anmelden.« Delores schob ihre Brille nervös auf der Nase hoch und sortierte Papiere um, die auf ihrem Schreibtisch lagen. »Was muss ich ausfüllen, Delores?«

Delores glättete ihr Kleid. »Fran.« Sie hüstelte in ihre Faust und glättete erneut ihr Kleid.

»Ich will die Formulare heute ausfüllen, Delores.«

Die Sekretärin räusperte sich und sah sie an. »Ich kann Ihnen die Formulare nicht geben, Fran.«

»Warum nicht?«

»Weil wir keinen farbigen Jungen in der Schule aufnehmen können.«

Fran spürte, wie sich ihr die Kehle zuschnürte. »Wo soll er dann zur Schule gehen?«

Delores begann zu schwitzen, und ihre Brille rutschte ihr langsam die Nase herunter. »Er wird wohl auf die Schule in Greeneville gehen müssen.«

»Wie soll ich ihn denn nach Greeneville bringen? Ich habe kein Auto, also wie soll ich ihn dort hinbringen?«

Delores schob die Brille wieder hoch. »Fran, es tut mir wirklich leid um seine Leute, aber dies ist eine Schule für Weiße.«

»Er wohnt in meinem Haus!«

»Aber dadurch wird er in keiner Weise weniger farbig. Ich kann nichts an den Regeln ändern, Fran. Farbige besuchen ihre eigenen Schulen.«

»Aber es hat nie irgendwelche Farbigen in Morgan Hill gegeben, die ihre eigene Schule hätten einrichten können. Ich spreche von einem kleinen farbigen Jungen, Delores. Er muss zur Schule gehen!«

Delores schüttelte den Kopf. »Bedaure, Fran. Tut mir wirklich leid.«

Fran ging zur Tür und drehte sich dort noch einmal um. »Das ist nicht recht, und Sie wissen das, Delores.«

»Ich bedaure es wirklich, Fran, aber ich muss mich an die Regeln halten.«

Fran riss die Tür auf und rannte den Flur entlang, wo

sie Bill Jeffers anrempelte. »Oh, guten Morgen, Fran«, sagte er. »Wohin wollen Sie in solch einer Eile?«

»Fran möchte den kleinen farbigen Jungen für die Schule anmelden«, schaltete sich Delores ein, die mit klappernden Absätzen zu ihnen kam. »Ich habe ihr bereits erklärt, dass wir das nicht tun können.«

»Kommen Sie herein«, sagte Bill und geleitete Fran zu seinem Büro. Sie hatte großen Respekt vor Mr. Jeffers. Er verhielt sich jedem Kind gegenüber stets freundlich. Bills dunkles Haar begann inzwischen grau zu werden, aber er war noch immer schlank und sanftmütig und lächelte viel. Er schloss die Tür, sodass Delores nicht mithören konnte, und setzte sich auf die Ecke seines Schreibtisches. »Kommen Sie und setzen Sie sich, Fran.«

»Ich will nicht sitzen. Alles, was ich will, ist, einen kleinen Jungen für die Schule anzumelden. Mehr nicht.«

»Fran, es tut mir leid, was geschehen ist.«

»Ich habe genug von Leuten, die mir erzählen, wie sehr es ihnen leidtut, dass die Eltern dieses Jungen tot sind. Mitleid hilft mir nicht, ihn für die Schule anzumelden.«

»Ich verstehe, was Sie sagen, aber meine Hände sind mir in diesem Fall gebunden.«

»Sehen Sie denn nicht, was das diesem kleinen Jungen antun wird? Sehen Sie nicht, was mit ihm geschehen wird, wenn wir ihm nicht helfen? Er ist ein einziger kleiner Junge, Bill. Ein einziger kleiner Junge, der zur Schule gehen muss.«

»Das weiß ich, Fran. Aber der Staat sagt, dass hier für ihn kein Platz ist.«

Sie starrte ihn an. »Seine Eltern sind tot. Ich hoffe bei

Gott, dass wir alles nur Erdenkliche tun, um hier einen Platz für ihn zu *finden*.«

»Ich weiß, dass es keinen Sinn ergibt, Fran. Ich meine, dass jemand, der in dieser Gemeinde lebt, die Möglichkeit haben sollte, auch hier zur Schule zu gehen.«

»Dann tun Sie etwas, Bill.«

Er schüttelte den Kopf. »Das kann ich nicht.«

»Eines Tages werden mehr Farbige in Morgan Hill sein. Wollen Sie denen dann weiterhin die Tür weisen?«

»Ich weise ihnen nicht die Tür, Fran. Ich tue nur, was mir gesagt wird.«

Fran drehte sich um und verließ schweigend das Büro des Schulleiters.

Am nächsten Morgen stand Fran beim Morgengrauen auf und machte Feuer. Dann ging sie zum Hühnerstall. Sie hielt inne. Ein abgerissenes Stück Papier steckte in den Ritzen der Stalltür. Sie entfaltete es, und ihre Hände begannen zu zittern, als sie die Worte las, die auf das Blatt gekritzelt waren: *Bring den Niggerjungen aus Morgan Hill weg, bevor wir was wegen ihm unternehmen.*

Das Herz schlug ihr bis zum Halse. Suchend um sich blickend, schob sie den Zettel in die Tasche ihres Kleides und rannte zurück ins Haus. Sie schloss die Tür hinter sich und ließ sich auf einen Stuhl am Küchentisch fallen. Sie presste ihre Handflächen aneinander, weil ihre Hände nicht aufhörten zu zittern. Plötzlich überkam Fran starke Übelkeit, und sie stürzte nach draußen. Neben dem Brunnen übergab sie sich heftig.

SECHSTES KAPITEL

*I*ch ging in die Küche, um Mama beim Frühstückmachen zu helfen. Sie goss gerade Buttermilch in eine Vertiefung, die sie in die Mitte einer Schüssel mit Mehl gedrückt hatte. »Jane«, sagte sie, »ich möchte, dass ihr, Milo, du und John, nicht mehr die Schienen entlang in die Stadt geht.«

Solange ich zurückdenken konnte, waren wir die Schienen entlanggegangen. »Warum nicht? Bloß wegen Beef?«

»Geh einfach mit den Jungs die Straße entlang und fang nicht an, mit mir rumzudiskutieren.«

Wir legten unseren Weg gemeinsam auf der Straße zurück. Als wir im Laden ankamen, bemerkte ich drei Kunden, die neben der Käsetheke standen und flüsterten. Bei Milos Anblick verstummten sie. Ich beobachtete, wie sich Mamas Körper versteifte. Wir wussten alle, dass sie über uns sprachen. Ohne ein Wort zu sagen, verschwand Milo wieder in den Lagerraum.

Ich warf Henry einen Blick zu. Die Leute sorgten wirklich dafür, dass es keinen Spaß mehr machte, sich im Laden aufzuhalten. Henry folgte Milo, der die Regale im Lager musterte. »Ich hab gedacht, dass da noch was zu tun ist«, erklärte Milo.

»Da ist noch sehr viel zu tun, aber ich hätte nicht gedacht, dass du noch einen weiteren Tag hier hinten in dem dunklen Lager verbringen wollen würdest.«

»Das macht mir nichts aus.«

Henry blickte sich im Lager um. »Also gut. Weißt du,

was ich hier hinten tun muss? Ich muss all diese Borde weiß streichen. Natürlich ist mir klar, dass das bedeutet, du musst die Borde alle wieder abräumen, und du hast gestern alles so säuberlich eingeräumt. Aber wir müssen diese Borde mal endlich streichen.«

Milo betrachtete die Borde. »Ich kann das machen.«
»Aber das kann den ganzen Tag dauern. Vielleicht sogar zwei.« Milo sah zu Henry hoch, aber er sagte nichts. Henry klopfte ihm lächelnd auf die Schulter. »In Ordnung. Dann werde ich mal die Farbe holen.«

Milo begann, die Borde leerzuräumen, und Henry durchsuchte die an der Rückwand stehenden Kartons nach einer alten Dose mit Farbe, die vom Streichen der Veranda im letzten Jahr übrig geblieben war und die er dort aufbewahrt hatte. Er nahm sie heraus, ging damit in den vorderen Teil des Ladens und zog einen Schraubenzieher unter der Registrierkasse hervor. Dann stellte er die Farbdose auf die Theke und begann, sie aufzuhebeln.

»Was um alles in der Welt machst du denn heute da hinten?«, fragte Loretta.

»Milo wird die Regale streichen, und ich vermute, dass der Boden dabei gleich mitgestrichen wird.«

John und ich hätten nie gedacht, dass Malerarbeiten zu den möglichen Aufgaben in Henrys Laden gehören könnten, und wir wollten uns das nun auf keinen Fall entgehen lassen.

Loretta stützte eine Schachtel Kekse auf ihrer Hüfte ab und sah Henry an. »Wie kann man nur auf die Idee kommen, einen schäbigen alten Lagerraum zu streichen? Wie kannst du nur ...«

Henry hielt die Farbdose vor ihrer Nase hoch. »Sie werden mich entschuldigen müssen, Missus Walker. Wir haben eine wichtige Arbeit zu erledigen.«

Als Henry die Tür des Lagerraums öffnete, waren in dessen Mitte schon die meisten Konserven gestapelt. »Okay, meine Hübsche«, befahl er mir. »Du sorgst dafür, dass all diese Dosen vor die Tür gestellt werden.« Ich rannte in den Lagerraum, stopfte die Dosen in meinen Overall und in meine Taschen und stellte sie dann vor der Tür ab.

Währenddessen goss Henry die Farbe für uns in drei einzelne Dosen um. »Hier sind drei Pinsel. Taucht euren Pinsel bis zur Hälfte in die Dose, zieht ihn heraus und streift ihn so an einer Seite ab. Dann fangt mit dem Streichen an.«

John und ich konnten kaum erwarten, unsere Pinsel in die cremige weiße Flüssigkeit zu tauchen, aber Henry schaute uns kopfschüttelnd an. »Was stimmt nicht, Henry?«, fragte ich.

»Eure Mama wird mich teeren und federn, wenn ihr eure Sachen mit Farbe bekleckert. Ihr schlüpft da besser mal raus und malt in euren Unterhosen.«

John und Milo sprangen aus ihren Overalls, und ich ließ meinen ebenfalls fallen. Als ich in Unterhosen und Hemd dastand, fragte ich: »Kann ich mein Hemd anbehalten, Henry? Mir wird sonst kalt, wenn ich streiche.« Lachend sammelte Henry unsere Overalls auf und ging aus der Tür. »Wart mal«, rief ich. »Wer ist der Boss?«

»Ich bin der Boss«, sagte John und tippte sich mit dem Daumen an die Brust.

»Ich bin der Boss, und du weißt das«, widersprach ich.

Henry hob die Hände. »Jane, warum bis du nicht die

Vorarbeiterin? John kann der Aufseher sein und Milo der Manager.«

Wir dachte alle einen Moment lang über unsere Positionen nach und lächelten dann, weil jeder von uns das Gefühl hatte, dass unser jeweiliger Titel der beste war.

Als Henry die Tür hinter sich schloss, tauchten wir unsere Pinsel so tief in unsere Dosen, dass sie bis zu den Griffen mit Farbe bedeckt waren, und begannen dann, die Farbe vom einen Ende eines Bordes bis zum anderen zu verschmieren. Am späteren Morgen stellte John seine Farbdose auf ein Bord über seiner Arbeitsfläche. »Das ist keine gute Idee«, meinte ich.

»Sei still, Jane. Du erkennst eine gute Idee selbst dann nicht, wenn sie dir in den Hintern beißt.«

Kurz darauf tauchte er seinen Pinsel in die Dose, die beim Herausziehen natürlich herunterfiel – genau auf seinen Kopf. Als er losbrüllte, drehte ich mich um. Die weiße Farbe lief ihm über Gesicht und Brust. Lachend warf ich mich auf den Boden. Selbst Milo konnte nicht ernst bleiben. »Jetzt bist du wirklich der weißeste Junge, den ich je gesehen habe«, prustete er. Es war das erste Mal seit dem Tod seiner Familie, dass wir wieder einen Funken des einstigen Milo sahen, den wir gekannt hatten.

Um die Mittagszeit waren wir von oben bis unten mit Farbe bekleckert, aber wir hatten es geschafft, einige der Bretter und Wände zu streichen. Ich steckte meinen Kopf durch die Tür, als ich Loretta uns rufen hörte. »Wir brauchen unsere Hosen, um zu Tisch kommen zu können«, sagte ich.

Loretta reckte den Hals, um uns sehen zu können, und

wandte sich ab, bevor sie loslachte. »Henry Walker, bist du noch bei Trost? Die Kinder sind nackt!«

Henry trat hinter sie und spähte in den Lagerraum. Er sah aus, als ob eine Dose mit Farbe explodiert und der Großteil des Inhalts auf John gelandet wäre. Der Boden war voller weißer Fußspuren.

»Was meinst du, Henry?«, fragte ich.

Henry legte die Hand an seinen Mund und musterte den Raum, um unsere Arbeit auf sich wirken zu lassen. Zu seiner Überraschung waren die Borde, an die wir heranreichen konnten, zum größten Teil weiß. Hinter jedem Bord liefen allerdings Farbtropfen die Wand hinab bis auf den Boden. »Ist das nichts hier hinten?«

»Das kann man wohl sagen«, meinte Henry und nahm unsere Pinsel an sich, bevor weiterer Schaden angerichtet werden konnte.

»Wir haben noch 'ne Menge Arbeit zu tun«, sagte John.

»Das sehe ich.«

Milo nahm ein paar kleine Bissen Räucherwurstsandwich zu sich, bevor er zurück in den Lagerraum ging. Es war nicht viel, was er aß, aber die Rückkehr seines Appetits erleichterte Mama.

Wir pinselten für den Rest des Tages weiter. Im Rückblick weiß ich, dass wir eine fürchterliche Kleckserei im Lagerraum anrichteten. Wir hatten noch nie eine Zaunlatte, geschweige denn ein Zimmer, gestrichen, und Loretta und Mama wussten das. Glücklicherweise wusste Henry das nicht.

Am Ende des Tages half uns Henry, unsere Pinsel zu säubern, und wir versuchten, die Farbe von unseren Händen und Körpern zu schrubben. Henry ging zum Schuppen hinter dem Laden und spürte dort einen Kanister mit Terpentin auf. Er tränkte einen Lappen damit und rieb unsere Haut ab.

»Henry, wir stinken«, sagte ich und hielt mir die Nase zu.

Henry rieb so lange an Johns Händen herum, bis von ihnen eine cremige weiße Flüssigkeit tropfte. »So, du und John, ihr lauft jetzt raus zum Spülbecken und wascht das hier ab, bevor es trocknet. Und geht auf eurem Weg dorthin an keiner offenen Flamme vorbei.«

Henry tränkte den Lappen erneut und wandte sich Milo zu. »Ihr habt hier hinten großartige Arbeit geleistet.«

Milo sah sich in dem Raum um. »Es ist alles fertig«, meinte er, während Henry seinen Arm abrieb. »Es ist nichts mehr zu tun.« Henry sah Milo an, und als er bemerkte, dass sich dessen Augen mit Tränen füllten, drückte er seinen Arm. »Ich will nicht zurück. Ich will hierbleiben«, sagte Milo.

Henry wischte Milos anderen Arm mit dem terpentingetränkten Lappen ab. »Wenn du in diesem Lagerraum leben würdest, wärst du schrecklich allein.« Eine Träne rann über Milos Wange. »Und Fran, Jane und John würden dich heftig vermissen«, setzte er hinzu. Er rubbelte Milos Arme mit einem sauberen Lappen trocken.

»Ich will nicht zurück«, wiederholte Milo mit brechender Stimme.

Henry hörte auf, ihn zu säubern, und setzte sich neben ihn auf den Boden. »Das kann ich dir nicht verübeln.« Erstaunt sah Milo Henry an. Er hatte nicht erwartet, dass er ihm zustimmen würde. »Es ist mehr, als ein kleiner Junge verkraften kann. Es ist mehr, als wir alle verkraften können.« Er rubbelte über Milos Kopf und zog ihn an seine Brust. »Es ist schrecklich hart, nicht?« Milo nickte. »Aber wir müssen immer erst den harten Teil durchstehen, bevor etwas erträglich wird.« Milo sah zu ihm hoch.

»Ich habe es noch nie jemandem erzählt, aber als ich ein kleiner Junge war, konnte ich es nicht abwarten, groß zu werden. Also verließ ich Morgan Hill. Ich hatte Geschichten über größere Städte gehört, in denen es Autos und Geschäfte und sogar Restaurants gab, in die man reingehen konnte, um eine Tasse Kaffee am Tresen zu trinken, und ich wusste, dass ich dort sein wollte. In Morgan Hill gab es überhaupt nichts; es gibt hier ja bis heute nichts. Zumindest nicht solche Sachen.

Jedenfalls ging ich die Schienen entlang und sah den Widow's Mountain, der eigentlich überhaupt kein Berg ist, sondern nur ein Teil der Hügelketten da hinten. Du weißt, welchen ich meine? Den, der aussieht, als sei er mit weichem grünem Moos bedeckt.« Milo nickte. »Eines Morgens beschloss ich, dieses Monster zu besteigen. Ich packte etwas Gebäck in einen Sack und marschierte los.« Henry goss Terpentin auf einen weiteren Lappen und rieb Milos Füße damit ab. »Ich brauchte eine Stunde oder noch länger, um hinzumarschieren, und als ich dort ankam, sah ich, dass der Fuß des Widow's Mountain aus einer glatten Steinwand bestand. Er sah völlig anders aus als die übrigen Hügel hier. Nun gut, ich stand dort und überlegte, auf welchem Weg ich diesen Felsen hochsteigen konnte. Und ich lief vor und zurück und wusste, dass es keinen Weg gab, auf dem ich nach oben kam.«

»Was hast du gemacht?«

Henry trocknete Milos Füße und rieb einen Farbklecks von seinem Nacken. »Ich bin nach Hause gegangen.«

»Du bist nicht raufgekommen?«

»Nein. Ich bin nach Hause gegangen und hab ein Jahr verstreichen lassen. Jeden Tag hab ich zum Widow's Mountain rübergeschaut, der so idyllisch und grün daliegt, und es hat mir schrecklich zugesetzt. Also bin ich eines Morgens, nachdem ich mit dem Melken fertig war, wieder mit einem Sack voller Gebäck losgezogen.«

»Bist du raufgekommen?«

Henry schüttelte den Kopf. »Es gab einfach keinen Weg den Berg hoch. Also machte ich kehrt und ging wieder nach Hause.« Er tat den Verschluss auf den Terpentinkanister und stellte ihn beiseite. »Aber jeden Morgen schwebte dieser Berg über mir.«

»Warum bist du nicht noch mal hingegangen?«

Henry lächelte. »Das bin ich. Ein paar Monate später sprang ich aus dem Bett, bevor irgendjemand sonst aufgestanden war, wickelte ein übrig gebliebenes Stück Maisbrot in einen Lappen und machte mich ein letztes Mal zu diesem Berg auf. Ich war fest entschlossen, zu dem saftigen Gras auf der Spitze zu gelangen. Ich wanderte erneut um den Sockel herum und sah an dem Felsen hoch. Da bemerkte ich dort, wo der Berg an den benachbarten Hügel stieß, eine schmale Lücke. Ich war ein dünner Junge, und ich rechnete mir aus, dass ich mich, wenn ich meinen Körper durch den Spalt quetschte, mich nach oben bis zum grasbewachsenen Vorsprung hocharbeiten konnte. Ich begann mich genau wie eine Raupe hochzuwinden.«

»Raupen machen so«, sagte Milo und ließ seinen sich

auf und ab krümmenden Finger auf seinem Bein entlangschlängeln.

Henry nickte und rieb die Terpentinreste von seinen Händen. »Genau das habe ich gemacht. Ich kam nur langsam voran, aber schließlich hatte ich mich in dem Spalt hochgearbeitet und bekam den herausragenden Vorsprung zu fassen. Ich zog und zog, bis ich mich raufgehangelt hatte.«

»War es schwer, den Berg hochzuklettern?«

Henry schüttelte den Kopf. »Nein. Es war leicht, den Berg zu besteigen. Der schwierige Teil war die Überwindung des Spalts. Das war das Schwierigste, was ich je gemacht hatte. Ich war ziemlich zerkratzt anschließend. Meine beiden Ellenbogen bluteten, aber von dem Punkt an war es ein einfacher Weg, und ich kann dir sagen, dass es ein tolles Gefühl war, den grasbewachsenen Hang hochzugehen. Als ich an die Spitze kam, hatte ich den schönsten Ausblick der Welt.«

»Worauf?«

»Auf Morgan Hill. Ich blickte über die Weiden und die Tabakfelder und die Gärten, in denen der Mais spross, und ich wusste, dass ich hier für den Rest meines Lebens bleiben wollte. Ich habe den vorbeifahrenden Zug beobachtet und die am Hang grasenden Kühe, und ich wusste, dass ich hier zu Hause war.« Milo zog den Overall über, und Henry stellte sich neben ihn. Er fasste ihn unter das Kinn und lächelte. »Es wäre schön, wenn es auch dein Zuhause sein könnte.« Er half Milo, seine Overallträger zuzuknöpfen. »Kannst du heute Abend zurückgehen?« Milo dachte einen Moment nach, starrte auf den Boden und nickte dann. Henry kniete sich vor ihm nieder und flüsterte:

»Fran Gable ist eine der wunderbarsten Frauen, die ich kenne. Sie ist durch und durch gut. Ich glaube, deine Mama wusste das.« Milo fummelte an seinen Overallträgern herum und blickte auf den Boden. »Was ist los, Milo?«

»Ich möchte beim Tabak helfen, den meine Mama und mein Daddy gepflanzt haben.«

Henry lächelte, nahm Milo bei der Hand und schloss die Lagerraumtür hinter ihnen.

John und ich beschlossen, uns ebenfalls zu beteiligen, wenn Milo auf der Cannon Farm beim Tabak half. Als wir am nächsten Morgen zu den Cannons gingen, standen Joe und Del bereits in der Mitte des Feldes und arbeiteten. »Milo ist bereit, wieder zur Arbeit zu kommen«, rief Mama ihnen zu.

Joe zog ein Taschentuch aus seiner Gesäßtasche, wischte sich das Gesicht und den Hals trocken und kam zu uns herüber. »Es ist harte Arbeit, die Pflanzen hier auszugeizen. Bist du sicher, dass du das tun willst?«

»Wir können es tun«, schaltete ich mich ein. »Ich und John werden helfen.«

Joe nickte. »Gut, dann kommt.« Wir folgten Joe in die Mitte des Tabakfelds. »Ihr müsst nach kleinen Seitentrieben wie diesen hier suchen und sie abzwicken, damit sie das Wachstum des Tabaks nicht beeinträchtigen. Seht Milo zu. Er weiß bereits, wie man es macht.«

Wir streckten unsere Hände nach den kleinen Trieben aus und kniffen sie ab, wo immer wir sie sahen. Es war eine schweißtreibende, elende Arbeit, zwischen den Tabakreihen zu stehen und die Seitentriebe zu entfernen, aber

Milo beklagte sich nicht. Ich sah im Laufe des Morgens immer wieder zu ihm hinüber und bemerkte den glitzernden Schweiß oben auf seinem Kopf und die Schweißtropfen, die ihm über das Gesicht liefen. Ich fuhr mir mit der Hand über die Stirn und wischte den Schweiß an meinem Overall ab.

»Mein Gott, ist das hier draußen heiß«, stöhnte John.

Ich griff nach seinem Arm und zog ihn an mich heran. »Sag nichts über die Hitze.«

»Warum nicht? Es ist heiß.«

»Sag nicht alles so laut.«

»Aber ich sterbe in dieser Hitze hier draußen gleich.« Kopfschüttelnd wandte er sich wieder seiner Arbeit zu.

Del und Joe sagten an jenem Morgen nicht viel. Sie wollten die zum Arbeiten benötigte Zeit nicht mit Reden ausfüllen, aber Joe schien zu wissen, wann wir müde wurden. »Du arbeitest wirklich gut, Jane«, meinte er und klopfte mir mit der Hand auf die Schulter und drückte sie. »Ihr arbeitet alle wirklich gut«, setzte er hinzu. Ich spürte, wie mich eine Energiewoge durchströmte, und lief zu einer weiteren Pflanze. John rannte mit mir um die Wette, und gemeinsam zwickten wir jeden Seitentrieb ab, den wir sahen.

Mir war klar, dass ich nicht nur am Tabak arbeitete, um Milo zu helfen. Ich wollte Joe ebenfalls helfen. Aus irgendeinem Grund wusste ich, dass Joe so war, wie ein Mann sein sollte, und ich wollte seine Hand wieder auf meiner Schulter spüren.

Als Helen uns zum Essen rief, sputete ich mich, damit ich neben Joe sitzen konnte. Er zeigte nicht, ob er das bemerkt hatte, aber als ich mich hinsetzte, spürte ich seine

Hand, die mir auf den Rücken klopfte. »Wir haben die drei besten Arbeiter im ganzen Land bekommen«, sagte er. Ich spürte, wie mir die Brust vor Stolz schwoll, und merkte, was mir durch das Fehlen eines Vaters entgangen war, der stolz auf mich war und mir das Gefühl vermittelte, jemand zu sein. Zum ersten Mal seit dem Tod meines Vaters war ich traurig und verstand, warum Milo nachts so viel weinte. Sein Daddy war nicht mehr da, um ihm auf die Schulter zu klopfen.

Eines Abends Ende Juli half Milo Joe, Pferd, Wagen und Gerätschaften wieder in den Stall zu bringen. »Sie gehen nach Atlanta zurück, Mr. Joe?«

Joe löste die Zügel. »Ja, ich werde zurückgehen.«
»Wann?«
»Sobald wir den Tabak eingebracht haben.«
»Sie können nicht bleiben?«

Joe kniete sich vor ihn hin. »Nein.« Milos Augen waren dunkel und einsam. »Wenn ich in den Stall dort schaue, kann ich noch immer deinen Daddy sehen, wie er dort drüben sitzt und die Kühe melkt.« Er wischte seine Stirn mit einem Taschentuch ab und trocknete dann seinen Hals von dem herabströmenden Schweiß.

Milo warf einen kurzen Blick in den Stall. »Ich kann ihn nicht mehr sehen. Ich kann ihn noch nicht mal mehr sehen, wenn ich meine Augen zumache.«

Joe spürte, wie sich ihm ein schwerer Druck auf die Brust legte. Er nahm die gelösten Zügel vom Hals des Pferdes. »Das wirst du wieder. Du wirst deinen Daddy hier stehen und die Pferde anspannen sehen. Oder unten beim Bach, wo er einen großen Karpfen aus dem Wasser zieht.

Und du wirst deine Mama sehen, wie sie mit Rose auf ihrer Hüfte herumgeht oder am Küchenherd steht und das Abendessen kocht.« Milo legte seine Hand über die Augen und blinzelte zu ihm hoch. Joe fuhr fort: »Als mein Bruder Luddy starb, war ich unendlich traurig, weil ich ihn nicht mehr sehen und seine Stimme nicht mehr hören konnte. Aber eines Tages tat ich das wieder. Ich ging durchs Haus, und ich schwöre, dass ich sein Gelächter hören und mir vorstellen konnte, wie er am Abendbrottisch saß und mit beiden Händen Zwieback aß.« Milo bohrte seine Zehen in den Staub. Er verstand nicht, was Joe sagte. »Du wirst deine Mama und deinen Daddy in deiner Vorstellung sehen«, erläuterte Joe und stopfte sein Taschentuch in die Hosentasche zurück. »Und du wirst sie stets fühlen.« Seine Kehle verengte sich, und er legte seine Hand auf Milos Schulter. »Lass uns losgehen und sehen, was meine Mutter uns zum Abendbrot gemacht hat.«

Es geschah in der ersten Augustwoche. Wir hatten gerade das Geschirr vom Abendbrot abgewaschen und gingen zum Stall, um wie jeden Abend zu melken, als ich sah, dass Beef und die Jungs den Bahndamm zu unserem Haus hochstiegen. »Mama«, flüsterte ich und zeigte auf sie.

»Renn zum Stall, bevor sie euch alle sehen«, sagte sie. »Bring die Jungen auf den Heuboden und bleibt dort, bis ich euch hole.«

»Aber Mama...«

»Los, renn, Jane.« Ich packte John und Milo bei den Händen und rannte mit ihnen zum Stall, während Mama ins Haus eilte. Sie lief in die Küche und griff sich einen Topf. Damit setzte sie sich neben einen Haufen Bohnen, die sie am Morgen gepflückt hatte, auf die Veranda und wartete auf Beef.

»Wa-wa-was ist los?«, fragte John.

»Nichts«, antwortete ich. »Mama will uns während Beefs Besuch bloß nicht bei sich haben.«

Als Fred die Männer sah, begann er zu bellen. Dabei stützte er sich auf die Vorderbeine und sprang mit dem Hinterteil in die Höhe. Wir rannten auf den Heuboden, und jeder von uns fand ein Astloch, um durchzusehen. Ich konnte Mama auf der Veranda und dann Beef, Clyde und Dewey sehen, die zu ihr hochgingen. Fred rannte an Mamas Seite und bellte noch lauter. Sie befahl ihm, ruhig zu sein, und brachte ihn dazu, sich hinzulegen. Ich war fest entschlossen, eine Schaufel oder Heugabel zu packen und sie Beef auf den Kopf zu schlagen, falls er die Hand gegen Mama erheben würde. Ich presste mein Auge dichter an das Astloch.

»Sie sind wegen mir hier, nicht?«, flüsterte Milo.

»Nein«, log ich. »Das sind die nichtsnutzigen Freunde meines Daddys. Mein Daddy war der Nichtsnutzigste von ihnen allen, und er schuldete ihnen Geld vom Pokern.«

Milo wirkte unsicher, aber er presste sein Auge an die Latten des Stalls, um die Vorgänge zu beobachten.

»Tag, Fran«, sagte Beef.

Mama nahm eine Bohne und brach sie in den Topf. »Jungs, was habt ihr vor?«

»Wir haben nicht viel von dir gesehen, seit Lonnie gestorben ist, Fraaan.« Mama zuckte zusammen. Sie hatte die Art schon immer verabscheut, in der Dewey ihren Namen aussprach. »Wir wissen, er würde wollen, dass wir nach dir sehen.«

»Mir geht es gut.« Sie brach weitere Bohnen in den Topf.

»Hier«, sagte Dewey. »Lass mich dir helfen.« Er stellte einen Stuhl vor sie und setzte sich so hin, dass sein Bein das ihre berührte.

Sie rutschte auf ihrem Stuhl zurück. »Ich kann das schon. Es sind nicht viele. Aber trotzdem, danke.«

Er rückte noch dichter an sie heran. »Du arbeitest zu hart, Fran«, sagte Dewey und schob sein Bein vor, bis es dicht an ihr Bein gepresst war.

Beef sah sich um. »Wo sind Lonnies Kinder?«

»Sie laufen herum.«

»Du lässt diesen kleinen Niggerjungen einfach so mit Lonnies Kindern rumlaufen?«, fragte Clyde.

»Harmloses Spielen.«

»Nigger sind nicht harmlos, Fran«, sagte Beef und lehnte sich gegen einen Pfosten der Veranda. »Die Leute hier wissen das.«

»Fran weiß das auch. Oder, Frannie?«, fragte Dewey.

Mamas Atmung wurde flach, aber ihr Gesicht blieb ruhig. »Er ist ein kleiner Junge, Dewey. Er ist völlig harmlos.«

»Zum Teufel, Fran!«, schrie Beef und spuckte seinen Tabak in den Hof. »Es gibt keine harmlosen Nigger. Kein Wunder, dass die Leute dich eine Niggerfreundin nennen.«

Mama zog den Topf auf ihren Schoß und stand auf. Dewey stand ebenfalls auf und lehnte sich gegen die Verandabrüstung. »Ich weiß, dass ihr alle viel zu tun habt, und ich muss die Bohnen kochen.«

Mir stockte der Atem, als sich Beef ihrem Gesicht näherte. »Wa-wa-was macht er, Jane?«, fragte John.

»Pst«, antwortete ich. »Ich weiß es nicht.«

»Dieser kleine Nigger hat kein Recht, in Lonnies Haus zu sein«, sagte Beef.

Mama stellte den Topf auf ihre Hüfte und sah Beef in die Augen. »Dies ist nicht Lonnies Haus, und es ist nie sein Haus gewesen. Ohne meinen Daddy hätten wir überhaupt kein Haus.«

Clyde und Dewey lachten. »Lonnie hat immer gesagt, dass du feurig bist, Fran«, sagte Dewey und musterte sie. »Ich wette, dass er das in mehr als einer Hinsicht meinte.«

Sie spürte, wie seine Augen sie abtasteten, und ließ sich wieder auf ihren Stuhl gleiten.

»Ein kleiner Niggerjunge, der bei einer verwitweten weißen Frau wohnt«, sagte Clyde. »Allmächtiger Gott.«

»Du musst für diesen Nigger ein Niggerzuhause finden«, sagte Beef. »Das ist das Richtige. Das Gute an Lonnie war, dass er immer wusste, was man tun musste.«

Mama drückte den Topf fester an sich. »Nein, das Gute an Lonnie ist, dass er tot ist.«

Beef machte einen Schritt auf sie zu, aber Dewey schob ihn zur Seite und setzte sich wieder auf seinen Stuhl. Er nahm Mamas Beine zwischen seine Knie. Sie hielt bei seiner Berührung die Luft an, sah ihm jedoch in die Augen. Mein Herz hämmerte, während ich die Szene beobachtete. »Es ist nicht recht, dass er hier ist«, flüsterte Dewey. »Also findest du besser ein Zuhause für diesen Jungen.« Während er aufstand, strich er mit einer Hand ihren Oberschenkel hoch. »Kommt, Jungs. Fran muss die Bohnen auf den Herd stellen.«

Ich beobachtete, wie Beef und Clyde zum Bahndamm und zu den Gleisen gingen. Dewey strich mit seiner Hand

Mamas Arm hoch und half ihr aufzustehen. Sie zog ihren Arm weg und trat zur Tür zurück. »Du bist eine schöne Frau, Fran«, sagte er und beugte sich dicht zu ihr vor. »Wie um alles in der Welt hat Lonnie Gable dich nur gekriegt?« Sie atmete nicht, hielt aber seinem Blick stand. Er warf seinen Zigarettenstummel auf die Terrasse und ging weg.

John rannte zur Leiter im Heuboden. »Noch nicht«, flüsterte ich laut, um ihn zurückzuhalten. »Mama hat gesagt, dass wir warten sollen, bis sie kommt und uns holt.« Ich spähte angestrengt hinaus, um zu sehen, wie Beef und die Jungs den Bahndamm hinuntergingen. Ich wusste, dass Mama erst zu uns kommen würde, wenn sie keinen Zweifel mehr hatte, dass sie weit weg waren. Ich beobachtete sie auf der Terrasse, aber sie rührte sich nicht. Ich wusste nicht einmal, ob sie noch atmete.

Tage vergingen, ohne dass wir wieder etwas von Beef oder den Jungs hörten. Eines Morgens gingen John und Milo und ich zum Stall, um die Kühe zu melken. Wir blieben stehen, als wir sahen, dass Dandy mit aus dem Maul heraushängender Zunge auf der Seite lag. An die Stallwand war eine Nachricht genagelt worden. Ich riss sie herunter und las sie, bevor John oder Milo sie in meiner Hand bemerkten. *Wir haben allmählich genug*, las ich. *Finde für den Jungen einen anderen Platz zum Wohnen.* Schreiend rannte ich zu Mama.

Sie presste ihre Lippen aufeinander, als sie die Nachricht las; ihr Hals war voller roter Flecken, an denen sie jetzt zu kratzen begann.

»Wa-wa-was steht da, Mama?«, fragte John. Sie sah

Milo an, aber sie antwortete nicht. Ich wünschte, John würde still sein. »Wa-wa-was steht da?«

Mamas Lippen verzogen sich zu einem gezwungenen Lächeln. »Es ist nichts als dummes Zeug«, sagte sie, faltete die Nachricht zusammen und steckte sie in die Tasche ihres Kleides.

»Da steht was, Mama!«, beharrte John.

»Ihr macht euch alle fertig und geht zu den Cannons. Ich werde heute Morgen melken.«

»Aber Mama«, insistierte John. Er wusste nie, wann ihre Nerven angespannt waren.

»Geh jetzt, John Charles, bevor ich dir eins auf den Hintern gebe!«

Mama wusste, dass wir alle Angst hatten, darum ging sie mit uns gemeinsam zu den Cannons. »Ihr seid früh dran«, sagte Joe, der gerade einen Kaffee auf der Veranda trank. »Fran, wir haben nicht damit gerechnet, dass du heute Morgen kommst.«

»Eine unserer Kühe ist gestorben«, sagte ich.

Joe kam von der Veranda herunter und sah Mama an. »Wie ist sie gestorben?«

Mama schüttelte den Kopf. »Wer weiß. Eben eine von diesen Sachen.« Sie ging zu den Schienen zurück. »Seid alle artig und arbeitet heute fleißig.«

Joe hielt sie zurück und sah auf ihre Arme. »Das ist Nesselausschlag, Fran«, flüsterte er.

Sie fuhr sich mit der Hand über den Arm. »Hitzeausschlag. Ich bekomme das jeden Sommer.«

Joe reichte mir seine Kaffeetasse. »Lauf ins Haus und sag Pop, dass ich gleich zurückkomme.«

»Vielleicht hat ihr Herz nicht mehr mitgemacht«, meinte Joe, der neben Dandy kniete.

»Kühe sterben nicht einfach so, Joe.«

Er strich sich mit der Hand durchs Haar und schüttelte den Kopf. »Ich weiß.« Dann beugte er sich dicht zu Dandys Zunge hinunter. »Wir müssen Doc Wilkes herholen. Ich ruf ihn an, wenn ich wieder zurück bin. Er wird wissen, ob sie vergiftet worden ist.«

»Sie haben sie umgebracht«, sagte Fran und zeigte Joe den Zettel. »Beef und die Jungs haben das getan, weil in *Lonnies* Haus keine *Nigger* wohnen sollen.« Sie schlug die Stalltür zu. »Sie werden hier reingehen und jede einzelne Kuh umbringen, die wir noch haben.« Ihre Stimme war angespannt. »Sie werden meinen Garten zerstören und mein Haus niederbrennen, genauso, wie sie das Haus der Turners niedergebrannt haben.«

»Fran, sie wollen nicht, dass Milo hier wohnt, aber die Jungs sind keine Mörder.«

»Und was ist das da drinnen?«, fragte sie und zeigte zur Stalltür. »Du hast keine Ahnung, was sie noch alles tun werden, Joe.«

Joe blieb ruhig und musterte den Zettel. »Ich weiß, dass sie eine Frau zu Tode erschrecken können, indem sie Gott weiß was sagen. Aber das hier sieht nicht nach Beef aus, Fran. Um ehrlich zu sein, ist er nicht clever genug, um so etwas zu tun. Und er ist zu faul. Er würde sich nicht die Zeit nehmen, sich hinzusetzen und eine Nachricht zu schreiben.« Er beobachtete, wie sie sich die Arme kratzte, und lehnte sich gegen den Stall. »Fran, ich werde Doc Wilkes anrufen. Geh ins Haus und ruh dich etwas aus.«

»Ich kann mich nicht ausruhen, Joe. Ich muss ...«

»Nun mach schon, Fran. Es gibt nichts, was du tun kannst, bis Doc Wilkes hier ist.« Sie sah ihn an und versuchte zu lächeln. Joe war völlig anders als Lonnie. Lonnie hätte sich nie genug für sie interessiert, um darauf zu bestehen, dass sie sich ausruhe.

An jenem Nachmittag vermieden die Leute im Laden ein wirkliches Gespräch mit Fran. Die Nachricht darüber, was mit ihrer Kuh geschehen war, hatte sich verbreitet, und tief im Inneren wusste jeder, dass es wegen Milo geschehen war. Aber alle Kunden sprachen nur über das Wetter und taten so, als sei es das, was sie vorwiegend beschäftigte.

Fran seufzte, als Margaret hereinkam, um Brot und Zucker zu kaufen. Obwohl ihr vorheriges Gespräch ungut verlaufen war, fühlte sie sich erleichtert, ihre älteste Freundin zu sehen.

Margaret legte die Waren auf die Theke. »Du bist mit Nesselausschlag übersät.«

Fran fuhr sich mit der Hand über den Arm und griff nach dem Brotlaib. »Es ist die Hitze.«

Margaret legte ihre Hand auf Frans. »Das ist Nesselausschlag. Eindeutig.«

»Damit ist schon alles in Ordnung.«

Margaret sah zu, wie Fran jeden Artikel in die Kasse eintippte und anschließend in eine Tüte packte. »Hast du noch mal darüber nachgedacht, ein farbiges Zuhause für ihn zu finden?«

»Ich habe seiner ...«

»Lieber Gott, Fran! Du hast es einer Sterbenden versprochen. Und wer immer deine Kuh getötet hat, wird sich eines deiner Tiere nach dem anderen vornehmen, bis du diesen Jungen aus deinem Haus wegbringst.« Margaret durchsuchte ihr Portemonnaie und reichte Fran etwas Geld. »Du machst dich krank dadurch. Sieh dich doch an. Du hast nicht geschlafen, und deine Arme und dein Hals sind voller Nesselausschlag. Du musst besser für dich sorgen. Du hast ein weiteres Kind, um das du dir Gedanken machen musst.«

»Ich habe es seiner Mama versprochen.«

Margaret schüttelte den Kopf. »Missachte nicht deine eigenen Kinder, Fran. Bring sie zur Vernunft, ja, Henry?« Sie nahm ihre Einkaufstasche und ging aus der Tür.

Als wir uns an jenem Abend zum Zubettgehen bereit machten, beobachtete ich, wie sich Fred wieder und wieder auf der Matte herumdrehte, die wir ihm auf die Veranda gelegt hatten. »Mama, darf Fred heute Nacht in der Küche schlafen?«

»Nein.«

»Aber Mama, er ist ...«

»Tiere schlafen nicht im Haus, Jane.«

»Aber er ist so klein«, sagte ich in der Hoffnung, dass Mama verstehen würde.

Seufzend schüttelte sie den Kopf. »Nimm ihn rein, aber nur gleich hinter die Tür, und damit Schluss. Er darf nicht ins übrige Haus.«

Ich öffnete Fred die Küchentür, aber er rührte sich nicht. Ich klatschte auf mein Bein und hockte mich zu ihm nieder, aber er machte keinen Schritt. Ich hielt die Tür auf und stieß ihn mit dem Fuß an, aber er versteifte seine Vorderbeine. »Nun geh schon! Geh rein hier.« Ich hob ihn hoch und setzte ihn in der Küche ab. Er rannte zur offenen Tür hin, aber ich knallte sie zu, bevor er entkommen konnte.

Milo kletterte ins Bett und drehte sein Gesicht wie immer zum Fenster. Mama zog das Laken bis zu seinem Hals hoch. »Schlaf gut, Milo. Bis morgen früh dann.«

»Ma'am«, sagte Milo und drehte den Kopf zu ihr um. »Jane hat gesagt, dass die Männer, die gestern hier waren, Geld von deinem toten Mann haben wollten.«

Ich spürte, wie mein Herz einen Satz machte, aber ich konnte Mamas Augen nicht sehen. Sie setzte sich an Milos Bett. »Das stimmt.«

»Haben sie die Kuh getötet?«

»Das weiß ich nicht.«

Er sah zu ihr hoch. »Glaubst du, dass sie es getan haben?«

Sie schwieg eine Weile und sagte dann: »Ich weiß es nicht. Ich hoffe, nicht.«

Milo drehte sich wieder zum Fenster um, und Mama ging zu meinem Bett und zog das Laken bis zu meinem und Johns Hals hoch. Die Ringe unter ihren Augen wurden mit jedem Tag dunkler. »Gute Nacht, Mama.« Sie zwang sich zu einem Lächeln, schloss die Tür hinter sich, und zum ersten Mal in meinem Leben hörte ich, dass sie die Haustüren abschloss, bevor sie zu Bett ging.

Jeden Abend tat ich alles, um nicht mitten in der Nacht aufstehen und nach draußen zum Toilettenhäuschen gehen zu müssen. Aber in jener Nacht zwang mich meine Blase dazu. Ich schlüpfte unter den Decken hervor und schlich durch die Diele. Die Kerosinlampe nahm ich nicht mit, das war zu umständlich. Ich rannte über den Hinterhof, riss die Tür des Toilettenhäuschens auf und schlug mit der Faust dagegen, um Schlangen oder andere Tiere, die hineingeschlüpft sein konnten, zu verscheuchen. Ich stellte mich auf die Zehenspitzen und zog meine Unterhose herunter. Ich war überzeugt, dass Spinnen an Netzen unter der Decke hingen. Darum hielt ich die Hände über den Kopf, um zu verhindern, dass sie mir ins Haar krabbelten. Außerdem summte ich, damit die Tiere wussten, dass sie wegbleiben sollten.

Als ich fertig war, rannte ich aus der Tür zum Haus und hielt die Luft an. Ich ging zu unserem Schlafzimmer. Aber dann hörte ich Mama und blieb stehen. Ich schlich über den Flur zu ihrer Tür und hörte etwas, das wie Weinen klang. Ich verharrte, unschlüssig, was ich tun sollte, und ging dann erneut zu unserem Zimmer, blieb jedoch stehen. Was, wenn etwas mit dem Baby nicht stimmte? Ich stieß die Tür auf. »Bist du krank, Mama?«

Ich hörte, wie sie sich bewegte. »Nein, Jane. Mit mir ist alles in Ordnung. Geh wieder ins Bett.«

»Ist das Baby krank?«

»Nein, geh jetzt.«

Ich wandte mich zum Gehen. »Aber ich dachte, dass ich dich weinen gehört habe.« Sie antwortete nicht. Ich wartete in der Hoffnung, dass sie etwas sagen würde, aber sie schwieg. »Hast du Angst, Mama?«

Es herrschte eine lange Pause, bevor sie antwortete. »Ja, Jane. Das habe ich.«

Ich hatte das noch nie zuvor getan, aber ich ging zu ihrem Bett und kroch neben sie. Ich zog die Decken bis zu ihrem Hals hoch und legte meine Hand auf ihre Schulter.

»Alles wird gut, Mama, das verspreche ich dir.« Ich ließ meine Hand die ganze Nacht dort liegen.

Fran schlief wenig; das kleinste Geräusch ließ sie hochfahren. Schließlich stand sie vor Sonnenaufgang auf. In der Küche zündete sie ein Streichholz an, um Feuer im Ofen zu machen. In diesem Moment hörte sie etwas auf der Veranda, das ihr Herz schneller schlagen ließ. Fred sprang auf die Füße und presste die Nase an die Tür.

Sie griff an die Seite des Kühlschranks, wo sie ein Gewehr aufbewahrte. Dann öffnete sie einen Schrank und zog eine alte Zündholzschachtel hervor, der sie zwei Patronen entnahm. Ihre Hände zitterten, als sie die Patronen in den Gewehrlauf steckte. Sie ging zur Tür und schob den Vorhang zur Seite. Ihre Hände wurden nass vor Schweiß, als sie die Umrisse eines Mannes auf der Veranda erkannte. Sie spannte den Gewehrhahn und stieß die Tür auf. »Ich schwöre bei Gott, dass ich dich auf der Stelle erschießen werde!«

Henry blieb stehen und hob die Hände in die Höhe. »Gütiger Himmel, hab Erbarmen! Du musst noch an deiner Begrüßung arbeiten, Fran.«

Sie senkte das Gewehr und atmete schwer aus. »Was bitte machst du denn hier, Henry?«

»Ich wollte nur sichergehen, dass dein Vieh die Nacht überlebt.«

Fran ließ sich auf die Hollywoodschaukel auf der Veranda fallen. »Offenbar stehen die Dinge hier auf dem Kopf. Die Hunde schlafen im Haus und die Menschen auf der Veranda.«

Henry ließ sich ebenfalls auf die Schaukel neben sie

fallen. »Und sie werden mit dem Gewehr vor der Nase begrüßt. Vergiss den Teil nicht.« Er streckte sich und stöhnte vor Schmerzen.

»Weiß Loretta, dass du hier bist?«

Ächzend machte er einen Buckel. »Es war ihre Idee!«

Sie bat ihn in die Küche und setzte sich an den Tisch. »Schau, was hier passiert, Henry. Und all das wegen eines kleinen farbigen Jungen.«

Er setzte sich ihr gegenüber hin. »Es wird besser werden, Fran.«

»Kannst du das versprechen?«

»Nein.«

Sie nickte. Sie konnte sich immer darauf verlassen, dass Henry aufrichtig war.

SIEBTES KAPITEL

Wir arbeiteten zwei weitere Wochen auf der Farm der Cannons, und Mitte August war der Tabak so weit, dass er geschnitten werden konnte. Wir wussten, dass wir alle bis zum Labour Day durcharbeiten mussten, um die beiden Felder zur Trocknung abzuernten. An dem Morgen, an dem wir aufbrachen, um mit dem Schneiden des Tabaks zu beginnen, aßen John und Milo riesige Mengen zum Frühstück, bevor wir zur Cannon Farm gingen.

Es war nun mehr als zwei Wochen her, dass Mama mich angewiesen hatte, mit den Jungs auf der Straße statt die Schienen entlangzugehen, aber wir waren spät dran. Wir hatten noch nie zuvor Tabak geschnitten, und wir waren erpicht darauf, unseren Tag zu beginnen. Während wir die Kühe melkten, die Schweine fütterten und die Eier einsammelten, wurde es von Minute zu Minute später und heißer. Ich wusste, dass Mama ärgerlich werden würde, wenn sie erfuhr, dass wir den Weg über die Schienen nahmen, aber ich dachte: Was sie nicht weiß, macht sie nicht heiß. Also führte ich die Jungs die Böschung hinunter.

»Du hast gesagt, dass Mama nicht will, dass wir auf den Schienen gehen«, meinte John.

»Heute Morgen ist ihr das egal. Außerdem liegt Beefs Haus da, und wir gehen hier entlang.«

Er zog sich die Fliegermütze über den Kopf. »Warum ist es Mama heute Morgen egal?«

»John, halt einfach den Mund.«

»Kinder sollen aber tun, was ihre Mama sagt.«

Ich fuhr mit dem Kopf herum und sah Beef, der nur drei Meter von uns entfernt stand. Ich packte Milos Hand fester und ging an Beef vorbei.

»Hört ihr mich?« Er sprang auf die Schienen hinter uns und griff Johns Arm. »Hört gefälligst zu, wenn ich mit euch rede.«

Ich roch den Alkohol, den er ausdünstete, und entriss John seinem Griff. »Wir hören dich. Aber wir müssen uns beeilen, weil wir sonst zu spät zur Arbeit kommen.« Ich hielt Johns Hand und ging weiter.

Beef packte Milo. »Was hat dieser kleine Niggerjunge denn zu arbeiten?« Er schnippte mit den Fingern an Milos Ohr. »Was arbeitest du, du Idiot?«

Mir war egal, was Henry gesagt hatte. Ich konnte es nicht ertragen, einen See aus Tränen neben Beef zu sehen. Ich sprang über die Schienen und stieß seine Hand von Milo weg. »Lass ihn in Ruhe, du fetter...« Dann sprach ich in einem Moment, in dem an jenem heißen Augustmorgen die Zeit stillstand, das schlimmste aller Schimpfworte aus – ein Wort, das ich meinen Daddy hunderte von Malen hatte sagen hören, das aber meine Mutter jedes Mal zusammenzucken ließ, wenn er es benutzte. Mein Blut raste, sobald es aus meinem Mund kam, und Beef schlug mir mit dem Rücken seiner riesigen Hand ins Gesicht.

»Was hast du zu mir gesagt?« Seine Brust hob sich heftig. Ich fiel auf die Schienen und sah, wie Blutstropfen auf die weißen Steine unter mir spritzten. Ich hatte irgendeine dunkle Wut in Beef geweckt, und ich spürte, wie mein Herz in meiner Brust klopfte.

John schrie auf, als ich hinfiel. Er wollte um Hilfe rufen, aber die Worte blieben ihm im Halse stecken, und seine Zunge konnte sich nicht zu seinem Gaumen heben. Er stieß das hervor, was ihm möglich war. »Nei-nei-nei-nein!« Dann sprang er vor und grub seine Zähne in Beefs fleischigen Daumen. Ich beobachtete alles vom Boden aus und schrie John zu aufzuhören. Beef umfasste Johns Kopf mit der Hand und schleuderte ihn auf den Boden. John landete auf dem Arm und stöhnte auf.

Jetzt trat Milo Beef, und Beef packte Milo bei den Schultern und schüttelte ihn. John und ich schrien Beef immer wieder an, er solle aufhören. »Hör auf«, brüllte ich, sprang auf Beefs Rücken und biss ihm in sein Ohr, sodass es blutete. Er heulte auf und warf mich ab. Dabei schlug er mir erneut ins Gesicht, und diesmal trafen seine Knöchel mein Auge. Ich hob meine Beine, um ihn von mir wegzutreten, aber bevor ich dazu kam, landete er mit einem dumpfen Schlag neben mir.

Ich sah hoch und erblickte Ruby, die eine eiserne Bratpfanne in der Hand hielt. »Ich lass nicht zu, dass er euch was tut«, rief sie.

Ich sprang auf die Füße und starrte zitternd auf Beefs breiten Rücken neben den Schienen. »Hast du ihn umgebracht?«

Sie stieß seinen Fuß von den Schienen. »Unkraut vergeht nicht. Er wacht wieder auf, wenn die Beule da an seinem Kopf aufhört wehzutun.« Sie griff in ihre Kleidertasche und drückte Milo etwas in die Hand. Es war Addys Kette. »Ich glaube, die hier hat deiner Mama gehört. Es hat eines Tages da hinten auf den Schienen in der Sonne gefunkelt. Ich hab sie oft beobachtet, wie sie zum Laden und wieder zurück gegangen ist, deine Mama, und sie hat mir immer zugewunken. Sie hat mir wirklich nett zugewunken.« Milo sah zu ihr hoch, aber er sagte nichts. »Ihr geht jetzt besser«, fügte Ruby noch hinzu. Dies war das erste Mal, dass ich Ruby habe lächeln sehen.

John konnte nicht zu den Cannons gehen. Sein Arm baumelte an seiner Seite herab wie einer der Fische, die wir sonntagnachmittags fingen. Wir rannten die Schienen entlang zum Haus von Doc Langley, und obwohl wir ihn baten, es nicht zu tun, rief er Mama im Laden an. Während wir auf sie warteten, verband er Johns Arm und legte ihn in eine Schlinge. John hätte nicht stolzer sein können, als Mama eintraf. »Das ist ein tolles Ding, nicht?«

»Er wird es ein paar Wochen lang tragen müssen«, erklärte Doc. John war ganz aus dem Häuschen.

Mama sah zu, wie Doc mich untersuchte. Vorsichtig berührte er das Auge, das empfindlich und rot angeschwollen war, und behandelte dann meine aufgeplatzte Lippe. »In ihrem Gesicht sind keine Knochen gebrochen, Fran. Aber du musst Eis auf das Auge legen. Es wird einige Zeit dauern, bis die Schwellung zurückgeht. Es wird alle möglichen Farben annehmen.« Er reichte ihr eine kleine Tüte mit Pulver. »Rühr jedem gegen die Schmerzen einen halben Teelöffel davon in eine Tasse Wasser.«

Mama nickte, und wir gingen zum Laden. Seit ihrer Ankunft bei Doc hatte sie kein Wort zu uns gesagt. Ich hoffte, dass sie uns bestrafte und die Sache damit erledigt war. »Ist alles in Ordnung mit euch?«, fragte sie uns drei. John und ich nickten. »Milo, ist alles in Ordnung mit dir?«

»Ja, Ma'am.«

»Kannst du zur Arbeit gehen, Jane?« Ich nickte. »John, willst du gehen?«

Er hielt seinen bandagierten Arm hoch. »Du siehst ja, was los ist!« Er hatte eine Schlinge zum Rumprotzen und konnte Kampfgeschichten darüber erzählen, wie er sie erworben hatte.

»Milo? Willst du gehen?« Milo nickte, und wir marschierten schweigend weiter. »Einer von euch wird mir erzählen müssen, wie es zu eurem Kampf mit Beef gekommen ist, und ich will keine Lügen hören. Versteht ihr mich?«

John meldete sich als Erster zu Wort. »Jane hat ihn einen fetten…« Und dann sprach er das schrecklichste aller Schimpfworte aus.

Mama blieb stehen und sah mich an. »Was hast du gesagt, Jane?« John stieß das Wort erneut aus, und sie fuhr zu ihm herum. »Ich habe dich bereits das erste Mal verstanden, John.« Dann drehte sie sich mir zu. »Warum hast du so etwas gesagt?«

»Er hat Milo gepackt und ihn Idiot genannt.«

»Was hattet ihr überhaupt auf den Schienen zu suchen?«

»Es war schon ziemlich spät für uns geworden, um den ersten Tag Tabak zu schneiden, und es war so höllisch heiß, dass wir nicht auf der Straße gehen konnten. Der Schweiß ist uns den ganzen Weg in die Schuhe gelaufen, wenn wir da gegangen sind. Die Schienen waren angenehmer.«

»Sie waren sehr viel angenehmer«, sagte sie mit vor Sarkasmus triefender Stimme. »Warum, glaubst du wohl, habe ich dir gesagt, dass ihr euch von den Schienen fernhalten sollt?« Ich antwortete nicht. »Du weißt genauso gut wie ich, dass Beef wie jeder andere auch zum Bach geht. Er bleibt nicht nur bei den Schienen an seinem Haus. Ihr hattet Glück, dass Ruby da war. Wer weiß, was der Dummkopf sonst noch getan hätte.«

Henry und Loretta sahen zu, wie Mama uns zum Waschbecken hinten im Laden führte. Sie nahm die Seife vom Halter und streckte sie mir hin. »Aufmachen«, befahl sie. Ich öffnete meinen Mund, und sie schob das dicke, graue Stück zwischen meine Zähne. »Zumachen.« Ich schloss meine Lippen darum, und sie drehte mich zur Wand. »Unflätige Redensweisen dürfen niemandem gegenüber benutzt werden. Noch nicht einmal gegenüber Beef.« Ich würgte und hörte, wie John kicherte. Mama schob ihn und Milo in den vorderen Teil des Ladens und ließ mich mehrere Minuten lang vor der Wand stehen. Sie zitterte, und Loretta legte einen Arm um sie.

»Sie sind heil und gesund, Fran.« Mama nickte und zwang sich, nicht zu weinen. Als sie meine Würgegeräusche nicht mehr länger mit anhören mochte, zog sie die Seife aus meinem Mund und drehte mir den Wasserhahn auf. Ich beugte mich über das Waschbecken, hielt mein Gesicht zum Wasserhahn hoch und ließ das Wasser über meine Zunge fließen, wobei ich die Seife mit den Fingern aus meinem Mund wischte.

»Ihr könnt den Cannons erzählen, was passiert ist, aber sagt niemandem sonst, dass Beef euch dies angetan hat.«

»Aber Mama«, widersprach John und hob seinen verletzten Arm.

»Nicht ein Wort. Louise geht mit euch zur Schule. Was werden die Leute denken, wenn sie hören, dass ihr Daddy dies getan hat?«

»Aber was sollen wir den anderen denn sagen?«, fragte John.

»Euch wird schon was einfallen.«

Henry fuhr uns zu den Cannons. Joe und Del waren bereits bei der Arbeit, als wir dort ankamen. Nachdem Henry berichtet hatte, was geschehen war, kniete Joe nieder und scharte uns um sich, wie dies eine Henne mit ihren Küken tut. John plapperte pausenlos weiter von unserem Zusammenstoß mit Beef, aber ich legte einfach nur meinen Kopf auf Joes Schulter und ließ seine Hand meine Schulter tätscheln. Den Cannons erzählten wir die ganze Wahrheit, aber jedem anderen, der fragte, was mit John passiert war, teilten wir das Einzige mit, was uns einfiel: dass man ihm in Greeneville eins über den Schädel geschlagen hatte... und dass er dabei auf seinen Arm gefallen sei.

»Seid ihr alle zum Arbeiten hier?«, fragte Joe.

»Ich habe einen verletzten Arm«, antwortete John und hob die Schlinge. »Aber mit dem gesunden, den ich noch habe, mach ich alles, was ich kann.«

Ich verdrehte die Augen. Für die kommenden Wochen würde es unerträglich sein, mit ihm zusammenzuleben.

»Ich bin bereit«, sagte Milo. »Lasst uns anfangen zu ernten.«

Joe strich über Milos Kopf, und wir folgten ihm aufs Feld. Dort nahm Del ein kleines S-förmiges Messer und schnitt damit gut fünfzehn Zentimeter über dem Boden den Stängel einer Tabakpflanze ab. Er reichte John, Milo und mir die Pflanze. »Seid vorsichtig mit den Blättern«, sagte er. »Sie müssen ganz sein, ohne Risse oder Löcher. Achtet darauf, dass sie schön bleiben.«

Wir drei spießten den Strunk auf einen Stock, und wenn wir vier oder fünf Strunke auf einem Stock hatten, halfen uns entweder Joe oder Del, ihn zum Lastwagen zu tragen. Wir hoben den Stock, so hoch wir konnten, über unseren Kopf und reichten ihn einem von ihnen auf die Ladefläche. Unsere Arme zitterten unter dem Gewicht. Wir liefen zum Feld zurück und arbeiteten so weiter. Ich ließ meinen Blick über die Pflanzen streifen. Wenn wir dieses Tempo beibehalten, dachte ich, werden wir ewig brauchen, die Ernte einzubringen.

»Ich kann mit meinem verletzten Arm nicht schneller arbeiten«, erklärte John.

»Kannst du bitte mit diesem Arm aufhören!«

»Gut, dann fahr mich nicht an, dass ich schneller arbeiten soll. Ich tu alles, was ein Mann tun kann, der einen verletzten Arm hat.«

Ich ging stöhnend von ihm weg.

Am Abend war John so müde, dass er vergaß, mich zu bitten, unter seinem Bett nach dem Butzemann zu sehen. Als ich vom Toilettenhäuschen zurückkam, schliefen er und Milo bereits. Ich weiß noch nicht einmal, ob sie Mama gute Nacht gesagt hatten. Meine Arme zitterten, als ich zu John ins Bett stieg. Ich war noch nie in meinem Leben so erschöpft gewesen.

Ich wollte nicht darüber nachdenken, dass Joe Morgan Hill wieder verließ, um nach Atlanta zurückzukehren, aber ich wusste, dass er aufbrechen würde, sobald der Tabak eingebracht war, und dann würde ich ihn kaum noch sehen. »Joe, lebst du gern in Atlanta?«, fragte ich ihn.

»Es ist ganz okay da.«

»Vermisst du Morgan Hill nicht?«

»Natürlich tu ich das.«

Ich unterbrach meine Arbeit. »Warum kommst du dann nicht hierher zurück?«

Er wischte sich mit dem Taschentuch über das Gesicht. »Weil mein Job dort gut ist und ich meinem Kumpel versprochen habe, dass ich zurückkomme. Ich kann dort in einem Jahr mehr verdienen als in zwei Jahren hier auf der Farm.«

»Wann brichst du wieder auf?«

Er reichte mir einen Stock. »Sobald wir all dies in der Scheune haben.«

Ich nickte, aber insgeheim betete ich, dass er nie wieder weggehen würde.

Eine Woche verging, und obwohl wir gut vorangekommen waren, wusste ich bei meinem morgendlichen Blick über das Feld, dass die Zeit drängte. John und Milo und ich waren völlig ausgelaugt. Wir arbeiteten, so hart wir konnten, um Joe und Del zu helfen, aber wir konnten all den Tabak unmöglich noch vor Schulbeginn ernten, und bis dahin würde er zudem an Qualität verloren haben.

An diesem Abend beobachtete ich, wie die Wolken am Mond vor unserem Fenster vorbeizogen. Ich wälzte mich im Bett umher, als ich plötzlich am Fenster bei Milos Bett Autoscheinwerfer aufblitzen sah. Fred begann zu bellen, und ich sprang auf und setzte mich zu Milo aufs Bett. Ein Transporter, den ich nicht kannte, parkte vor unserem Stall.

John drängte sich zwischen uns. »Wer ist das?«

»Das weiß ich nicht«, antwortete ich.

Zwei Leute kamen zum Haus, aber es war zu dunkel, um zu erkennen, wer sie waren. Wir blieben still sitzen, als sie auf die Veranda gingen und an die Windschutztür klopften. Ich hörte, wie Mama in die Küche schlurfte und wie sich dann die Tür knarrend öffnete. Die Lampe, die sie in ihrer Hand hielt, verbreitete gerade genug Licht, damit wir die Gesichter der Fremden sehen konnten.

»Das sind Farbige«, sagte John.

»Psst«, ermahnte ich ihn und presste mich dichter ans Fliegengitter vor dem Fenster.

»Miz Gable?«

»Ja.«

»Ich bin Reverend Harold Alden.« Der Mann warf einen Blick auf die Frau, die ihn begleitete. »Das hier ist meine Frau Esther.« Die Frau lächelte und trat dichter an ihren Mann heran. »Verzeihen Sie, dass wir einfach uneingeladen zu Ihrem Haus kommen, Miz Gable, aber wir konnten keine Telefonnummer ausfindig machen.«

»Wir haben kein Telefon.«

»Wir haben auch keins, zumindest nicht zu Hause. Aber in der Kirche haben wir eins. Wir wollten Sie auch nicht so spät am Abend belästigen, aber eines unserer ältesten Gemeindemitglieder ist schwer erkrankt, und wir waren bis gerade bei ihr. Hätten Sie einen Augenblick für uns Zeit, Miz Gable?«

Mama nickte, und Reverend Alden nahm ihr die Tür aus der Hand und führte seine Frau ins Haus. Die Windfangtür schlug zu. John und ich fummelten an den Schrauben herum, an denen unser Fliegengitter befestigt war. Wir lösten sie, drückten das Fliegengitter nach außen und fingen es auf, bevor es gegen das Haus fiel. Dann ließen wir uns einer nach dem anderen aus dem Fenster purzeln und schlichen zur Veranda. Fred bellte, und ich griff nach seiner Schnauze, um ihn zum Schweigen zu bringen. John und Milo hockten sich unter das Fenster, und ich kroch in die Nähe der Tür.

»Darf ich Ihnen einen Kaffee anbieten?«, fragte Mama.

»Machen Sie sich bitte keine Mühe, Miz Gable«, erwiderte Mrs. Alden. »Trotzdem vielen Dank.«

Ich spähte durch die Windfangtür. Mama saß auf einem Stuhl seitlich zur Tür. Erleichtert seufzte ich, weil ich wusste, dass sie uns mit ihrem tauben, zur Tür gerichteten Ohr nicht würde hören können. Ich reckte meinen Kopf, um auch die Aldens sehen zu können. Sie kamen mir bekannt vor.

»Miz Gable, ich bin der Pfarrer der Mount Zion Baptist Church in Greeneville. Esther und ich haben zwei erwachsene Jungen und einen weiteren, der noch zu Hause wohnt. Wir haben im Radio gehört, was mit den Turners passiert ist, und sind auch zur Beerdigung gekommen.« Da hatte ich sie also gesehen. »Wir sind außerordentlich traurig über den Verlust, den diese Gemeinde erlitten hat.«

Mama nickte. In diesem Moment verlor John das Gleichgewicht und polterte gegen die Hauswand. Ich drehte meinen Kopf ruckartig von der Tür weg, presste mich gegen die Wand und hielt meinen Finger an die Lippen, um John dazu zu bringen, leise zu sein. Regungslos lauschte ich, ob Mama oder die Aldens etwas von dem Lärm mitbekommen hatten.

»Miz Gable, es heißt, dass Sie sich bereit erklärt haben, den Jungen großzuziehen.«

»Das stimmt.«

Ich beugte mich wieder zur Tür vor und hob den Kopf, um hineinsehen zu können. Reverend Alden veränderte seine Sitzposition auf dem Stuhl, und ich bemerkte Kuhdung an seinen Schuhen.

»Esther und ich haben uns seit der Beerdigung über den Fall Gedanken gemacht. Wir besitzen nicht viel, Miz Gable, aber der Herr hat uns stets versorgt, und wir hatten immer etwas zu essen und einen Ort, an dem wir wohnen konnten – und genügend Kleidung. Wir konnten zwei Jungen verheiraten und sie in den Norden zum Arbeiten schicken, sodass wir ein leeres Schlafzimmer haben.« Milo rührte sich nicht. »Miz Gable, wir möchten Sie wissen lassen, dass wir den Jungen großziehen, wenn Sie das wollen.« Mama schwieg auch weiterhin.

»Sie können es uns sagen, wenn wir uns in eine Sache einmischen, die uns nichts angeht«, sagte Mrs. Alden. »Aber wir wollten einfach kommen, damit Sie wissen, dass wir da sind, wenn Sie meinen, dass der Junge bei Farbigen aufwachsen will. Wir sind gute Menschen, Miz Gable. Wir würden gut sein zu dem Jungen.«

Mama nickte. »Ich verstehe, Miz Alden.«

»Wir können in ein paar Tagen wiederkommen«, schlug Reverend Alden vor. »Ich weiß, dass es schon spät ist. Wir können also gern ein andermal wiederkommen, um mit Ihnen zu sprechen.«

»Aber vielleicht würde er uns gern mal besuchen«, fügte Mrs. Alden hinzu. Mein Herz pochte. Wir hätten schleunigst zurück durch das Fenster klettern sollen, aber ich konnte mich nicht rühren. Ich musste einfach erfahren, was geschehen sollte. »Er könnte unseren Jungen kennen lernen und sehen, wo wir wohnen. Wir könnten ihn einmal abholen und ihn ein paar Stunden bei uns haben. Sie könnten auch kommen, Miz Gable. Sie und Ihre Kinder.«

Es war so still, dass ich mich noch weiter zur Tür hinreckte, um Mamas Antwort zu hören. Schließlich sagte sie: »Möglicherweise wäre es das Beste, wenn nur Milo Sie besuchen würde. Dies ist etwas, worüber er entscheiden muss.«

Ich drehte mich zu Milo um, aber er sah mich nicht an. Schnell lief ich zu unserem Schlafzimmerfenster, Milo und John kamen hinter mir her. Als Erstes halfen wir Milo, hineinzuklettern. Dann stieg John auf meine Hände und zog sich hoch. Von oben streckte er mir seine Hände entgegen, und ich hievte mich hinauf. Die Tür öffnete sich knarrend, und John und Milo zogen mich auf Milos Bett. Wir ließen uns flach aufs Bett fallen, um nicht gesehen zu werden.

»Das Fliegengitter! Das Fliegengitter!«, flüsterte John.

»Das merken sie nicht«, beschwichtigte ich ihn.

Mit der Kerosinlampe in der Hand begleitete Mama Reverend Alden und seine Frau zu ihrem Transporter. Wir reckten unsere Köpfe und sahen Mama allein dastehen und den Aldens hinterhersehen, während diese die Auffahrt hinunterfuhren.

Es gibt Augenblicke, in denen man mehr weiß, als man sollte. Als ich zu Milo sah, der reglos auf seinem Bett lag, wurde mir klar, dass wir zu viel gehört hatten. So nett sie auch wirkten, wünschte ich doch, nichts über den Reverend und seine Frau erfahren zu haben.

Als ich am nächsten Morgen die Augen öffnete, konnte ich meine Arme kaum noch bewegen. Mein ganzer Körper tat mir weh. John und Milo und ich molken schweigend die Kühe. Keiner von uns wollte über das sprechen, was wir am Abend zuvor gehört hatten. Ich konnte Milo von meinem Melkschemel aus nicht sehen, aber ich hörte sein dünnes Stimmchen schließlich sagen: »Schickt mich eure Mama weg?«

»Du brauchst dir keinerlei Sorgen zu machen«, beruhigte ich ihn.

»Aber es wäre für alle besser, wenn sie das täte.«

Ich konnte nichts darauf erwidern. Ich hoffte, dass die Aldens einfach verschwinden würden, wenn wir nicht über sie nachdachten oder von ihnen sprachen.

Es war später Nachmittag an jenem Tag, als wir die Böschung zu unserem Haus hochstiegen. Da sahen wir ein Auto, das wir nicht einordnen konnten, unsere Auffahrt hochrasen. Wir sausten ums Haus und versuchten, den Fahrer zu erkennen. John lief in vollem Tempo voran. Abrupt bremste er ab und wandte sich um. »Rennt! Rennt um euer Leben!«, rief er uns mit den Armen wedelnd zu. »Es ist Tante Dora.« Aufschreiend griff ich Milos Hand, und wir rannten zurück zu den Schienen.

Tante Dora streckte ihren Kopf aus dem Autofenster. »Hallo, ihr süßen Engelchen! Kommt zurück. Es ist eure Tante Dora.« Sie hatte uns gesehen.

»Rennt weiter!«, schrie John. »Rennt, bevor es zu spät ist!«

Tante Dora hupte. »Kommt alle zurück. Es ist eure liebe Tante Dora«, rief sie.

»Es ist sinnlos«, sagte ich. »Sie hat uns entdeckt.« John stoppte seinen Lauf, als hätte man ihm in den Rücken geschossen, und ließ sich auf den Boden fallen. Milo sah mich an, und ich legte meine Hand auf seine Schulter. »Wenn sie zu dir hinkommt, dann dreh dein Gesicht schnell wie der Blitz zur Seite.«

Tante Dora stieg aus dem Auto und breitete die Arme aus, während sie auf uns zurannte. »Kommt in meine Arme, damit ich euch drücken kann.« Ich ging auf sie zu und hielt mein Gesicht im optimalen Winkel, als sie sich zu mir herunterbeugte, um mich zu küssen. »Janie, mein Schatz«, sagte sie und packte meinen Kopf, sodass ich mich nicht rühren konnte. Wie sollte ich einem Kuss auf den Mund ausweichen, wenn es mir unmöglich war, mein Gesicht wegzudrehen? Tante Dora zog mich an sich und pflanzte mir einen dicken feuchten Kuss auf meine Lippen.

Ich taumelte zurück, und sie wandte sich John zu. Er lag noch immer gekrümmt auf dem Boden. Sie ließ sich auf ihre Hände und Knie hinab und beugte sich prüfend über seinen Kopf. »Kuckuck!« Sie hielt lachend die Hand über ihre Augen. »Kuckuck!« John warf seine Arme über sein Gesicht, aber Tante Dora hob sie hoch und küsste ihn auf den Mund. Er sprang auf die Füße und wischte sein gesamtes Gesicht an seinem Arm ab.

Kichernd drehte sich Tante Dora zu Milo um. Der stand wie angewurzelt, als seien seine Füße in Beton gegossen. Ich beugte mich zu ihm. »Schnell wie der Blitz.« Tante Dora reichte ihm ihre Hand. »Du musst Milo sein.« Milo schüttelte ihre Hand. »Ich freue mich sehr, dich kennen zu lernen«, sagte Tante Dora freundlich.

Mama war überrascht, Tante Dora zu sehen, aber sie deckte auch für sie den Abendbrottisch mit. Sie tischte gepökeltes Schweinefleisch, Bratkartoffeln, grüne Bohnen,

Zwiebeln und eine Pfanne voll Maisbrot auf. Tante Dora fischte sich das Stück Schweinefleisch mit dem Löffel heraus, ließ es auf ihren Teller plumpsen und riss es mit den Fingern auseinander. Dann drückte sie einen fettigen Finger auf Milos Nasenspitze. »Du bist so hübsch, wie man nur sein kann! Wie alt bist du?«

»Sechs.«

Tante Dora war noch immer mit dem Schweinefleisch beschäftigt. »Sechs Jahre alt und so hübsch, wie man nur sein kann. Und meine anderen beiden Engel sind so groß geworden, seit ich sie das letzte Mal gesehen habe.« Tante Dora zwickte John in die Wange; sie hinterließ einen Abdruck aus Bohnensuppe und Fett auf seinem Gesicht. Er schnaufte und verdrehte die Augen, bis Mama unter dem Tisch mit den Fingern schnippte. Als Tante Dora ihre Hand nach meiner Nase ausstreckte, griff ich schnell nach der Pfanne mit Maisbrot und hielt sie ihr hin. Sie brach sich ein riesiges Stück ab. Zufrieden, dass ich ihrer fettige Pranke entkommen war, lächelte ich John zu, aber dann spürte ich doch einen feuchten Finger auf meiner Nasenspitze. »Danke, meine süße Kleine«, sagte Tante Dora lächelnd.

Sobald wir mit dem Essen fertig waren, rannten John, Milo und ich davon. Die Kühe mussten wie jeden Abend gemolken werden, und wir waren mehr als glücklich, zum Stall und weg von Tante Doras glitschigen Berührungen zu kommen.

»Ich wusste gar nicht, dass du kommst«, sagte Fran und stellte Wasser zum Aufwärmen auf den Herd, um damit später das Geschirr zu spülen.

»Ich bleibe nicht lange.«

Fran schüttete Abwaschpulver in das Becken und räumte die Teller vom Tisch. »Du kannst so lange bleiben, wie du möchtest, Dora.«

Dora stand auf. »Lass mich abwaschen, Fran. Du kannst dich hinsetzen.«

Fran hatte sich seit Jahren nicht mehr einfach hingesetzt, und würde es auch jetzt nicht tun. Also schüttete sie die übrig gebliebenen Bohnen in eine Schüssel, legte einen Teller darauf und stellte sie in den Kühlschrank. Dann wickelte sie das Maisbrot in Wachspapier. Als das Wasser heiß war, begann Dora zu spülen, und Fran trocknete das Geschirr ab. Dora sprach von ihrer Arbeit, anschließend stellte sie Fran endlose Fragen über das Baby. Als das Gespräch zu erlöschen begann, fing sie an, das Wetter zu thematisieren. Sie gingen nach draußen, und Fred rannte auf seinen drei Beinen ihnen voran zum Stall.

»Stellt er Fragen über seine Mama und seinen Daddy?«

»Ein paar. Er hat nicht sonderlich viel über sie gesprochen.«

»Das wird er schon noch«, sagte Dora. Sie blieb stehen und lehnte sich an ihren Transporter. »Wie waren sie?«

»Es waren gute Menschen.« Fran schüttelte den Kopf und sah zum Stall. »Ich werde es nie begreifen. Nie, nie, nie.« Sie seufzte und legte ihre Hände auf den Bauch. »Ich muss zum Stall gehen und beim Melken helfen.« Sie wollte losgehen, aber Dora hielt sie zurück.

»Fran. Ich habe ein wenig nachgedacht. Es macht für mich keinen Sinn, jeden Tag mit dem Bus zur Arbeit zu fahren und den Wagen in der Einfahrt stehen zu lassen.« Fran öffnete den Mund, um etwas zu entgegnen, aber Dora hob ihre Hand. »Ich kenne dich schon lange, Fran, und ich weiß, was du sagen willst, aber ich möchte, dass du mir zuhörst. Du hast drei Kinder unter deinem Dach, und ein weiteres ist unterwegs, und nach dem, was ich so höre, beginnt es zu gefährlich zu werden, heutzutage die Schienen entlangzugehen.«

»Seitdem das geschehen ist, haben wir Beef noch nicht einmal mehr gesehen. Es ist ihm zu peinlich, vorbeizukommen. Denn er muss denken, dass ihn drei Kinder verdroschen haben. Er wird nicht …«

Dora hielt ihre Hand hoch. »Du brauchst ein Auto viel dringender als ich.« Fran schüttelte den Kopf. »Bitte hör mir zu! Ich nehme den Bus zur Arbeit, und ich bin in der Lage, zu Fuß zum Krämer zu gehen. Ich brauche dieses Auto nicht.«

»Nein, nein, nein«, wehrte Fran ab.

»Ich habe mich entschieden, Fran.«

»Ich mich auch. Es gibt keinen Grund, noch weiter darüber zu reden.«

»Fran. Ich weiß, wie mein Bruder war. Und ich weiß, was für eine Art von Mann er nicht war. Ich möchte nie so eine Art von Mensch sein, wie er es war. Es tut mir leid, was in diesem Haus in den vergangenen zehn Jahren geschehen ist, und ich schäme mich dafür, dass jemand aus meiner Familie für all das verantwortlich war.«

Fran sah verlegen auf den Boden. »Du bist in keinster Weise wie Lonnie, und es muss dir auch nicht leidtun, Dora. Du bist kein bisschen dafür verantwortlich, was in diesem Hause geschehen ist, und du brauchst auch nicht das Gefühl zu haben, dass du deswegen irgendetwas tun musst.«

»Ich habe nicht das Gefühl, dass ich etwas tun muss, Fran, sondern ich *will* etwas tun, weil ich es kann. Ich bin in einer Lebensphase, in der ich das tun kann. Ich führe ein wirklich einfaches Leben in Cleveland. Ich fange mit mir und diesem Auto kaum etwas an. Und du bist in einer Lebensphase, in der du dieses Ding erheblich besser gebrauchen kannst als ich.« Sie blickte zum Stall und sah zu, wie die Kinder die Kühe molken. »Ich muss es nicht tun, Fran, aber ich will es ganz sicher tun.« Sie machte eine Pause und lächelte. »Außerdem glaube ich, dass ich, wenn ich weiter mit dem Bus fahre, bestimmt eines Tages einen Mann finde.«

Tante Dora und Mama waren am nächsten Morgen schon früh auf. Als ich erwachte, hörte ich Bruchstücke ihrer Unterhaltung mit. Mama wollte Daddys Schwester zur Kreuzung zum Bus bringen, aber Tante Dora wollte nichts davon hören, nicht solange wir noch schliefen. »Ich geh zum Laden«, sagte sie. »Irgendein alter Mann wird heute Morgen sicher da rumhängen und mich fahren.«

»Ich wünschte, du würdest länger bleiben, Dora.«

»Ich muss wieder zur Arbeit, und es ist eine lange Busfahrt.«

Ich hörte, wie sich die Küchentür schloss, sprang aus dem Bett, stürmte durch die Tür und rannte in Unterhosen und Unterhemd durchs Haus. »Mama, wo geht Tante Dora hin?«

»Zur Kreuzung.«

Ich lief auf die Veranda und sah ihr Auto. »Warum fährt sie nicht mit ihrem Auto?«

»Sie hat uns ihr Auto geschenkt, Jane.«

Weder sie noch Tante Dora hatten am vorherigen Abend irgendetwas darüber gesagt. Ich fühlte eine tiefe Scham. Wie konnte meine Tante uns ihr Auto geben, nachdem ich ihr gegenüber all die hasserfüllten Gedanken gehabt und alles unternommen hatte, ihr aus dem Wege zu gehen. Ich rannte die Verandatreppen und den Bahndamm herunter und schrie hinter ihr her: »Tante Dora! Warte!«

»Janie, mein Engel! Was machst du denn hier in Unterwäsche?«

Ich holte sie ein, und sie kniete sich vor mich hin.

»Wo gehst du hin, Tante Dora?«

»Ich muss nach Hause fahren, bevor mich der alte Mr. Haarlos feuert.«

»Wann kommst du wieder?«

Sie lächelte und küsste mich. Diesmal versuchte ich nicht, ihr auszuweichen. »Irgendwann. Vielleicht, wenn deine Mama das Baby hat.« Tante Dora drückte meinen Arm und nahm meine Hand. »Jetzt gehst du besser zurück und ziehst dir was an, bevor Sheriff Dutton dich einsperrt.« Sie richtete sich auf und hob ihren Koffer hoch. »Pass gut auf deine Mama auf, Jane.«

Ich nickte, und sie ging von mir weg.

»Tante Dora!«

Sie drehte sich um.

»Danke!«

Sie lächelte und warf mir eine Kusshand zu. Ich sah ihr nach, wie sie um die Biegung ging und verschwand.

Nachdem wir an jenem Morgen mit dem Melken fertig waren, half ich Mama beim Verschließen der Milchkannen. John und Milo waren damit beschäftigt, in unser neues

Auto zu klettern und wieder heraus. Ich wollte, dass Mama über die Aldens redete, aber ich wusste nicht, wie ich das Gespräch auf sie bringen konnte. »Die Schule fängt bald an«, begann ich. Sie achtete nicht auf meine Worte. »Wetten, dass Milo begeistert ist, wenn er mit uns zur Schule gehen kann?«

Sie unterbrach ihre Arbeit und sah mich an. »Jane, du musst wissen, dass Milo nicht mit dir und John zur Schule gehen kann.«

Es schnitt mir ins Herz. Ich wusste, dass sie mir jetzt erzählen würde, sie habe sich entschieden, Milo bei den Aldens wohnen zu lassen. »Warum nicht?«

»Weil es eine Schule für Weiße ist. In ihr gibt es keine Farbigen.«

Damit hatte ich nicht gerechnet. »Aber es hat noch nie Farbige in Morgan Hill gegeben, die zur Schule gehen müssen.«

Sie drehte den letzten Deckel zu und sah mich an. »Das weiß ich.«

»Wie soll er lernen, wenn er nicht zur Schule geht? Hast du Mr. Jeffers das gefragt?«

»Er kann da nichts machen. Milo könnte in Greeneville in die Schule gehen.«

Ich spürte, wie mir das Blut in den Kopf schoss. »Aber er kann nicht nach Greeneville gehen. Er wohnt doch hier, Mama!« Sie wischte sich die Hände an einem Lappen ab und fuhr sich dann damit über die Stirn. »Schickst du ihn weg?«

Sie drehte sich zu mir hin. »Was hast du gehört?«

»Ich habe gehört, dass die farbigen Leute gesagt haben, sie würden Milo nehmen. Schickst du ihn weg, damit er bei ihnen wohnen und auf eine Schule für Farbige gehen kann?«

Sie sah zu John und Milo. »Ich weiß es nicht.«

»Du hast es Addy versprochen!«

Sie wirbelte zu mir herum. »Ich weiß, was ich seiner Mama versprochen habe! Aber in zwölf Jahren wird er noch immer ein junger Mann sein, der in diesem Haus lebt – einem *weißen* Haus, Jane. Ich bin nächtelang wach geblieben und habe darüber nachgegrübelt, welchen Einfluss das auf ihn haben wird. Möglicherweise ist er mit diesen Leuten besser dran.«

Sie wandte sich ab, und ich beobachtete, wie sie atmete. Vielleicht hatte sie recht, aber der Gedanke daran machte mich zornig. »Dass diese Leute farbig sind, bedeutet noch nicht, dass sie besser für ihn sorgen können als wir.«

Sie drehte mir auch weiterhin den Rücken zu. »Geh ins Haus und mach dich für die Arbeit fertig, Jane.«

Ich spürte, wie mir der Mut sank. »Schickst du ihn fort?«

»Nun mach schon, Jane«, war alles, was ich aus ihr herausbekommen konnte.

ACHTES KAPITEL

Wir gingen wie jeden Morgen zu den Cannons. Der Anblick der vielen noch ungeernteten Tabakpflanzen ließ meinen gesamten Körper schmerzen. John, Milo und ich trotteten zum Feld, aber dann erblickten wir Henry, der mit seinem Laster den Weg entlanggefahren kam, und blieben stehen. Er hupte und stieg zusammen mit Loretta aus. Ich war noch nie in meinem Leben so froh gewesen, jemanden zu sehen.

Er nahm ein Messer aus seinem Lastwagen und ging auf uns zu, wobei er es schwenkte, als sei er einer der drei Musketiere. »Maxine hat heute Morgen im Radio gesagt, dass es in drei Tagen regnen wird, Joe. Also fahren wir besser das Heu ein, solange die Sonne scheint.« Fahr das Heu ein, solange die Sonne scheint, war ein bei den Farmern von Morgan Hill beliebtes Sprichwort. Wenn die Sonne schien, erledigte man so viel Arbeit wie nur möglich. Jeder wusste, dass Tabak auf einer Auktion mehr Geld einbrachte, wenn die Blätter nicht schlammbeschmiert waren oder durch Nässe gelitten hatten. Wenn die Cannons einen Spitzenpreis erzielen wollten, mussten wir den Tabak in die Scheune bringen, bevor der Regen einsetzte.

Kurz darauf kamen auch Pete und Charlotte Fletcher, um zu helfen. »Guten Morgen miteinander«, sagte Pete, nahm sein Messer vom Vordersitz und begann wie selbstverständlich mit der Arbeit. Später am Tag trafen dann noch Hoby Kane, Otis und Nona Dodd und sogar Mama ein. Sie hatte den Laden früh geschlossen und ein Schild mit der Nachricht »Wir sind bei der Tabakernte« an die Tür gehängt. Falls jemand dachte, dass Otis und Nona zu alt waren oder Hoby zu verkrüppelt war, um zu helfen, sprach das niemand aus. Hoby griff in seine Tasche und bot John, Milo und mir eine Handvoll Zitronenbonbons an, die uns dabei helfen sollten durchzuhalten. »Ich sag eurer Mama auch nichts davon«, meinte er und zwinkerte uns zu.

Als sich die Nachricht, dass die Cannons ihre Tabakernte einbringen wollten, bevor der Sturm losbrach, endgültig verbreitet hatte, erschienen außerdem noch Jeb Hancock, Cal Dodson und Dody Gumm zur Unterstützung. Selbst der zugegebenermaßen faule Gabbie Doakes tauchte auf, obwohl er schon zehn Jahre zuvor aufgehört hatte zu arbeiten. Nach ein paar Tassen Kaffee zog der Trupp aufs Feld.

Morgens unterteilten wir uns immer in Dreierteams. Ich arbeitete mit Henry und Loretta zusammen, John mit Cal Dodson und Del und Milo mit Mama und Joe. Milo hatte bereits so viel mit Joe auf der Farm gearbeitet, dass sie kein Wort mehr miteinander wechseln mussten, um ihre Arbeit zu erledigen. Milo wusste schon, bevor Joe etwas sagte, was dieser von ihm wollte. Und meine Mutter tat sich mit der Arbeit auf dem Feld ebenfalls leicht. Sie fügte sich ein, als ob sie dafür geschaffen worden wäre, sie mit Joe gemeinsam zu erledigen. Ich konnte mich nicht entsinnen, dass sie und Daddy einmal irgendetwas gemeinsam getan hatten.

Nach drei Tagen war der Tabak, den Willie Dean und Addy gepflanzt hatten, geschnitten und hing in der Scheune von den Sparren. Milo betrachtete ihn nachdenklich. Da war er: der Grund, warum seine Eltern von Mississippi nach Morgan Hill gekommen waren. Der Tabak würde dort mindestens noch zwei Monate zum Trocknen hängen, bevor er zur Auktion gebracht wurde.

Nachdem ich am nächsten Morgen gemolken und das Geld von der Pet Milk Company erhalten hatte, dachte ich wieder mal über das Gespräch nach, das ich mit Mama über die Aldens geführt hatte. Wir hatten nicht mehr weiter darüber gesprochen, aber ihr Schweigen sagte mir, dass sie Milo fortschicken würde.

Schwere, silbergraue Wolken hingen tief vom Himmel. Auf dem Weg vom Stall ins Haus spürte ich, wie mir ein Regentropfen auf den Kopf fiel, und sah hoch. Ein weiterer Tropfen traf meine Wange, und ich eilte los, bevor der Regen richtig losbrach. Ich rannte an Mama vorbei, die auf der Veranda beim Wäschewaschen war, und warf das Geld auf den Küchentisch. Dann lief ich zum Hühnerstall, um John und Milo zu holen. Wir mussten noch Bohnen pflücken. John streute gerade Futter aus.

»Wo ist Milo?«, fragte ich ihn. John zuckte die Schultern. Er scheuchte die Hühner beiseite, um sich einen Weg zur Tür zu bahnen. »Wo ist er, John?«

»Ich weiß es nicht. Ich dachte, dass er mit dir in der Scheune ist.«

Ich ging, nach Milo rufend, hinten um den Hühnerstall und den Kuhstall herum und in die Scheune. Dann lief ich über die Straße und sah in der Hoffnung, dass er bereits Bohnen pflückte, in den Garten. Aber er war nirgends zu entdecken. Ich guckte in den Keller, zog die Tür des Toilettenhäuschens auf, knallte sie wieder zu und rannte die Böschung hinunter. Die Schienen suchte ich in beiden Richtungen mit meinen Augen ab. Schließlich hastete ich nach Hause zurück. »Ist Milo im Haus?«, fragte ich Mama, aber sie hatte mir ihr taubes Ohr zugewandt. »Mama, ist Milo im Haus?«, fragte ich erneut, diesmal lauter. Sie sah erschrocken vom Waschbrett hoch. »Milo ist wieder weggelaufen.«

Mama trocknete sich die Hände ab und eilte an mir vorbei. »Hast du im Stall nachgesehen?«

Ich nickte. »Er ist nicht da. Ich habe die Straße, den Keller, den Garten abgesucht, alles.«

Sie lief die Stufen der Veranda hinunter und ging hinter das Haus. »Wann hast du ihn zuletzt gesehen?«, fragte sie mit einer Mischung aus Furcht und Ärger in ihrer Stimme.

»Als wir mit dem Melken fertig waren.«

»Hast du auf den Schienen nachgesehen?« Ich nickte. »Lauf mit John zum Bach und sucht da nach ihm. Ich geh zu den Cannons und schau nach, ob er dorthin gegangen ist. Er kann noch nicht allzu weit gekommen sein.« Sie stieg den Bahndamm hinab, und ich konnte sehen, wie sie, Milos Namen rufend, die Schienen entlangrannte. John und ich stürmten zum Bach.

Als Fran die Farm der Cannons erreichte, regnete es in Strömen. Helen sah sie herbeieilen und öffnete die Eingangstür. »Fran Gable, was um alles in der Welt machst du da draußen im Regen?«

»Ist Milo hier?«

»Ich habe ihn nicht gesehen«, erwiderte Helen.

Joe kam die Treppe hinuntergeeilt, und seine Mutter erklärte: »Milo ist weg.«

Er griff seine an einem Haken in der Küche hängende Mütze.

»Warum rennt er bloß einfach weg?«

»Weil er so einsam ist, dass er nichts mit sich anfangen kann«, antwortete Joe und zog sich die Mütze über den Kopf. »Fran, du musst nicht draußen herumlaufen, wenn ein Sturm im Anzug ist. Bleib hier bei meiner Mutter. Pop und ich werden ihn schon finden.«

Sie ging zur Veranda, aber Helen legte ihr die Hand auf den Arm. »Fran, lass Joe und Del nach ihm suchen. Sie werden ihn nach Hause zurückbringen.«

Fran sah zu, wie Joe und Del in entgegengesetzten Richtungen losliefen, um Milo zu suchen. »Ich rufe Henry und Loretta an«, sagte sie und griff nach dem Telefon. »Vielleicht ist er zum Laden gegangen.«

»Ich werde die Straßen mit dem Wagen absuchen«, sagte Henry am Telefon. »Loretta wird sich hier so lange um alles kümmern.«

John und ich liefen zum Bach, aber Milo war nicht dort. Es blitzte, und der Himmel öffnete endgültig seine Schleusen. Er schüttete kübelweise Wasser auf uns. In der Hoffnung, dass er uns durch den prasselnden Regen hindurch hören würde, schrien wir Milos Namen noch lauter.

»Warum ist er weggelaufen?«, fragte John und sprang auf die Felsen, um einen besseren Überblick zu haben.

»Keine Ahnung.«

»Es macht überhaupt keinen Sinn, dass er weggelaufen ist.«

Ich achtete nicht auf John, sondern lief schneller, sorgfältig darauf achtend, wohin ich meine Füße setzte.

»Glaubst du, dass er für immer weggelaufen ist?«

»Das weiß ich nicht, John«, sagte ich und hoffte, seine endlose Fragerei durch den Ton meiner Stimme zu beenden.

Er schlang seine Arme um sich und schob seine Hände unter die Achselhöhlen. »Warum zum Teufel sollte er wegrennen?«

Ich blieb stehen und drehte mich zu ihm um. »Weil er weiß, dass Mama ihn zu diesen farbigen Leuten schicken will.« John starrte mich an. Der Regen tropfte von den Ohrenklappen seiner Pilotenmütze. Kopfschüttelnd lief ich die Böschung hoch zu den Cannons.

John und ich warteten auf der Veranda darauf, dass Joe oder Del oder Henry mit Milo auftauchten, aber das taten sie nicht. Eine Stunde verging, bis wir Del erblickten, der schlammbespritzt und bis auf die Haut durchnässt über die Weiden der Cannos angelaufen kam. Er schüttelte den Kopf. Joe kam eine halbe Stunde später zurück. Er war in die Stadt gegangen und hatte mit Cal Dodson und Olive Harper gesprochen, aber keiner hatte Milo gesehen. Mama stand vom Tisch auf und lief ans Fenster. Sie beobachtete, wie sich der Regen im Hof sammelte.

»Vielleicht hat ihn ja Henry gefunden«, meinte Helen, und Mama nickte.

Aber auch Henry hatte Milo nicht gefunden. Er war kilometerweit in alle Richtungen gefahren, ohne ihn oder irgendjemanden sonst, der helfen konnte, aufgespürt zu haben. Der Regen hielt alle in den Häusern. Mama setzte sich und schlug die Hände vors Gesicht.

»Wir werden ihn finden, Fran«, versprach Henry. »In diesem Regen kann er nicht allzu weit kommen. Möglicherweise versteckt er sich in irgendeinem Stall und kommt wieder raus, wenn der Regen nachlässt.« Mama schwieg. »Ich werde Jane und John zu eurem Haus zurückbringen, für den Fall, dass er sich entschließen sollte, dorthin zurückzukehren.«

Als wir zu Hause angekommen waren, liefen John und ich erneut durch die Ställe, weil wir hofften, dass Milo bereits zurückgekommen war. Henry holte zwei Handtücher aus der Küche und warf sie John und mir über den Kopf. John setzte sich an den Rand der Veranda und ließ das Wasser aus der Dachrinne über seine Beine laufen.

»Er ist weggelaufen, weil wir nicht gut zu ihm gewesen sind, Henry«, sagte ich.

Henry rubbelte mein Haar mit dem Handtuch trocken. »Schluss jetzt. Milo ist weggelaufen, weil er vor Kummer vergeht. Aber sobald er Zeit hat nachzudenken, wird er zurückkommen.«

Der Donner krachte und ließ das Haus erbeben. Ich schwieg kurz und sagte dann: »Mama denkt darüber nach, Milo zu farbigen Leuten nach Greeneville zu schicken, damit er bei ihnen wohnt.«

Henry trocknete jetzt meine Arme und Beine. »Was sind das für Leute?«

»Irgendein Prediger und seine Frau. Sie waren auf der Beerdigung. Vor ein paar Tagen sind sie abends hierhergekommen und haben mit Mama gesprochen.«

»Sie hat es dir erzählt?« Ich schüttelte den Kopf. »Woher weißt du's dann?«

»John und ich haben sie sprechen hören.«

»Hat Milo auch mitgehört?« Ich zuckte die Schultern. »Hat Milo gehört, wie deine Mama mit diesen Leuten gesprochen hat?«

»Ich glaube schon.«

»Du *glaubst*?«

»Er hat sie gehört.«

»Es hat vermutlich nicht viel Sinn, euch beiden zu sagen, dass es sich nicht gehört, andere zu belauschen.«

»Sie wird ihn wegschicken, Henry, und sie hat Addy versprochen, dass sie ihn großzieht.«

»Das weißt du nicht.«

»Ich kenne Mama.«

»Das glaube ich nicht, meine Hübsche. Denn sonst wüsstest du, dass deine Mama das Richtige tun wird.«

Henry irrte sich. Ich wusste es nicht und Mama wohl auch nicht.

»Glaubst du, dass Addy und Willie Dean uns sehen können?«, fragte ich. »Glaubst du, dass sie sehen, dass wir ihren Jungen verloren haben?«

Henry legte das Handtuch um mich. »Gott sieht ihn.«

»Wird er Milo sagen, dass er zurückkommen soll?«

Henry legte sein Kinn auf meinen Kopf. »Ich bin sicher, dass Er an ihm arbeitet. Wenn Er sich auf die Suche macht, um ein verlorenes Schaf zu finden, dann setze ich alles darauf, dass Er tun wird, was getan werden muss, um einen im Sturm verloren gegangenen Jungen heimzubringen.«

Den Rest des Morgens verbrachte Helen am Telefon. Sie hinterließ unter anderem Sheriff Dutton die Nachricht, er solle nach Milo suchen; kurze Zeit später fuhr der Sheriff in die Einfahrt der Cannons, um zu erfahren, ob Milo zurückgekehrt war. Er versprach, alles ihm Mögliche zu tun, um ihn zu finden. Der Schlamm im Hof spritzte auf, als er mit durchdrehenden Rädern davonfuhr.

Fran lief unruhig auf der Veranda hin und her; gedankenverloren sah sie zu, wie das Wasser vom Stalldach floss. Der Donner krachte so laut, dass es sich anhörte, als rolle er direkt über die Wand des Widow's Mountain.

»Wir dachten, es würde früher aufhören zu regnen«, sagte Joe. Er war Fran auf die Veranda gefolgt. »Aber Henry hat recht. Milo wird sich in irgendeinen Stall gekauert haben. Bei dem Wetter läuft er bestimmt nicht draußen herum.«

Sie nickte und wandte sich ab, bevor Joe sehen konnte, dass sich ihre Augen mit Tränen füllten.

»Es ist ihm nichts passiert, Fran. Er ist ein pfiffiger Junge. Er hat ein trockenes Plätzchen gefunden, an dem er bleiben kann, bis das hier aufhört.«

Joe sah Fran an und hob ihr Kinn. Tränen rollten ihre Wangen hinunter, und sie wischte sie hastig mit der Hand fort. Dann schlug sie die Arme vor der Brust übereinander.

»Fran, es ist nicht deine Schuld.«

Sie legte die Hände auf die Brüstung der Veranda und senkte den Kopf. »Es ist nicht *seine* Schuld, Joe. Er ist nur ein kleiner Junge. Er ist weggelaufen, weil er nicht in meinem Haus leben will.«

»Das stimmt nicht.«

»Ich habe diesem Jungen keinen Grund zum Bleiben gegeben, und die Wahrheit ist, dass ich nicht weiß, ob ich das sollte. Eine farbige Familie aus Greeneville ist zu uns gekommen und hat mir angeboten, Milo zu sich zu nehmen.« Sie sah zu Joe hoch. »Sie könnten ihn großziehen.«

»Was hast du ihnen geantwortet?«

»Sie sagten, dass Milo zu ihnen nach Hause kommen und ihren Jungen kennen lernen könne. Ich fand das eine gute Idee. Wenn er sie kennen gelernt hat, haben wir alle Zeit, um nachzudenken.«

»Was wirst du zu ihnen sagen, wenn du Zeit zum Nachdenken hattest?«

Fran schüttelte den Kopf und drehte sich weg, bevor Joe sehen konnte, dass sie wieder weinte. »Milo muss entscheiden, ob er bei ihnen leben will. Er ist nicht blind und taub dem gegenüber, was geschehen ist. Ich habe das Haus sicher nicht zu einem Zuhause für ihn gemacht. Er weiß, dass er besser dran ist, wenn er da draußen im Regen herumläuft, als mit mir in meinem Haus zu hocken.«

Joe lehnte sich an die Brüstung und sah sie an. »Fran, er ist weggelaufen, weil er so traurig ist, dass er nicht weiß, was er tun soll. Er ist nicht wegen dir weggelaufen oder weil er glaubt, dass du ihn weggeben willst. Er ist weggelaufen, weil er nicht weiß, was er mit dem Schmerz machen soll, der ihn zerreißt.«

Fran umklammerte die Brüstung und legte die Stirn auf ihre Hände. Joe legte seine Hände auf ihre Schultern und zog sie hoch, damit sie ihn ansah. »Er weiß, dass du ein guter Mensch bist, Fran. Seine Mama wusste das auch. Und *ich* habe das *immer* gewusst.« Sie sah ihn an, und er umfasste ihre Hände. »Seit ich dich kenne, bist du immer nur ein guter, anständiger Mensch gewesen.«

Das war seit Jahren das erste Mal, dass ein Mann sie

freundlich berührt und sanft mit ihr gesprochen hatte, aber Fran konnte nicht reagieren. Sie war nicht an so etwas wie Zuneigung gewöhnt, zumindest nicht im Zusammenhang mit Männern, deshalb wich sie zurück und wischte sich die Wangen trocken. Zu lange schon war sie auf sich selbst angewiesen gewesen – wie sollte sie sich jetzt auf jemand anderen verlassen können?

Joe sah Fran in die Augen, aber sie sah ihn nicht an. »Pop und ich gehen jetzt wieder raus«, sagte er sanft. »Hoffentlich finden wir ihn diesmal.«

Sie fanden ihn nicht. Henry und ich hatten John zu Hause zurückgelassen und waren von einem Haus zum anderen gefahren, um die Ställe, Scheunen und Brunnenhäuser und alle Außengebäude, die wir sehen konnten, zu durchsuchen, aber auch wir konnten Milo nirgendwo entdecken.

An jenem Tag zog sich die Zeit endlos in die Länge; die Stunden schlichen ohne jede Nachricht von irgendjemandem in der Stadt dahin. Lustlos aßen wir zum Abendbrot Huhn mit Bohnen, und nachdem wir damit fertig waren, fuhr uns Henry zu den Cannons zurück. Mamas Gesichtsausdruck wirkte düster. Es war für uns alle ein langer Tag gewesen.

»Es ist noch eine Weile hell«, sagte Henry. »Wir können vor Einbruch der Dunkelheit noch einmal die Weiden und Straßen absuchen.« Joe und Del nickten und griffen sich ihre Jacken. John und ich rannten los und kletterten in Henrys Lastwagen.

Fran trat auf die Veranda und lief die Treppen hinunter in Richtung Schienen. »Fran«, hielt Helen sie zurück. »Du hast in deinem Zustand nichts da draußen im Regen zu

suchen. Es könnte dir oder dem Baby etwas passieren.«
Fran starrte abwesend die Böschung hinab.

»Fran«, meinte auch Joe und griff ihren Arm. »Bleib mit meiner Mutter im Haus. Es wird schon bald dunkel werden.«

Sie strich sich das nasse Haar aus dem Gesicht. »Du hast recht. Schon bald werden wir nicht mehr über die Veranda hinaussehen können. Was nun, Joe? Was geschieht mit einem kleinen farbigen Jungen, der allein auf den dunklen Straßen oder in den Bergen herumläuft?« Joe erwiderte nichts. »Ich gehe. Ich *muss* gehen.«

Fran rannte die Böschung hinunter. Joe sprang hinter ihr her und überholte sie. Er reichte ihr seine Hand, weil die Schienen durch den Regen schlüpfrig geworden waren. So gingen sie in die Stadt, aber Milo war nirgends zu sehen. Henry hatte unter den Futtersäcken auf der Veranda seinen Ladenschlüssel versteckt. In der Hoffnung, dass Milo irgendwie hineingekommen war, nachdem Loretta den Laden am Ende des Tages verlassen und abgeschlossen hatte, öffneten Joe und Fran die Tür. Aber auch dort war er nicht.

Frans Kehle schnürte sich zu. Ihre Hände zitterten so sehr, dass sie den Schlüssel nicht umdrehen konnte, um die Tür wieder abzuschließen. Als er ihr entglitt, hob sie ihn auf und versuchte es erneut, aber jetzt schaffte sie es nicht mal, ihn ins Schlüsselloch zu stecken. Verzweifelt schlug sie mit der Handfläche gegen die Tür. »Dieses dumme Ding!«

»Wir werden ihn finden, Fran!«, sagte Joe und nahm ihr den Schlüssel ab. Er schob ihn ruhig ins Schloss und drehte ihn, bis es zuschnappte.

Sie liefen zurück zu den Schienen, und Fran blieb stehen, um sich mit dem Ärmel ihres Kleides über das Gesicht zu wischen. Mit erhobenem Gesicht, damit ihre Stimme bis zu den Hügeln hinaufdrang, rief sie Milos Namen. Ihr Herz schlug schneller. Sie lief und lief ohne Rücksicht auf die glitschigen Steine zwischen den Bahnschwellen, rutschte aus und fiel hin. Entsetzt sah sie auf ihre blutende Hand.

Joe zog sein Taschentuch aus der Tasche, wischte damit notdürftig das Blut ab und wickelte es um Frans Hand. »Drück darauf, dann müsste es aufhören zu bluten.«

Es donnerte wieder, und sie eilten weiter, so schnell es ging. Als sie an Beefs Haus vorbeikamen, sah Fran Ruby auf der rückwärtigen Veranda sitzen. Fran schrie durch den Regen: »Ruby, du hast nicht unseren kleinen Jungen hier vorbeikommen sehen, oder?« Ruby antwortete nicht. »Ruby!« Ruby sah sie an. »Wo ist Beef heute?« Ruby saß weiter schweigend da. »Bitte, Ruby! Wo ist Beef?«

»Er geht jeden Donnerstag und Freitag nach Morristown zur Arbeit.«

Fran strich sich das Haar aus dem Gesicht und schrie erneut den Bahndamm hoch: »Unser kleiner Junge ist fort. Hast du ihn gesehen?«

Ruby antwortete nicht, aber sie sah den Hang jenseits der Schienen hinauf. Fran und Joe folgten ihrem Blick. Sie verließen die Schienen und liefen über die angrenzende Weide, um von dort aus den Hang hinaufzuklettern. Plötzlich blieb Joe stehen und streckte seinen Finger aus. Milo saß jenseits des Bachs unter einer riesigen Eiche. Die Knie hatte er ans Kinn gezogen. Neben ihm lag Fred. Er schlief, trotz des Regens.

Fran seufzte erleichtert auf. Gemeinsam mit Joe ging sie den Hang wieder hinunter. Sie durchquerten den Bach an einer seichten Stelle, und Fran ließ sich erschöpft und durchnässt neben Milo auf den Boden fallen. Fred sprang auf und schob seine Schnauze unter ihre Hand, aber Milo rührte sich nicht.

»Auf diese Weise wirst du nicht viel fangen«, sagte Joe.
»Ich wüsste nicht, dass jemandem schon mal ein Fisch aus dem Wasser in die Hände gesprungen ist.« Milo beobachtete, wie der Regen in den Bach fiel. »Bist du schon lange hier?«

Milo schüttelte den Kopf. »Erst ein bisschen. Dachte, dass ich unter diesem großen Baum trocken bleib.«

Joe sah, wie der Regen auf Milos Arme prasselte, und blickte durch die Äste nach oben. »Der bietet einen jämmerlichen Schutz, nicht?« Milo nickte. »Wo warst du?«

Milo zuckte die Schultern. »Überall.«

»Hast du was gegessen?«, fragte Fran.

»Hab heute Morgen ein paar Äpfel gefunden«, sagte er und zog einen aus seiner Tasche.

»Du hast Jane und John zu Tode erschreckt«, sagte sie. »Du hast auch mich fast zu Tode erschreckt. Eine schwangere Frau bekam in Greeneville einen fürchterlichen Schrecken, als jemand hinter einem Gebäude vorsprang, und das hat das Baby auf der Stelle aus ihr rausgetrieben. Das wird auch mit mir passieren, wenn du wieder einfach davonläufst.«

Milo riss eine nasse Butterblume ab und zerpflückte sie. »Ich wollte niemanden erschrecken.«

»Ich weiß«, sagte sie. Sie lehnte sich an den Baum und presste das blutige Taschentuch an ihre Hand. »Du weißt einfach nicht, was du mit dir anfangen sollst, nicht? Und die Wahrheit ist, dass ich nicht weiß, was wir dagegen tun können.« Milo sah schweigend auf die Blume in seiner Hand. »Wenn du ab und zu weglaufen musst, dann ist das in Ordnung. Du musst es mir nur sagen, damit ich mich nicht so ängstige und plötzlich das Baby bekomme. Und ich wünsche mir auch, dass du nicht gerade während eines Gewitters auf die Idee kommst loszumarschieren.« Milo sagte nichts. Eine Weile schwiegen sie alle drei.

»Warum bist du weggelaufen?«, fragte Fran dann.

Milo rollte den Apfel in seinen Händen hin und her. »Der Tabak ist geerntet, und es gibt nichts mehr für mich zu tun.«

»Also ist deine ganze Arbeit getan, und du bist nicht mehr von Nutzen?«

»Du wirst mich zu den Leuten nach Greeneville schicken. Aber die wollen mich auch nicht. Sie sind nur nett, weil ich farbig bin, so wie sie.«

Fran und Joe lauschten still dem auf die Blätter des Baumes prasselnden Regen. Das Pfeifen des Abendzuges erscholl, und sie sahen zu, wie er an ihnen vorbeiratterte.

»Sechsundvierzig Waggons«, sagte Fran. »Ich habe die Waggons gezählt, seit ich denken kann. Als ich noch ein kleines Mädchen war, habe ich mal einhundertachtunddreißig auf einmal gezählt. Mann, das war vielleicht was, diesen langen Zug an mir vorbeischuckeln zu sehen. Ich hab mich dort drüben auf den Bahndamm gesetzt und jeden einzelnen Waggon gezählt, und nachdem der Bremswagen an mir vorbeigeschnauft war, bin ich wie ein Wirbelwind diese Schienen entlanggerannt, um meiner Mama zu erzählen, dass gerade der längste Zug meines Lebens durchgefahren war. Sie sagte, wir müssten dieses Ereignis feiern, und ich half ihr, einen Schokoladenkuchen zu backen, der so hoch war. Das war der beste aller Tage.«

Milo strich mit der Hand über das Gras und sah zu, wie die Kühe vor ihm den Hügel überquerten.

»Dann fiel sie spätabends plötzlich um und starb völlig unerwartet. Ihr Herz war stehen geblieben. Von einer Sekunde zur anderen verwandelte sich der beste Tag meines Lebens in den schrecklichsten.«

Fran schüttelte den Kopf und sah zu den Wolken hoch, sodass der Regen auf ihr Gesicht tropfte. »Sie starb, und alles änderte sich. Es war alles anders – niemals war es wieder so wie vorher.« Milo sah sie an. »Nie wieder. Und es kam ein Zeitpunkt, an dem ich es schließlich begriff. Zuerst war das nicht so. Ich brauchte eine ziemliche Weile, bis es mir langsam klar wurde, dass meine Mama nicht zurückkommen würde und dass nichts mehr so sein würde, wie es war. Irgendwie musste ich in dieser Welt ohne meine Mama weiterleben und wieder zu irgendeiner Normalität zurückkehren. Das ist das Einzige, was wir tun können, wenn jemand stirbt. Wir müssen einfach auf die Art, auf die wir es können, weitermachen.«

Fran wischte sich mit beiden Händen den Regen aus dem Gesicht. Dann sprach sie weiter. »Milo, ich habe nicht gerade sehr viele Freunde auf dieser Welt, aber ich kann sagen, dass deine Mama in der kurzen Zeit, in der ich sie kannte, eine der großartigsten Freundinnen war, die ich je hatte.« Er beobachtete, wie der Regen durch die Blätter auf seine Handfläche tropfte. »Als sie mich bat, dich aufzunehmen, überlegte ich nicht lange, weil ich große Stücke auf deine Mama hielt. Ich sagte ihr, dass ich mich um dich kümmern würde, und ich habe vor, dieses Versprechen zu halten. Ich hätte dir von dem Prediger und seiner Frau erzählen sollen – du weißt, wovon ich spreche. Als sie vorbeikamen und sagten, dass sie dich aufnehmen würden, nun, da fragte ich mich, ob solch ein Schritt nicht möglicherweise richtig wäre. Ich fragte mich, ob du auf lange Sicht nicht besser dran wärst mit einer farbigen Familie – ob du nicht mit jedem besser dran wärst als mit mir.« Milo sah zu ihr hoch, und sie fuhr Fred mit der Hand über den Rücken. »Und wenn ich dich gehen lasse, damit du diese Leute kennen lernst, dann hat das nichts damit zu tun, dass ich dich nicht bei mir haben will. Ich will einfach das tun, was das Beste für dich ist. Wenn du dich dafür entscheidest, bei den Aldens zu wohnen, dann muss ich dich das tun lassen. Aber wenn du zu dem Schluss kommst, dass du bei uns bleiben willst, nun, dann werde ich alles Erforderliche tun, dich so aufzuziehen, wie deine Mama es gewollt hätte.«

Milo rollte den Apfel an seinem Bein hoch und runter. Wieder schwiegen sie eine Weile. Dann fuhr Fran fort zu sprechen: »Deine Mama hat zu mir gesagt, dass wir es immer schaffen. Irgendwie schaffen wir es immer, etwas zu bewältigen.« Fran hielt einen Moment inne und dachte nach. »Ich habe keine Ahnung, wie wir diese Sache bewältigen werden, Milo, aber wenn deine Mama gesagt hat, dass wir es schaffen werden, dann glaube ich auch, dass es uns gelingt. Ich kann es nur nicht allein. Wenn du dich entscheidest zu bleiben, dann helfe ich dir, ich bin jedoch darauf angewiesen, dass du mir ebenfalls hilfst.« Milo blinzelte, weil ihm der Regen in die Augen lief. »Ich weiß, dass wir nicht so aussehen wie du, und du siehst nicht so aus wie wir, aber ich glaube, dass wir eine Familie sein können. Ich weiß, dass es sich jetzt nicht so anfühlt, aber das wird es. Irgendwann.«

»Woher willst du das wissen?«

»Ich habe auch nicht lange gebraucht, deine Mama als einen Teil der Familie zu empfinden.« Frans Stimme brach. Eine Flut von Gefühlen sammelte sich in ihrer Kehle. »Es hat mir das Herz gebrochen, als sie starb.« Wieder tropften Tränen von ihrem Gesicht. Sie wischte sie hastig fort.

Milo lehnte sich unvermittelt an sie, und Fran legte ihre Arme um ihn. »Ich will meine Mama und meinen Daddy und Rose wiederhaben«, schluchzte er.

»Das weiß ich«, sagte Fran. Sie wiegte Milo vor und zurück und drückte ihn an sich, während er weinte. »Es wird dir wieder gut gehen«, flüsterte sie ihm ins Ohr. »Es kann lange dauern, aber eines Tages wirst du es bewältigt haben. Das verspreche ich dir.« Sie sah zu Joe hoch, der lächelte. Fran kannte dieses Lächeln aus ihrer Highschoolzeit und drehte den Kopf weg – sie wollte nicht zu intensiv darüber nachdenken.

Als Milo sich etwas beruhigt hatte, half Joe ihm hoch, und Hand in Hand gingen sie durch den Regen nach Hause.

Nachdem wir an jenem Abend ins Bett geklettert waren, kam Mama herein und zog wie jeden Abend die Decken bis an unseren Hals hoch. Sie stand lange da und sah uns nur an. Dann ging sie zu Milo, aber der hatte sich bereits zum Fenster umgedreht. Sie steckte die Decken um ihn fest und legte ihm die Hand auf den Arm. »Bis morgen früh«, sagte sie sanft.

Wir sahen Milos Silhouette im Mondlicht. Es gab nichts, was wir sagen konnten. Aber es muss doch etwas geben, das wir tun können, dachte ich. Ich stieß John an, und er schob die Decke beiseite und stieg aus dem Bett. Als hätte er meine Gedanken erraten, ging er zu Milos Bett hinüber, kroch neben ihm unter die Decke und legte seine Arme um ihn. Ich schlich hinüber, rutschte neben John und schlang meinen Arm um ihn. Meine Hand legte ich auf Milos Schulter. So schliefen wir bis zum Morgen.

NEUNTES KAPITEL

𝒲ir hatten unser Frühstück fast beendet, als Joe unsere Auffahrt hochfuhr. Mama ging auf die Veranda, und wir folgten ihr. John, Milo und ich beobachteten schweigend, wie er aus dem Lastwagen stieg und auf uns zukam. »Ich wollte mich verabschieden«, sagte er und kniete sich vor uns hin.

»Wann kommst du wieder?«, fragte ich. Ich konnte meine Tränen kaum unterdrücken.

»In ein paar Monaten. Wenn die Auktion beginnt.«

»Die Carter Family kommt her. Kommst du vorbei, um sie singen zu hören?«

Joe sah mich an und lächelte. »Das klingt nach einer guten Idee.«

Ich warf mich in seine Arme und umklammerte seinen Hals. John und Milo schlangen ihre Arme um uns.

»Seid schön brav.« Die Tränen brannten mir in den Augen, und ich presste mich noch enger an ihn. »Passt auf eure Mama auf.« Ich nickte und ließ ihn los.

Er strich Milo über den Kopf. »Ich seh dich wieder, wenn ich zurückkomme.« Milo nickte und rieb sich mit der Hand die Nase.

Joe stand auf und sah Mama an. »Pass auf dich auf, Fran.«

»Und du auf dich, Joe.«

Ich wollte das Geschehen anhalten. Ich wollte, dass meine Mutter ihn bat, in Morgan Hill zu bleiben. Aber ich wusste, dass sie das nicht tun würde. Ich wusste, dass sie ihn weggehen lassen würde, aus unser aller Leben.

Sie streckte ihre Hand aus, und Joe schüttelte sie, bevor er John und Milo und mir in die Wangen kniff. Wir liefen hinter ihm her, als er zu seinem Laster ging und sich hinter das Steuer setzte. Mit schmerzverzerrtem Gesicht fuhr er fort. Tränen strömten mir über die Wangen, während ich ihm hinterherwinkte.

Am nächsten Morgen kam Henry vorbei, um Milo zu den Aldens zu bringen. Milo erhob sich, um sein Frühstücksgeschirr zum Spülbecken zu bringen. »Das machen wir schon«, sagte Mama. Milo stellte sein Geschirr ab und sah sie an. »Mr. Alden hat gesagt, dass er dich rechtzeitig zum Abendbrot zu uns zurückbringen wird. Also verbring einen wirklich schönen Tag mit ihnen, und dann sehen wir dich wieder.«

Milo nickte. John und ich saßen schweigend da und starrten auf den Tisch. Henry nahm Milos Hand und führte ihn zu seinem Lastwagen. John und ich rannten von der Küche auf die Veranda und sahen zu, wie sie fortfuhren. Milo drehte sich um und sah uns durch das Beifahrerfenster an. Wir winkten ihm beide zu und versuchten, dabei zu lächeln.

Ich drehte mich um und wollte in die Küche zurückgehen. An Mama, die hinter uns stand, ging ich wortlos vorbei. »Er wird nicht immer klein sein, Jane«, rief sie mir hinterher. »Eines Tages wird er erwachsen sein und wissen wollen, ob es Farbige gab, die ihn bei sich aufgenommen hätten.« Ich blieb abrupt stehen und schüttelte den Kopf. »Er muss das tun«, setzte sie hinzu. Dann riss ich die Tür auf, stürmte hindurch und ließ sie hinter mir zuknallen. Mama sagte weiter nichts. Es hatte keinen Sinn, darüber zu debattieren. Wir mussten einfach den Tag abwarten und dann sehen, was passierte.

Milo sah aus dem Fenster und beobachtete gedankenverloren, wie der Schlamm hinter den Reifen der Autos hochspritzte. »Was soll ich machen, Mr. Henry?«

»Du lernst ganz einfach mal diese Leute kennen. Frag sie alles, was du willst.«

»Und was dann?«

Henry umklammerte das Steuer und rutschte auf seinem Sitz herum. »Eines Tages wirst du so groß wie dein Daddy sein. Und wenn du dir dann die Gesichter am Abendbrottisch anschaust, werden sie schwarz oder auch weiß sein. Darüber wirst du entscheiden.«

Milo umfasste den Türgriff, als der Laster in eine Straße abbog, die voller Schlaglöcher war. »Woher weiß ich, wen ich wählen soll?«, fragte er.

»Keine Ahnung«, antwortete Henry. »Ich weiß nur, dass *ich* mich, sobald ich über etwas wirklich Schwieriges nachdenken muss, an einen speziellen Ort zurückziehe und dort gründlich nachdenke.« Milo schwieg. Henry streckte seine Hand aus und legte sie auf seinen Hinterkopf. »Vermutlich hilft dir das nicht sonderlich, aber du hast das Feuer nicht überstanden, um jetzt im Stich gelassen zu werden.« Milo starrte die restliche Fahrt aus dem Fenster.

Nachdem John und ich unsere morgendlichen Arbeiten beendet hatten, machten wir uns auf den Weg zum Laden.

Ich kochte innerlich noch vor Zorn und übersah dadurch Alvin Dodson. Er hatte mir seit dem Tod meines Daddys keine Kletten mehr ins Haar geworfen, und ich hatte ihn nicht mehr gesehen, seit Mama und Milo mit uns die Schienen entlanggegangen waren. Mit einer Handvoll Kletten bewaffnet, versteckte er sich hinter einem breiten Magnolienbaum. Aber an jenem Morgen war ich nicht in der Stimmung für eine Begegnung mit Alvin.

Er sprang vor uns auf die Schienen. »Hallo Jaaaaane«, rief er lachend. Ich spürte, wir mir das Blut in den Kopf schoss, und fasste einen Entschluss. Wie eine Windmühle drehte ich meine Arme und schlug ihm meine Lunchdose auf den Kopf. Ich sah, wie ein schmales Blutrinnsal seine Stirn hinunterrann, aber ich drosch weiter auf ihn ein. »Oh!«, stöhnte er und hob seine mit Kletten gefüllte Hand, um seinen Kopf zu schützen. Ich stürzte mich auf ihn und rieb ihm seine eigene Handvoll Kletten in sein struppiges Haar. »Lass mich!«, brüllte er und versuchte, mich wegzustoßen.

Ich richtete mich auf, griff nach meiner Lunchdose und schrie ihm ins Ohr: »Ich habe genug von deinen miesen Gemeinheiten, Alvin Dodson.« John stand wie erstarrt neben uns. Ich griff nach seiner Hand und lief mit ihm davon. »Du hältst dich von jetzt an von uns fern«, rief ich Alvin über die Schulter zu. Er saß weinend auf den Schienen und versuchte, die Kletten aus seinem Haar zu klauben.

»Sie hat wieder gekämpft«, berichtete John, als wir den Laden betraten. Ich versuchte, ihn zum Schweigen zu bringen, aber es war zu spät. Er gab Mama und Loretta eine detaillierte Beschreibung der Ereignisse.

»Was ist bloß los mit dir?«, fragte Mama. Ich beachtete sie nicht, sondern ging einfach nach draußen.

Henry hatte aus Greeneville Hühnerfutter mitgebracht. Er lud es von der Ladefläche seines Lastwagens ab und stapelte die Säcke auf der Veranda. »Hast du vor, deine Mutter den ganzen Tag lang anzuschweigen?«, fragte er mich. Ich zuckte mit den Schultern.

»In Johnson City gab es einen Mann, der nie lächelte.« Henry unterbrach seine Arbeit und tippte mit seinem Finger gegen meine Stirn. »Er zog seine Brauen genauso zusammen wie du heute. Genauso. Tja, sein Gesicht ist erstarrt, und wann immer er heute Leute sieht, denken sie, dass er wütend auf sie ist, sodass er keinen einzigen Freund auf dieser Welt gefunden hat.«

Ich hob meine Brauen und riss meinen Mund weit auf. Henry warf die beiden letzten Säcke auf den Stapel und setzte sich auf die Verandatreppen. Ich ließ mich neben ihm niederplumpsen. »Wie waren die farbigen Leute denn so?«, fragte ich.

»Es waren wirklich nette Leute. Sie haben einen Jungen, der noch zu Hause wohnt. Er ist älter, so um die fünfzehn, aber er ist ein wirklich guter Junge, das versichere ich dir.«

Ich sah nach unten und beobachtete eine Ameise, die über meinen großen Zeh krabbelte und verschwand, um dann von hinten zum nächsten Zeh zu klettern. Ich schüttelte meinen Fuß, und sie fiel auf den Boden. »Glaubst du, dass er es bei diesen Leuten besser hätte, weil sie farbig sind?«

»Das könnte eine Bedeutung haben, meine Hübsche, zweifellos.«

Irgendwo in meinem Herzen wusste ich, dass die Aldens besser für Milo sein würden, aber ich wollte das nicht hören. Ich suchte nach der Ameise und sah, dass sie wieder die Stufe hochkrabbelte. »Also wird er zu ihnen gehen, oder?«

»Das weiß ich nicht.«

»Wenn er dein Junge wäre, würdest du dann wollen, dass Milo bei ihnen lebt?«

»Ich würde wollen, dass mein Junge bei einer Familie lebt, in der er geliebt und umsorgt wird.«

Ich hob den Kopf und sah ihn an. »Könnten die Aldens das?«

»Ja. Aber ihr könntet das auch.«

»Aber die Aldens sind eine normale Familie. Wir sind nie richtig eine Familie gewesen, Henry.«

»So etwas wie normal gibt es nicht«, sagte er. Er stand auf und klopfte seine Hose ab. »Milo muss eine Entscheidung treffen, und ich weiß, dass du das nicht hören willst, aber was deine Mama getan hat, war richtig.« Ich sah finster zu Henry hoch. »Pass auf, weil dein Gesicht sonst mit diesem Ausdruck erstarren wird.« Mit diesen Worten ging er in den Laden und ließ mich allein auf den Stufen sitzen, wo ich den restlichen Tag auf Milo wartete.

Ich versuchte, mir Gründe einfallen zu lassen, warum die Aldens hassenswert waren, und hoffte, dass Milo diese Gründe während seines Besuchs erkennen würde. Aber als sie an jenem Nachmittag mit ihm eintrafen, bemerkte ich, dass sie ihm keinen Anlass gegeben hatten, sie nicht zu mögen. Als sie sich auf die Veranda des Ladens setzten, verließ mich mein Mut, weil ich sofort wusste, dass es gute Menschen waren.

In Mamas Anwesenheit sprachen wir nicht über Milos Besuch bei den Aldens. Wir warteten, bis wir an jenem Abend zu Bett gingen. Ich setzte mich auf Milos Bettkante. John hatte bereits beschlossen, dass er von jetzt an bei Milo im Bett schlafen würde, deshalb drängte ich ihn zur Seite, damit er mir Platz machte. »Waren sie nett?«, fragte ich. Milo lag mit hinter seinem Kopf verschränkten Händen da und nickte. »War ihr Sohn nett?«

Er nickte erneut. »Er hat einen Baseball, und wir haben damit auf der Straße geworfen.«

Ich seufzte. Wir hatten keinen Baseball. »Ist ihr Haus groß?«

»Nein. Es ist klein. Sie haben mir das Zimmer gezeigt, in dem ich schlafen würde. Vorher haben ihre großen Kinder dort geschlafen.«

Ich schlang meine Hände um meine Fußknöchel und legte mein Kinn auf meine Knie. In unserem Haus würde er das Schlafzimmer mit John und mir teilen müssen. »Wann kommen sie wieder?«

»Ich glaube, in ein paar Tagen. Dann gehe ich mit ihnen mit, oder ich bleibe hier.« Er stützte sich auf seine Ellenbogen und sah mich an. »Was soll ich deiner Meinung nach tun?«

»Wir wollen, dass du hierbleibst«, antwortete John.

Ich schob mein Kinn nachdenklich auf meinen Knien hin und her. »Das tun wir. Aber wir haben keinen Baseball oder eine Straße, in der man damit werfen kann.«

»Aber wir haben eine echte Fliegermütze«, sagte John.

»Ich glaube, dass wir irgendwoher einen Baseball besorgen könnten, wenn es sein muss.« Ich blickte aus dem Fenster und sah, dass sich Fred auf der Veranda zum Schlafen hinlegte. Ich wollte nicht sagen, was ich dachte. »Aber sie haben in dem Haus da einen guten Daddy, und wir nicht. Wir haben noch nie einen guten Daddy gehabt, und wir können auch keinen irgendwoher besorgen. Wir haben nur Mama.«

Es gab nichts mehr zu sagen, also sah ich unter ihrem Bett nach dem Butzemann und legte mich anschließend in mein Bett. John nahm Milos Hand und hielt sie fest, während er einschlief. Aber Milo und ich blieben noch bis in die späte Nacht hinein wach und grübelten.

Am nächsten Morgen fanden wir uns alle drei wie jeden Morgen beim Melken im Stall wieder. Ich stellte einen Eimer unter Flo und zog meinen Melkschemel neben sie. Als ich begann, an ihrem Euter zu ziehen, drehte sie wiederkäuend den Kopf. Ich konnte Milo nicht sehen, aber ich hörte, wie er sich mit John unterhielt.

»Was macht ihr in der Schule?«, fragte Milo.

Mein Herz machte einen Satz bei dem Gedanken an die Schule.

»Wir sitzen da und hören uns den ganzen Tag das Geschwätz des Lehrers an«, sagte John.

»Das hört sich gar nicht gut an.«

»Es ist auch kein bisschen gut. Aber sie zwingen dich dazu hinzugehen, damit sie dir Lesen und Rechnen und die Namen der ganzen verdammten Staaten beibringen können.«

Ich versuchte, unter Flos großem Bauch durchzugucken. »So ist es überhaupt nicht, John«, widersprach ich. In diesem Moment hob Flo ihren Huf und stellte ihn in den Milcheimer. Ich schrie, gab ihr einen Klaps auf den Hintern und schlug so lange gegen ihr Bein, bis sie es anhob. »Die Schule hilft dir, nicht länger unwissend zu sein, damit aus dir was werden kann, wenn du erwachsen bist«, rief ich John zu.

»Ist es gruselig dort?«, fragte Milo.

Ich schlug Flo erneut auf ihr Hinterteil, um sie davon abzuhalten, sich zu bewegen, und zog fester an ihrem Euter. »Es ist kein bisschen gruselig.«

»In Greeneville könnte es gruselig sein«, sagte Milo.

Ich dachte einen Moment lang nach. »Na ja, möglicherweise ist es in Greeneville gruselig, weil dir die Leute dort öfter mal eins über den Schädel schlagen, aber hier in Morgan Hill ist es das nicht. Mr. Jeffers ist der Schulleiter und einer der großartigsten Männer, die es gibt. Und die Lehrer sind ebenfalls großartig. Alle – außer der alten Frau Griggs. Die Kinder legen Schlangen und Käfer in ihr Pult, weil sie sie nicht zu würdigen weiß und gemein wie sonst was ist. Aber die anderen Lehrer sind wirklich gut; sie bringen dir im Handumdrehen Lesen und Schreiben bei.«

Milo war damit beschäftigt, seinen Eimer vollzubekommen, und stellte keine weiteren Fragen mehr, aber ich zitterte innerlich. Es war, als stünden wir ständig vor neuen Problemen.

An jenem Abend setzte ich mich an Mamas Bettrand. Sie sah zu mir hoch. »Die Schule fängt in zwei Tagen an«, sagte ich. Sie nickte. »Geht er nach Greeneville?«

Mama seufzte. »Ich weiß es nicht, Jane. Das hängt davon ab, ob er zu den Aldens zieht.«

»Wenn er hier wohnt, erlaubt man ihm dann trotzdem nicht, dass er mit uns geht?« Sie schüttelte den Kopf. Meine Beine zitterten, aber ich stand auf. »Dann gehe ich auch nicht mehr hin.« Ich wartete darauf, dass sie zu mir sagte, ich würde ganz bestimmt zur Schule gehen, aber sie sagte kein Wort. Also ging ich zu meinem Bett, legte mich hinein und fragte mich, was um alles in der Welt ich getan hatte.

Die Farmer benötigten sehr viel Zeit, um ihre Ernte einzubringen. Deshalb begann die Schule in jenem Jahr erst am Donnerstag nach dem Labour Day. Als ich John mitteilte, dass ich nicht zur Schule gehen würde, weil Milo nicht hingehen dürfe, jauchzte und schrie er und führte sich auf, als wäre der Weihnachtsmann persönlich vorbeigekommen. Er pflanzte sich vor mir auf und verkündete: »Also, wenn du und Milo nicht hingeht, dann gehe ich auch nicht hin.« John bemühte sich, so zu tun, als sei er edel und tapfer, aber ich wusste es besser.

Mama marschierte mit uns zum Laden, und ich sah, wie Mitschüler über die Straßen und durch die Felder zur Schule gingen. Ich hatte ein scheußliches Gefühl. Ich liebte die Schule und wollte dort sein. Ich stand auf der Ladenveranda, von der aus ich beobachten konnte, wie Mr. Jeffers jeden Schüler einzeln begrüßte, während sie die Treppen hochgingen. Ich versuchte Henry dabei zu helfen, Wechselgeld in die Registrierkasse zu tun, aber ich war nicht bei der Sache. »Kann ich rübergehen und meine Freunde begrüßen?« Mama nickte, und ich rannte, so schnell ich konnte, den Hügel hinauf.

Aber ich kam zu spät; alle waren bereits hineingegangen. Ich setzte mich auf die Treppe und wartete auf irgendjemanden, der sich möglicherweise verspätet hatte.

»Los, komm, Jane. Die Schulglocke hat bereits geläutet.«

Ich drehte mich um und sah Delores Cockburn oben auf den Stufen stehen. »Ich geh nicht in die Schule, Miss Cockburn.«

»Bist du krank?«

»Nein. Weil Milo nicht zur Schule gehen darf, gehen ich und John auch nicht.«

Delores zog ihre Brauen hoch und ging wieder hinein. Ihr verdrießlicher Gesichtsausdruck sagte mir, dass ich sie mit einem Dilemma konfrontiert hatte. Ich fragte mich erneut, was ich getan hatte. Aber ich hatte keine Zeit nachzudenken, weil kurz darauf Bill Jeffers neben mir stand. »Jane, was bitte schön machst du denn hier draußen?«

»Ich und John können dieses Jahr nicht in die Schule gehen.«

Schweigend sah er zum Laden unterhalb des Hügels. Schließlich fragte er: »Warum geht ihr nicht in die Schule?«

»Wenn Milo nicht gehen kann, dann können wir auch nicht gehen.«

»Milo ist ein farbiger Junge.«

»Ich bin auch farbig. Ich bin weißfarbig. Also kann ich auch nicht gehen.«

»Jane, weiß deine Mama, dass du heute nicht in der Schule bist?«

Ich nickte.

»Und sie ist einverstanden damit?«

Ich zuckte die Schultern. »Ich glaube, sie weiß, dass, wenn sie uns zwingt zu gehen, wir dann einfach durch die Türen gehen würden, wenn sie guckt, und wieder rausgehen würden, wenn wie es nicht mehr tut. Ich glaube, sie weiß, dass wir genauso dickköpfig sind wie sie.«

Unser Schulleiter ging wieder hinein, aber ich spürte, dass er mich von den Eingangstüren her beobachtete. Ich saß regungslos da. Ich begriff, dass mein Dasitzen und Nicht-in-die-Schule-Gehen Bill in eine schwierige Lage gebracht hatte. Mir war nicht ganz klar, was da vor sich ging, aber ich war fest entschlossen, dort auszuharren.

»Was macht sie nur?«, fragte Fran und lief unruhig hin und her. »John, lauf da hoch und sag Jane, dass sie jetzt zurückkommen soll.«

»Warte einen Moment, Fran«, schaltete sich Henry ein. »Lass sie zurückkommen, wenn sie dazu bereit ist.«

»Aber was macht sie?«

»Lass es uns einfach abwarten.«

Ich blieb bis zur Essenszeit auf der Treppe und sang vor mich hin und erzählte mir selbst die Geschichte von den drei Musketieren. Als sich die Türen der Schule öffneten, wurde ich mit Fragen bombardiert. Miss Harmon war als Erste bei mir. »Jane Gable, warum bist du heute nicht in der Schule?« In den nächsten fünf Minuten müssen mich das zwanzig Leute gefragt haben. Einige Schüler liefen zum Laden, um dort etwas zu essen, und ich konnte mir vorstellen, über was sie sich mit Henry, Loretta und Mama unterhielten.

Louise Hankins setzte sich neben mich, um ihre Brotzeit zu essen; als es Zeit war, wieder hineinzugehen, blieb sie bei mir. Sie sagte nichts. Sie lächelte nur und legte ihr Kinn auf die Knie. Ich glühte vor Scham, weil ich ihr stets ausgewichen war, um nicht mit ihr zur Schule gehen zu müssen. Ausgerechnet sie saß nun mit mir da! Ich glaube, dass sie dort saß, weil sie das Gefühl hatte, nicht geeigneter als Milo zu sein, in die Schule zu gehen, wenn er zugelassen worden wäre. J. R. Cass kam von Henrys Laden den Hügel herauf und setzte sich ebenfalls zu uns. J. R. war das jüngste von sechzehn Kindern der ärmsten Familie von Morgan Hill.

John brachte mir mein Essen. Die Arme hochwerfend, meinte er: »Verdammt, was machst du da, Jane?«

»Ich will zur Schule gehen. Also werde ich hier sitzen und warten, bis Milo die Erlaubnis erhält, mit uns hinzugehen.«

»Ich auch«, sagte Louise. J. R. zuckte die Schultern und lächelte.

John gab sich kopfschüttelnd geschlagen und setzte sich zu uns.

Henry beobachtete uns durch das Fenster seines Ladens und lachte. »Sieht aus, als hätten wir da so etwas wie einen Sitzstreik.«

Fran rang die Hände und gab sich geschäftig. »Sie wird allen möglichen Ärger heraufbeschwören«, sagte sie schließlich und ging zur Tür, aber Henry hielt sie zurück.

»Sie sitzen da nur, Fran. Soweit ich weiß, verstößt Sitzen nicht gegen das hier geltende Recht.«

»Was machen sie, wenn sie da nur sitzen?«, fragte Milo.

Henry kniete sich neben ihm hin. »Sie sagen den Leuten etwas.«

»Aber sie sagen doch nichts.«

Henry blickte den Hügel hoch und lächelte. »Manchmal ist das die beste Art, etwas zu sagen.«

Den gesamten Nachmittag hindurch kamen Lehrer zu uns, um mit uns zu sprechen. Und ich spürte stets, wenn Mr. Jeffers an den Eingangtüren stand und uns beobachtete – auch wenn ich nicht hinsah. Als die Schlussglocke läutete, marschierten wir alle zum Laden und dann nach Hause.

Am Freitagmorgen ging Milo mit Mama zum Laden, John und ich stiegen den Hügel zur Schule hinauf und setzten uns wieder auf dieselbe Stufe wie am Tag zuvor. Louise und J. R. kamen und nahmen ihre Plätze neben uns ein. Als das Großmaul Delroy Jenks erfuhr, warum wir dort saßen, setzte auch er sich zu uns. Ich glaube nicht, dass er das mit etwas anderem als damit begründete, dass er keine Lust auf die Schule hatte, aber wir wussten die Unterstützung zu schätzen. Wir wussten, dass die Lehrer mit Mr. Jeffers über uns sprachen, taten aber so, als würden wir nichts hören.

»Wie lange werden die alle dort sitzen?«, fragte Milo.

»Bis etwas passiert«, antwortete Henry.

»Was wollen sie denn, dass passiert?«

Henry blickte zu ihm hinunter und erwiderte lächelnd: »Sie wollen, dass sich etwas ändert.«

»Hab ich die Probleme gemacht, Mr. Henry?«

»Nein, Milo. Du hast überhaupt nichts falsch gemacht. Es war überfällig.«

Am späteren Morgen kamen Otis und Nona Dodd die Stufen zur Schule herauf. Nona hatte gebratenes Hühnchen und einen Riesenberg Kartoffelsalat für uns bei sich. Und Henry brachte, bevor er seine Waren auslieferte, jedem von uns Orange Crush und Moon Pies und versprach, am Nachmittag mit Eiscremesandwiches vorbeizukommen. Inzwischen hatten sich Del und Helen Cannon zu uns gesellt, außerdem Jeb Hancock und Ray und Olive Harper. Loretta, die noch immer ihre Ladenschürze trug, tauchte ebenfalls auf.

Vor dem Mittagessen stürmte Beef durch die Tür von Henrys Laden. Einige Leute begleiteten ihn. Fran stand an der Registrierkasse und war mit einem Kunden beschäftigt. Sie hatte Beef nicht mehr gesehen, seit er, Dewey und Clyde zu ihrem Haus gekommen waren.

»Was hast du vor, Fran?«, fragte er. Sie zog Milo an ihre Seite. »Der kleine Niggerjunge hat kein Recht, in diese Schule zu gehen.« Henry, der Beefs Stimme gehört hatte, kam aus dem Lagerraum und stellte sich neben Fran. »Wir wissen alle, was du zu tun versuchst.«

Ihr Gesicht wurde rot, und sie spürte, wie ihr Rücken schweißnass wurde. »Ich tu überhaupt nichts, Beef, und dieser kleine Junge hat jedes Recht, zur Schule zu gehen.«

Henry musterte die Gesichter der Leute, die Beef begleiteten, und runzelte die Stirn. »Beef«, sagte er, »gerade du solltest dir doch wünschen, dass er eine Ausbildung erhält.«

Beef wies auf die Schule. »Das ist nicht richtig, Henry. Nigger gehen in ihre eigenen Schulen, und du weißt das. Wir alle wissen das.«

Stimmen erhoben sich hinter Beef, und Fran spürte, dass ihr die Schweißtropfen über Brust und Rücken liefen. Henry hob die Hände und rief durch den Lärm hindurch: »Haben wir den Krieg nur deshalb gewonnen, um die Schlacht hier zu verlieren?« Beef starrte ihn an. Henry ging zur Tür und öffnete sie. »Geht jetzt alle nach Hause!«, befahl er. Keiner rührte sich. »Fran, nimm das Telefon und ruf Sheriff Dutton an. Sag ihm, dass ich hier Unruhestifter habe.«

Fran nahm das Telefon und begann zu wählen. Ein paar der Leute schoben sich darauf zur Tür, keiner sah Fran beim Weggehen an. Beef richtete einen seiner dicken Finger auf Henrys Gesicht. »Du weißt, dass wir da was machen können, Henry.«

Aber Henry ließ sich nicht beeindrucken; er zuckte nur die Schultern und hielt ihm die Tür noch weiter auf.

Beefs Lastwagen rumpelte die Auffahrt hoch und bremste vor den Stufen der Schule. Beef riss Louise am Arm hoch. Ich erhob mich und sah zu, wie er sie zum Lastwagen zog und sie auf den Beifahrersitz warf. Sie starrte mich durch das offene Fenster an, und ihre Lippen verzogen sich zu einem kleinen Lächeln. Während Beef die Auffahrt wieder hinunterfuhr und in die Straße abbog, lehnte sie sich aus dem Fenster und sah zu mir hin.

Zur Mittagszeit wimmelte es auf der Treppe von Kindern. Inzwischen wussten alle, was wir taten, und jeder wollte unbedingt einen Blick auf uns werfen. Bill Jeffers lief oben auf der Treppe hin und her. Er hielt seine Hand vor den Mund, aber ich schwöre, dass ich ihn lächeln sah.

Am Nachmittag trafen Pete und Charlotte Fletcher mit der halben Gemeinde der Morgan Hill Baptist Church ein (die andere Hälfte war der festen Überzeugung, dass Milo auf eine Schule für Farbige gehen müsse). Die Erwachsenen betraten die Schule, und innerhalb der nächsten paar Minuten kamen sie zusammen mit ihren Kindern wieder aus den Eingangstüren heraus. Henry bog hupend in die Auffahrt ein, und alle klatschten, als er sich auf die Ladefläche seines Lasters stellte und Eiscremesandwiches in die kleine Menge warf.

Wir konnten sehen, dass viele der Lehrer und Bill Jeffers im Schulgebäude standen und ihre Nasen von innen an die Scheiben drückten, um die Köpfe auf der Treppe zu zählen. Sie wussten nicht mehr, was sie tun sollten, weil jetzt die Hälfte ihrer Schüler auf der Treppe verstreut standen.

Am Ende des Tages verließ Bill Jeffers die Schule heimlich durch den Hinterausgang und machte sich auf den Weg zum Laden. Milo war bei Henry, deshalb war Fran allein, als Bill ankam. »Guten Tag, Fran.«

Sie war erstaunt, ihn zu sehen. »Hallo Bill. Gibt's irgendetwas Neues?«

Er lachte und scharrte mit den Füßen. »Nein, nicht das Geringste.« Fran gab ihrem Kunden Wechselgeld heraus und sah Bill an. »Fran, eines Tages werde ich diese Welt verlassen, und die Leute werden über mich reden. Wenn sie das tun, will ich nicht, dass irgendeiner von ihnen sagt: ›Er war derjenige, der jenen kleinen farbigen Jungen nicht in die Schule gelassen hat.‹«

Ihr Herz machte einen Freudensprung. »Was ist mit den Regeln?«

»Manchmal sind Regeln falsch.«

»Werden Sie Schwierigkeiten bekommen?«

»Es wird nicht das erste Mal sein, und ich habe mich noch immer recht gut geschlagen, wenn es zu einer Auseinandersetzung gekommen ist. Außerdem habe ich den Namen jedes Einzelnen, der sich auf der Treppe da befindet, notiert. Wenn ich also jemanden als Unterstützung brauche, weiß ich genau, wen ich anrufen kann.«

»Was ist mit Delores?«

»Machen Sie sich wegen Delores keine Sorgen.«

»Was ist mit den Lehrern?«

»Sie sind an der Schule, um zu unterrichten. Zu diesem Zweck sind wir alle dort, also werden wir das auch tun.«

»Es gibt eine Menge Leute, denen das nicht gefallen wird. Sie waren heute Morgen hier.«

»Ich weiß. Sie sind auch zur Schule gekommen. Kommt Zeit, kommt Rat, aber es wird nicht leicht sein, Fran. Wenn wir alles wüssten, was jemals geschieht, wären wir vermutlich klüger.«

Ihre Beine wurden ihr weich, als sie Bill zur Tür brachte. Mit hämmerndem Herzen lehnte sie sich an das Verandageländer. Es war ein heißer, stickiger Nachmittag, wie Addy ihn stets geliebt hatte, mit einer Luft, die einem schwer auf der Haut lag.

Sie beobachtete, wie Bill den Hügel zur Schule hinaufging und der Menge etwas zurief, und sie hörte das sanfte Tosen, als alle aufjubelten. Lächelnd blinzelte sie zum Himmel hoch und flüsterte: »Wir haben eben unsere erste Tasse kaltes Wasser bekommen, Addy.«

ZEHNTES KAPITEL

»Milo«, sagte Mama beim Abendbrot an jenem Abend. »Die Aldens haben mich heute im Laden angerufen.« Er sah sie mit tellergroßen Augen an. »Hast du dich mit der Frage auseinandergesetzt, wo du wohnen willst?« Er nickte.

»Wir wollen, dass er hier wohnt, Mama«, sagte John.

Sie warf ihm einen scharfen Blick zu, und John verstummte. »Wir würden uns sehr freuen, wenn du bei uns bleiben würdest, aber möglicherweise wäre das nicht das Beste für dich.« Ich schob die Eier auf meinem Teller herum und wünschte mir, sie würde aufhören zu sprechen. »Die Schule hat hier und in Greeneville begonnen, und ich muss sie benachrichtigen. Verstehst du, was ich sage?« Er nickte und schob seinen Teller weg. Ich schob meinen ebenfalls weg. Ich konnte nichts mehr essen.

Nachdem die Pet Milk Company am nächsten Morgen unsere Milchkannen mitgenommen hatte, rannte Milo zum Haus zurück. Ich ging ihm hinterher und sah, dass er die Schränke durchwühlte. »Wonach suchst du?«

»Wo ist das Brot vom Frühstück?«

Ich öffnete den Brotkasten und nahm eine dicke Scheibe heraus. »Hast du immer noch Hunger?«

»Vielleicht hab ich später Hunger«, antwortete er und wickelte das Brot in ein Geschirrtuch ein.

»Was tust du?«

»Ich muss einen Ort zum Nachdenken finden.«

»Wo gehst du denn ausgerechnet jetzt hin?«, fragte ich.

»Zum Widow's Mountain«, antwortete er.

Ich war seit Jahren nicht mehr die Hügel hinaufgestiegen, die zum Widow's Mountain führten. Das letzte Mal war ich vor drei Wintern so weit gegangen. John und ich waren mit Pete, Charlotte und zwei ihrer vier Kinder durch den Schnee hinaufgestapft. Gemeinsam hatten wir einen alten Lastwagenkotflügel hochgetragen, den Pete zu einem Schlitten zurechtgehämmert hatte. Jeweils drei von uns setzten sich auf den Schlitten, stürzten sich kopfüber den Hang hinab und schrien, bis sie unten angekommen waren. Der Widow's Mountain selbst war zwar kein wirklicher Berg, aber dennoch zu hoch für einen behelfsmäßigen Schlitten und viel zu hoch zum Besteigen.

»Was willst du tun, wenn du da bist?«, fragte ich Milo.

»Ich will direkt auf die Spitze klettern, um ein wenig nachzudenken.«

Ich blieb stehen. »Du kannst den Widow's Mountain nicht besteigen. Niemand kann das. Er hat einen steilen, rutschigen, felsigen Fuß.« Aber Milo hörte mir nicht zu. Er rannte die Hügel hoch, und John und ich folgten dichtauf. Mit jedem Schritt sanken wir in den feuchten Boden ein, deshalb rollten wir die Beine unserer Overalls auf. Schlamm und Wasser spitzten an unsere Schienbeine und Waden. Schließlich erreichten wir den Berg und sahen hinauf. »Da kommen wir nicht hoch«, sagte ich.

»Also, ich steig da rauf«, meinte Milo und stopfte sich das Geschirrtuch mit dem Brot vorn in seinen Overall.

»Der Felsen ist so glitschig wie nur was. Den können wir nicht hochklettern.«

Milo lief am Fuß des Berges entlang und suchte nach etwas. John folgte ihm. »Das ist die Stelle«, sagte Milo. »Wir können uns hier reinzwängen.« Er zeigte auf einen Spalt zwischen dem Widow's Mountain und dem Nachbarberg.

»Wir können uns da nicht hochrobben! Wir werden stecken bleiben, und niemand hört dann unser Schreien. Wir werden sicher sterben. Und John kann das nicht machen, weil er eine Armverletzung hat.«

John warf die Schlinge auf den Boden. »Ich brauch das hier nicht mehr«, sagte er und band die Pilotenkappe unter seinem Kinn fest. Dann stemmte er die Hände in die Hüften und schätzte die Höhe des Spalts. Er formte mit seinen Händen einen Steigbügel und hielt sie Milo hin. Der stieg hinein, aber John konnte ihn nicht hoch genug heben, sodass Milo sich an der Innenseite des Spalts festklammern konnte. Milo fiel zu Boden. Seufzend sah John zu mir rüber. »Jane, nun komm schon! Mein Arm tut noch immer zu sehr weh, um ihn allein hochheben zu können.«

Ich warf die Hände in die Luft und marschierte zu ihnen herüber, um sie zu unterstützen. John und ich verschränkten unsere Finger ineinander und formten eine Stufe für Milos Füße. Wir hoben ihn höher und höher, bis er einen Fuß auf meine Schulter stellen konnte und den anderen gegen die Öffnung. Ich sackte unter dem Gewicht nach unten und fühlte, wie Milo schwankte. Ich griff sein Bein und hielt ihn fest, während er nach einem aus dem Spalt herausragenden Felsstück griff.

»Ich hab's!«, rief er und zwängte sich in den Spalt. Er stemmte seine gespreizten Beine an die Wände und grinste. »Es ist ganz einfach!«

Ich schüttelte stöhnend den Kopf. Da John zu klein war, um sich in den Spalt zu hieven, stützte ich mich auf ein Knie und zeigte auf meine Schultern. »Los, komm. Beeil dich. Mama wird uns was erzählen, wenn sie herausfindet, dass wir nicht zu Hause sind und die restlichen Bohnen pflücken.« John setzte sich auf meine Schultern, und ich erhob mich wackelnd unter seinem Gewicht.

»Dichter«, sagte John und grub mir seine Hacken in die Seiten. »Dichter.« Ich hörte ihn ächzen, während er sich nach etwas ausstreckte, an dem er sich festhalten konnte, aber es gelang ihm nicht. »Höher, Jane.«

Ich schob meine Hände zwischen meine Schultern und seine Oberschenkel und versuchte, ihn hochzuschieben. »Ich hab's«, sagte er. Er stellte einen Fuß auf meine Schulter, den anderen auf meinen Kopf und stützte sich so ab, während er sich in den Spalt zwängte. Als er sich von meinem Kopf abstieß, fiel ich erschöpft auf den Boden. Ächzend schlängelte er sich in die Lücke.

»Pass mit deinem verletzten Arm auf«, schrie ich.

»Komm, Jane«, rief Milo vom Felsen, der oben an der Spitze hervorragte. »Es ist überhaupt nicht schwer.«

Ich streckte meine Arme über meinen Kopf ins Gras. »Ich schaff's nicht. Ich bin völlig fertig.«

»Entweder gehn wir alle, oder keiner von uns geht«, sagte Milo.

John krabbelte auch auf den Felsen und ließ seine Beine vom Rand baumeln. »Sei kein Frosch, Jane.«

»Ich bin kein Frosch!«

»Für mich siehst du aus wie ein Frosch.«

Ich sprang auf meine Füße. »Ich geb dir gleich eins hinter die Ohren.«

»Erst mal musst du hier hochkommen!«, rief er und ließ seine Beine vor- und zurückschwingen.

Ich stieg mit einem Fuß auf einen kleinen Vorsprung, hob meinen anderen Fuß zum Spalt hoch und schob ihn hinein. Dann zog ich mich rauf. Ich griff in einen Schaft, und so ging's weiter, bis ich mich steigend und ziehend nach oben gearbeitet hatte. Plötzlich riss ein gezackter Stein meinen Arm auf.

»Verdammt, ich hab meinen Arm aufgeschlitzt!«, schrie ich.

Ich presste meine Ellenbogen in die Seiten der Spalte und schob mich stöhnend zur Öffnung vor. Dann zog ich mich aus dem Spalt heraus. Vor mir saßen John und Milo und lächelten. »Das war nicht leicht«, schnaufte ich, meine Wunde untersuchend. John und Milo streckten mir voller Stolz über die Abschürfungen, Quetschungen und blutigen Schrammen, die sie sich auf ihrem Weg nach oben zugezogen hatten, ihre Arme entgegen.

Am späteren Morgen kehrte Fran von der Warenauslieferung zum Laden zurück. Sie warf die Schlüssel des Lastwagens auf den Tresen und wedelte mit einer Notiz. »Die Kinder haben sich zum Widow's Mountain aufgemacht.«

Henry zog seinen Kopf aus dem Kühlschrank zurück. »Was?«

»Bin nach Hause gefahren, um nachzusehen, wie weit sie im Garten gekommen sind. Sie sind nirgends zu finden, aber sie haben das hier zurückgelassen.« Sie zerknüllte die

Nachricht und stützte die Faust in die Hüfte. »Sie sind noch nie zuvor zum Widow's Mountain gegangen. Was ist bloß in sie gefahren?«

Loretta hörte auf zu fegen. »Henry Walker, warum glaube ich, dass du etwas damit zu tun hast?«

Henry schloss die Kühlschranktür. »Verzeihen Sie, Missus Walker, aber ich bin seit sieben Uhr in der Frühe in diesem Laden. Wie sollte ich irgendetwas hiermit zu tun haben können?« Loretta starrte ihren Mann an. »Mich verärgert der anklagende Ausdruck in Ihren Augen, aber ich akzeptiere Ihre Entschuldigung.«

»Was ist mit ihnen los?«, fragte Fran. »Sie wissen ganz genau, dass sie nicht einfach so weggehen dürfen.«

»Ich mach mich auf und hol sie nach Hause«, sagte Henry.

»Du wirst jetzt nicht auf den Bergen da herumkraxeln, Henry«, sagte Loretta. »Dafür bist du allmählich zu alt.«

Er tat, als sei er schwerhörig; die Tür fiel scheppernd hinter ihm ins Schloss.

»Also gut, wir sind den Spalt hochgeklettert, nun lasst uns wieder nach Hause gehen, bevor Mama merkt, dass wir nicht da sind«, sagte ich.

Milo sah zur Spitze des Berges und begann hochzusteigen. »Ich hab es dir ja bereits gesagt. Ich steig auf diesen Berg, um ein wenig nachzudenken.«

John folgte ihm, und wieder warf ich die Hände in die Luft. »Komm hierher zurück, John.«

»Ich muss auch ein wenig nachdenken«, erwiderte er.

Ich sah, wie sie zum Berggipfel stürmten, und rannte hinter ihnen her. Sie hörten mich und versuchten, schneller als ich zu laufen. Ich umfasste Milos Taille und warf ihn zu Boden. Lachend kreischte er auf. Rutschend und stolpernd lief ich den Abhang hoch, die Jungs schreiend hinter mir her. Irgendwann fiel ich atemlos ins Gras. Ich setzte mich auf und sah auf Morgan Hill herunter. »Seht euch das an«, sagte ich. »Das ist wirklich beeindruckend.«

Milo zeigte auf die Bergspitze. »Warte, bis wir es von dort oben sehen.« Er sprang auf die Füße und sah wieder zum Gipfel hinauf.

Ich weiß nicht mehr genau, wie lange es dauerte, aber ich glaube, dass wir über eine Stunde brauchten, um bis zur Spitze zu gelangen. Als wir oben waren, hob Milo seine Arme in die Luft. John und ich standen rechts und links von ihm. Wir hatten freie Sicht nach allen Seiten. Es war atemberaubend. Bis zu diesem Tag hatte ich nur einen kleinen Teil von Morgan Hill kennen gelernt, aber jetzt sah ich alles – und rings um uns grün bewachsene Hügel, soweit das Auge reichte.

»Da ist unser Haus«, sagte John. »Und die Farm der Cannons.«

»Und Henrys Laden«, fügte ich hinzu. »Und die Schule und die Kirche.«

Wir zeigten uns gegenseitig die Orte, die wir erkannten, bis ich merkte, dass Milo schweigsam geworden war. Ich drehte mich um und sah, wie er mit den Knien unter dem Kinn dasaß, setzte mich neben ihn und fragte: »Denkst du jetzt nach?«

Er nickte. John setzte sich ebenfalls hin und zog die Knie unter sein Kinn. Wir saßen still da und spürten den Wind auf unseren Gesichtern, während wir den Kühen zusahen, die auf den unter uns liegenden Weiden grasten. »Was macht er?«, fragte John und lehnte sich an mich.

»Er denkt nach.«

»Über was?«

Ich zuckte die Schultern. Wir saßen und schwiegen und saugten die Aussicht in uns ein, während Milo nachdachte. Seine Augen schweiften über die Weiden und Hänge, als suche er etwas. Ich folgte seinem Blick, und wir beobachteten, wie der Zug durch Morgan Hill zuckelte. Von unserem Sitzplatz aus wirkte er sehr klein. Ein Pfeifen ertönte. Milo zog das Geschirrtuch aus seinem Overall und überreichte John und mir je ein Stück von dem Brot. Schweigend aßen wir.

»Ob die drei Musketiere deiner Mama wohl helfen würden, wenn sie hier leben würden?«

Ich hörte auf zu essen und sah ihn an. »Ich glaube, dass sie das tun würden. Aber sie sind bloß Leute aus einer Geschichte.«

»Ich habe darüber nachgedacht, dass du gesagt hast, dass ihr keinen Daddy habt.« Milo steckte das letzte Stück Brot in seinen Mund. »Weil ihr keinen Daddy habt, braucht eure Mama, glaub ich, Leute wie die drei Musketiere, die ihr helfen.«

»Die Typen sind aus einem Märchenbuch«, entgegnete ich. »Es gibt sie überhaupt nicht in Wirklichkeit.«

»Wir drei«, sagte Milo. »Ich habe darüber nachgedacht, dass wir wie diese drei Musketiere zusammenhalten könnten.«

Ich hatte keine Zeit mehr zu antworten, denn in diesem Moment kam eine Gestalt über den Hang auf uns zu.

»Wer ist das?«, fragte ich. Milo und John erhoben sich. Ich legte meine Hand über die Augen. »Das ist Henry«, schrie ich. »Ich wette, dass Mama außer sich war und ihn hinter uns her geschickt hat!« Ich griff Johns und Milos Hände, und wir drei rannten, so schnell wir konnten, den Hügel hinunter. Mein Herz raste. Ich hoffte, dass Henry und nicht Mama unsere Nachricht gefunden hatte. John lachte, als wir stürzten, und das machte mich wahnsinnig. »Es ist nicht sonderlich lustig, wenn uns Mama verprügelt«, fauchte ich.

Milo kicherte, als ich auf dem Hintern nach unten zu rutschen begann, und tat es mir nach. Dann sprang er plötzlich auf die Beine, stellte sich mit einem breiten Lächeln im Gesicht hin und tat so, als würde er ein Schwert heben. »Ich bin Porthos!«, schrie er.

John zog ebenfalls ein imaginäres Schwert von seiner Seite. »Und ich bin Aramis!« Sie sprangen fechtend und sich unter den Klingen ihrer Schwerter duckend hin und her, während sie den Hang hinunterjagten.

Um nicht außen vor zu bleiben, rannte ich hinter ihnen her und schrie, dass es ganz Morgan Hill hören konnte: »Ich bin Athos!« Ich vergaß Mamas Zorn für einen Moment, und wir brüllten und lachten den Rest unseres Weges den Hang hinab. Als wir den Fuß des Berges erreichten, blieben wir stehen, um Atem zu schöpfen. Henry stand unterhalb des Felsens und sah zu uns hoch.

»Also haben die drei Musketiere an diesem Morgen alle möglichen Abenteuer überstanden, oder?« Er hatte alles gehört.

Wir rangen grinsend nach Luft. »Alle für einen«, schrie John und hob sein Schwert in die Luft.

»Und einer für alle«, riefen Milo und ich und reckten unsere Schwerter in den Himmel.

Langsam zwängten wir uns durch den Spalt nach unten. Henry half jedem von uns, auf den Boden zu kommen, und begutachtete unsere Abschürfungen und Schrammen. »Na, was hat euch drei dazu getrieben, auf den Widow's Mountain zu steigen?«

»Milo musste ein wenig nachdenken«, antwortete ich.

»Ist das so? Und hast du dein Nachdenken beendet, Milo?« Milo nickte. »Konntest du ganz Morgan Hill dort oben sehen?« Er nickte erneut. »Und was meinst du?«

»Ich meine, dass es wahnsinnig schön aussieht«, erwiderte Milo.

Henry lächelte und drückte Milo an sich.

Mama rief die Aldens vom Laden aus an und teilte ihnen mit, dass Milo seine Entscheidung getroffen habe. Sie versprachen, mit uns in Kontakt zu bleiben, und das taten sie auch. Wir sahen sie im Laufe der Jahre häufig.

An den Rest jenes Tages kann ich mich kaum noch erinnern, aber ich weiß noch ganz genau, welche Erleichterung ich spürte, als mir Milos Entscheidung klar wurde und ich begriff, dass er bei uns sein Zuhause finden würde. Wir wussten nicht, was diese Entscheidung wirklich bedeutete. Wir waren zu jung und hatten die Vorstellung von großem Mut und Ritterlichkeit in unseren Köpfen. Wir dachten, dass wir es schon schaffen würden, wenn wir einfach alle zusammenhielten. Denke ich heute darüber nach, so weiß ich, dass wir naiv waren, aber Henry nannte es immer Tapferkeit. Vielleicht hatte er recht. Ich kann noch immer unser Gelächter hören, als wir jenen Hang hinunterpurzelten, und spüren, wie Henrys Arme mich umfassen, als er mir aus dem Felsspalt half. Aber am deutlichsten erinnere ich mich daran, wie wir gemeinsam mit Mama zum ersten Mal als Familie vom Laden aufbrachen. Wir gingen nach Hause.

An jenem Abend, als Mama uns ins Bett brachte, beugte sie sich zu mir herunter und küsste meine Stirn. Ich hatte keine Erinnerung mehr daran, wann sie mich das letzte Mal geküsst hatte, und lag mit überraschtem Gesichtsausdruck da. Ich zog die Decke bis unter mein Kinn und winkte ihr mit den vier Fingern, die darauf lagen, zu. Sie ging zu dem Bett, in dem John und Milo lagen, und küsste sie ebenfalls. Ich lächelte, als ich sie kichern hörte.

Nachdem Mama die Tür hinter sich geschlossen hatte, setzte sich Milo im Bett auf. »Warum will ich wohl hier leben?«, wollte er wissen.

»Was meinst du?«, fragte ich.

»Was bin ich denn jetzt?«

Ich dachte einen Moment lang nach. »Du bist unser Bruder. Was sonst solltest du sein?«

Er nickte und legte sich wieder hin. Mir fiel ein, dass ich vergessen hatte, unter dem Bett von John und Milo nach dem Butzemann zu sehen, und sprang zu ihnen.

John griff nach meinem Arm. »Du brauchst das nicht mehr zu machen. Ich weiß, dass da nichts ist.«

Vielleicht hatte er keine Angst, weil er wusste, dass wir jetzt zu dritt (und bald zu viert) waren, um zusammenzuhalten. Ich half ihnen zu beten, und dann kniete ich mich in mein Bett und sah aus dem Fenster in den Himmel.

Diese Jungen brauchen einen Daddy, betete ich. Ich merkte, was ich tat, und faltete meine Hände. *Sie brauchen einen Daddy, der ihnen hilft, in dieser Welt zu bestehen. Bitte bring uns jemanden, der Mama hilft, uns zu versorgen. Du weißt, dass ich nie um viel gebeten habe, aber wir brauchen das wirklich dringend.*

Fran schreckte hoch und richtete sich in ihrem Bett auf. »Wer ist da?«, rief sie.

»Ich bin's«, antwortete Milo. Das Mondlicht schien durchs Fenster, und vage konnte Fran die kleine Gestalt ausmachen, die im Flur stand.

»Komm her. Bist du krank?«

»Nein, Ma'am.« Zögernd kam Milo in Frans Zimmer.

»Was machst du dann da?«

»Die Kinder werden mich nicht in der Schule haben wollen.«

Fran setzte sich hin. »Also – die Wahrheit ist, dass einige das nicht wollen werden, aber viele von ihnen schon. Und einige von ihnen werden dich nicht als Freund haben wollen, aber du wirst manche von ihnen ebenfalls nicht mögen. So ist es nun mal.« Sie lehnte sich weiter zu ihm vor. »Aber du wirst viele Kinder finden, die du magst, und sie werden dich ebenfalls mögen. Also gibt es nichts, worüber man sich den Kopf zerbrechen muss.«

»Niemand von ihnen sieht so aus wie ich.«

»Aber wenn wir alle gleich aussehen würden, das wäre doch langweilig. Und wir wüssten nicht, ob wir kommen oder gehen, weil wir ständig uns selbst begegnen würden.«

»Ist es hart?«

Sie nickte. »Manchmal. Aber es ist nicht härter, als den Widow's Mountain zu besteigen.« Sie konnte im Mondlicht erkennen, dass er lächelte.

»Kommst du mit mir?«

»Nein. Ich habe die Schule bereits abgeschlossen, aber Jane und John werden da sein. Du wirst lernen, wie man schreibt und Bücher liest.«

»Meine Mama und mein Daddy konnten nicht lesen.«

»Aber ich weiß, dass sie alles dafür gegeben hätten, damit du es lernen kannst.«

»Werden sie wissen, dass ich zur Schule gehe?«

»Ja. Und sie werden an jenem Tag so stolz sein, wie man es nur sein kann.«

»Hat Beef dir Angst gemacht?«

Fran sah Milo in die Augen. »Macht er *dir* Angst?« Er nickte. »Weißt du was? Wir haben ungefähr eine Million Engel hier.«

»Wo sind sie?«

»Überall. Und sie sorgen dafür, dass du heil und gesund zur Schule kommst.«

Er schlurfte von dannen, blieb jedoch noch einmal kurz in der Tür stehen. »Gute Nacht, Ma'am«, sagte er und ließ sie allein in der Dunkelheit zurück.

»Milo!« Er drehte sich um und kam wieder ins Zimmer zurück. »Warum hast du dich entschieden zu bleiben?«

»Weil ich jemanden brauche, der sich um mich kümmert, und es scheint so, dass *du* jemanden brauchst, der sich um *dich* kümmert.«

Sie hörte ihn über den Flur gehen, lehnte sich an das Kopfteil des Bettes und blickte aus dem Fenster. *»Hilf mir, das zu tun«*, flüsterte sie. *»Bitte hilf mir.«*

Fran legte eine Hand auf ihren Mund und ließ ihren Tränen freien Lauf.

Am nächsten Morgen griffen wir nach unseren Lunchdosen, die Mama für uns vorbereitet hatte, und gingen nach draußen auf die Veranda. Erstaunt sahen wir, dass Del und Helen Cannon in die Auffahrt fuhren, gefolgt von Pete und Charlotte Fletcher. Hinter ihnen kamen Otis und Nona Dodd angefahren, und dann die Eltern des gemeinen Alvin Dodson, Cal und Viola Dodson. »Seht euch das an«, sagte Mama und sah zu, wie sie ausstiegen.

»Sind das die Engel, von denen du mir erzählt hast?«, fragte Milo.

Mama nickte. »Ich glaube, dass sie das sein könnten.«

Del und Helen kamen lächelnd auf uns zu. »Wir wollten nur dabei sein, wenn die Kinder zur Schule gehen, Fran«, sagte Del und legte seinen Arm um Milos Schulter. Mama lächelte und legte eine Hand auf ihren Mund. Ich glaube, sie war sehr verlegen.

»Wir nehmen sie im Transporter mit«, meinte Helen.

»Nein, sie können auf den Schienen entlanggehen, wie sie es immer tun.« Mama brachte uns zum Bahndamm und legte ihre Hand unter Milos Kinn. »Hab einen wirklich schönen Tag.«

Wir gingen die Böschung hinunter und waren noch nicht bei Beefs Haus angekommen, als wir leise Stimmen hörten. Wir drehten uns um und sahen, dass Pete und Charlotte und Del und Helen uns gefolgt waren. Helen benutzte einen Stock, um sich abzustützen. Ich sah zu Beefs Haus hoch. Ruby lächelte uns zu und hob ihre Hand zu einem angedeuteten Winken.

Otis und Nona Dodd fuhren mit Cal und Viola Dodson zu ihrem Haus und stellten sich an die Böschung, um uns vorbeigehen zu sehen. Cal ließ seine Hand auf Alvins Schulter liegen, und Alvin starrte säuerlich vor sich hin, als wir an ihnen vorbeizogen. Olive Harper tat, als würde sie Geißblatttriebe pflücken, als wir hinten an ihrem Haus entlanggingen, und hob ihre Hand wie zum Gruß. Ich hatte noch nie so viele Menschen an der Schienenstrecke gesehen. Es war, als würden wir eine Parade laufen und wären die Hauptattraktion.

John und ich hielten Milo an den Händen, als wir die Stufen zum Gebäude der Langley School emporstiegen. Wir wussten es nicht, aber Mama, Henry und Loretta reckten ihre Hälse, um uns von einem Fenster im Laden aus zu beobachten. Die meisten Schüler hatten Milo noch nie gesehen und blieben stehen, als wir an ihnen vorübergingen. Louise war nicht da. Der nichtsnutzige Beef hielt sie im Haus zurück – sie sollte nicht mit einem farbigen Jungen zur Schule gehen.

Bill Jeffers stand am oberen Treppenende und schüttelte Milos Hand. »Wir sind froh, dich dieses Jahr bei uns zu haben, Milo«, sagte er so laut, dass die Schüler ihn hören konnten. »Lass mich dir dein Klassenzimmer zeigen.« Sie gingen zum Raum von Jeanette Abbott. Ich hatte Miss Abbott in der ersten Klasse gehabt, sie war meine Lieblingslehrerin gewesen. Sie nahm Milos Hand und führte ihn zu einem kleinen hölzernen Pult, auf dem ein hellgelbes Schild mit der Aufschrift »MILO« in Großbuchstaben stand. Sie hatte sogar eine Schachtel bereitgelegt, die zwei Bleistifte und einen Radiergummi enthielt.

»Ich brauche heute einen speziellen Helfer, der für mich Papier und andere Dinge austeilt«, sagte Miss Abbot. »Glaubst du, dass du mir helfen könntest?« Milo nickte. Ich wusste, er würde einen schönen Tag mit Miss Abbott haben.

Zur Essenszeit wollten John und ich zusammen mit Milo den Hügel zu Henrys Laden hinuntergehen. Die Eingangstüren der Schule standen offen. Milos Klasse saß essend auf der vorderen Treppe, Miss Abbott hatte alle Hände voll damit zu tun, einen Schüler zu versorgen, dessen Nase blutete. Aber Milo konnte ich nicht entdecken.

John und ich liefen um das Schulgebäude herum, um nach ihm zu suchen. Eine Gruppe älterer Jungen drängte sich um eine große Eiche, die hinter der Schule stand. Ich griff Johns Hand und rannte auf sie zu.

»Woher kommst du?«, hörte ich einen der Jungen fragen.

»Was ist mit deiner Mama und deinem Daddy passiert?«, fragte ein anderer.

Ich drängte mich durch sie hindurch und entdeckte Milo, der in ihrer Mitte an den Baumstamm gepresst stand. Ich sprang vor ihn hin und stieß einen älteren Jungen weg. »Ihr lasst ihn alle in Ruhe!«

»Wir reden nur.«

»Er hat nichts zu sagen. Wenn du etwas wissen willst, dann frag mich.«

Einer der Jungen stieß mich an der Schulter. »Geh weg, Jane. Wir fragen ihn bloß ein paar Sachen.«

Ich rammte beide Hände gegen die Brust des Jungen. »Lass ihn in Ruhe!«, fuhr ich ihn an. John sprang hoch, griff den Arm des Jungen und riss ihn von mir weg. Ein anderer Junge umschlang Johns Taille und warf ihn auf den Boden. »Lass ihn in Frieden!«, rief ich. Ein weiterer Junge riss mich an den Haaren und stieß mich auf den Boden. Ich schrie, so laut ich konnte.

»Lasst sie in Ruhe!« Ich erkannte die Stimme nicht. Die Jungen begannen auseinanderzutreten. »Geht aus dem Weg.« Ich sah hoch und erblickte Alvin Dodson, der die älteren Jungen zur Seite stieß und sich von hinten durch die Menge schob.

»Wir tun nichts, außer mit ihm zu reden«, sagte einer der Jungen wieder.

»Er wird reden, wenn er dazu in der Lage und bereit ist. Geht und esst euer Mittagsbrot, bevor ich Mr. Jeffers Bescheid sage.« Die Jungs nahmen ihre Lunchdosen und ließen uns allein. Alvin ging zurück zur Schule. Ich sah ihm nach, und dann drehte er sich um und lächelte mich an. Kein Zweifel, die Dinge änderten sich in Morgan Hill.

Schreiend rannte ich mit John und Milo den Hügel hinunter zu Henrys Laden. Wir wussten nicht, dass wir kopfüber mitten in den tiefsten Winter liefen – niemand von uns war darauf vorbereitet.

ELFTES KAPITEL

Herbst und Winter waren für mich immer aufregend, weil die Carter Family jedes Jahr zum Singen kam und Loretta das Krippenspiel in der Kirche leitete. In drei aufeinanderfolgenden Jahren spielte ich die Rolle der Maria. Am Ende jedes Sommers freute ich mich bereits auf die Proben.

Die Carter Family kam am ersten Samstag im Dezember nach Morgan Hill, und ich konnte den Tag kaum erwarten, weil Joe versprochen hatte, zu diesem Anlass heimzukommen. An jenem Abend drängten sich in der Turnhalle der Schule die Menschen aus den umliegenden Gemeinden. Sie hatten Körbe voll Brathuhn, Gebäck, grünen Bohnen und Kartoffelbrei sowie alle möglichen Desserts mitgebracht. Der Raum füllte sich mit Pfeifen- und Zigarettenrauch und dem Duft von Huhn und Schinken. Die Frauen trugen ihre besten Baumwollkleider, und die Männer hatten ihre Mützen zu Hause gelassen.

Henry hatte ein Duftwasser benutzt, und Mama und Loretta stürzten sich auf ihn.

»Wie heißt es eigentlich?«, fragte Loretta.

»Auf der Flasche steht ›Garden Surprise‹«, sagte er stolz.

Mama und Loretta umfassten einander und lachten. Der arme Henry. Er lag immer daneben.

Als Joe durch den Eingang hereinkam, rannten John, Milo und ich zu ihm und sprangen ihn an. Dabei rissen wir ihn zu Boden. Mama stand gegenüber von der Turnhalle, und ich schwöre, dass ich sie lächeln sah.

Wir aßen den ganzen Abend hindurch. Mama, Loretta, Helen und die anderen Frauen drängten sich durch die Menge und stellten immer wieder frische Schalen mit grünen Bohnen oder einen weiteren Korb mit Brötchen oder eine neue Torte auf den Tisch. Clyde und Dewey waren auch da, aber sie blieben die meiste Zeit draußen auf der Ladefläche von Deweys Laster und tranken. Die Carter Family sang, und die meisten Leute stampften dazu und schlugen ihre Hacken in der Mitte der Turnhalle auf den Boden. Ein paar Stunden zuvor hatten Männer große flache Bretter auf den Boden gelegt und mit Sägemehl bestreut. Ich griff Johns und Milos Hände, und wir drehten uns und schwangen unsere Beine und tanzten, bis wir erschöpft zu Boden fielen.

Ich beobachtete Joe und wünschte, dass er meine Mutter zum Tanzen aufforderte, aber ich wusste, dass das keinen Sinn hatte. Sie tanzte nicht und würde jetzt auch nicht damit anfangen. Ich stellte mich auf Henrys Füße, und er tanzte mit mir durch den Raum, ohne Rücksicht auf die anderen Leute. Dann begleitete ich Joe, um ein Stück Torte zu essen. »Darf ich zwei Stücke haben, Mama?«

»Warum nicht?«, antwortete sie und reichte uns Buttertoffeetorte mit Zitrone.

Joe nahm ein Stück und begann es zu essen. »Du siehst wirklich nett aus, Fran.«

»Danke. Wie lange wirst du bleiben?«

»Weiß ich nicht so genau.«

»Jedenfalls ist es schön, dich wieder hier zu Hause zu haben.«

Joe sah auf den Boden und aß einen weiteren Bissen von der Torte. »Die hier schmeckt sehr gut.«

»Charlotte hat sie gemacht.«

»Ich muss Charlotte sagen, dass ihre Torte wirklich gut ist.«

Ich verdrehte die Augen. Sie waren ein hoffnungsloser Fall. Aber ich wollte, dass dieser Abend nie enden würde. Milo sprang herum und lachte so sehr, dass ich zum ersten Mal nicht sofort an das Feuer dachte, als ich ihn ansah. Es ist komisch, an was man sich erinnern kann, wenn man an die Dinge zurückdenkt. Ich kann mich an kein einziges Wort aus den Liedern der Carter Family erinnern, aber ich höre noch den Klang ihrer Gitarren, Mandolinen und Bässe im Hintergrund, während ich tanzte und aß und durch die raucherfüllte Turnhalle rannte. Ich höre noch, wie das Sägemehl unter meinen Füßen knirschte und sehe Henrys Gesicht, während er mich auf dem Tanzboden herumwirbelte, und ausschnittweise Mama, die permanent unterwegs war, um noch eine Torte oder einen Kuchen zu holen. Und ich kann sehen, wie sie schlaff in Joes Armen hing, während er sie aus dem Gebäude trug, bevor ich im Zeitlupentempo losstürzte.

Als Fran am späten Abend nach einer Brombeertorte griff, entglitt diese ihren Händen und fiel herunter. Der dunkle Saft spritzte in alle Richtungen. Fran schaufelte die glitschige Masse in die Tortenform zurück, und Loretta reichte ihr ein Handtuch. »Nein«, sagte Fran. »Das ist das gute Handtuch von jemandem. Ich werde ein paar Lappen holen.«

Der Flur hinter der Turnhalle war dunkel. Fran ging

zur Hausmeisterkammer und tastete nach der von der Decke hängenden Lichtschnur. Sie zog daran und suchte nach einem Lappen. Im untersten Regal entdeckte sie einen Zinkeimer und bückte sich, um darin nachzuschauen.

»Du siehst heute Abend umwerfend aus, Fran.«

Fran schrie auf und fuhr hoch. »Dewey! Was um alles in der Welt tust du hier hinten?«

»Hab gesehn, dass du Hilfe brauchst.«

Sie roch den Alkohol und zwang sich zu einem dürftigen Lächeln. »Ich habe nur nach ein paar alten Lappen gesucht.« Sie ging zur Tür, aber er versperrte ihr den Weg. »Ich muss etwas aufwischen.«

»Loretta kann sich um den Dreck kümmern. Bleib einfach hier und red mit mir. Wir könnten da weitermachen, wo wir an jenem Tag in deinem Haus aufgehört haben.«

Der enthemmte Ausdruck in Deweys Gesicht flößte Fran Angst ein, und sie wich zurück. »Diese alte Hausmeisterkammer ist kein Ort, um sich zu unterhalten. Die Turnhalle ist der geeignete Platz dafür. Dort gibt es auch lauter gutes Essen.« Sie versuchte erneut, an ihm vorbeizugehen, aber Dewey stand breitbeinig im Eingang.

»Weißt du, ich bin all die Abende nicht zu deinem Haus gekommen, weil ich gern mit Lonnie Karten gespielt hab.« Sein Gesicht kam ihr nahe, und sie schreckte zurück. Plötzlich presste Dewey seinen Mund auf ihren. Fran drehte ihren Kopf voller Angst zur Seite. »Mein Gott, was bist du für eine Frau, Fran Gable.« Er trat noch dichter an sie heran und ließ seine Hand an ihrer Seite auf und ab gleiten. »Clyde und ich haben über Beef gesprochen und uns gefragt, warum er nicht hier ist.«

Fran stolperte zur Rückseite der Kammer. »Ruby hat gesagt, dass er freitags in Morristown arbeitet. Möglicherweise arbeitet er noch.« Ihre Stimme war leise und zitterte.

Dewey warf seinen Kopf lachend in den Nacken. »Er arbeitet!« Seine Alkoholfahne füllte den kleinen Raum. »Ich glaube, dein Niggersohn hat etwas damit zu tun, dass er nicht hier ist.«

In dem Versuch, ihn zu besänftigen, lächelte Fran. »Wie könnte ein kleiner Junge einen großen, starken Mann dazu bringen, irgendetwas zu tun? Du kennst Beef ja. Er wird in Morristown ein Spiel gefunden haben und inzwischen bester Dinge und betrunken sein.«

Dewey lehnte sich zu ihr vor. »Schon möglich.« Er kam ihr so nah, dass ihr der Atem stockte. »Du siehst gut aus, Fran.« Dewey zog Fran an sich und presste seinen Körper an sie. »Du siehst immer so gut aus.« Seine Stimme klang drängend und angespannt, und Panik stieg in ihr auf. Wieder drückte er seine Lippen auf ihren Mund. Sie versuchte zu schreien, aber er zog sie noch fester an sich und riss das Rückenteil ihres Kleides auf. Fran nahm all ihre Kraft zusammen, befreite sich aus seiner Umklammerung, sprang vor und versuchte, sich an ihm vorbeizudrängen. »Nein!«, brüllte sie.

Dewey packte ihre Arme. »Halt's Maul, wenn ich rede, Fran!« Er schlug die Tür zu und riss ihr das Kleid vom Leib. Schreiend bedeckte sie ihren Körper mit den Armen. Er zerriss die Träger ihres Unterrocks und stieß sie gegen die Wand. Dann knöpfte er seine Hose auf. Sie schrie erneut, aber Dewey presste seinen Mund auf ihren. Als sie ihm in die Lippe biss, wich er zurück und boxte ihr mit aller Kraft in den Bauch. Stöhnend beugte sie sich vor.

Dewey machte einen Schritt auf Fran zu. Da griff sie nach dem Zinkeimer und schleuderte ihn gegen seinen Kopf. Er schlug sie erneut, diesmal ins Gesicht, und warf sie gegen das Regal. Ein weiterer Schlag ließ sie hart auf den Boden fallen, und er trat ihr in den Bauch. Sie sah die Glühbirne über sich schwingen, dann versank alles um sie herum in Dunkelheit. Fran hörte nur noch, wie Deweys Körper mit einem dumpfen Schlag neben ihr aufprallte.

»Beweg dich nicht, Fran«, sagte Doc und ließ sie behutsam zurück aufs Bett sinken. »Bleib ganz ruhig.«

»Ist das Baby tot?«, fragte sie. Fran sah, dass Helen und Loretta neben ihrem Bett standen.

Der Arzt hörte Fran eingehend mit dem Stethoskop ab und untersuchte die Verletzungen auf ihrem Bauch und in ihrem Gesicht. »Ich glaube, mit dem Baby ist alles in Ordnung. Im Moment.«

Ihr Gesicht straffte sich. »Lass es mich nicht verlieren.«

Er griff ihre Hand. »Fran, das Einzige, was ich tun kann, ist, dir zu sagen, dass du still in diesem Bett liegen musst, bis das Baby kommt. Keine Wäsche waschen, nicht melken und nicht im Laden arbeiten.«

Ich saß mit Henry, Joe, John und Milo in der Diele auf der Couch. Ich wusste noch immer nicht, was geschehen war, das Warten auf Doc dauerte zu lange. »Henry, was ist mit Mama passiert?«

Henry warf Joe einen Blick zu. Nervös rutschte er auf der Couch herum. »Sie ist verletzt worden.«

»Wie?«

»Ein Mann hat sie umgeworfen, und sie ist sehr schlimm hingefallen.«

»Was für ein Mann?«

»Das spielt keine Rolle, Jane. Sheriff Dutton kümmert sich um ihn.

Ich sah zu ihm hoch. »Doch, es spielt eine Rolle.«

»Dewey Schaeffer hat es getan.«

»Warum?«

»Weil er betrunken und voller Niedertracht war.«

Ich sah zu Joe hinüber, aber der schien völlig abwesend. »*Wollte* er Mama wehtun?«

»Er wollte etwas, das ihm nicht gehört, meine Hübsche, und als er merkte, dass er es nicht bekommen würde, wurde er widerlich und gemein und hat deine Mama verletzt.«

Ich legte meinen Kopf auf Henrys Schulter. Irgendwann später einmal, wenn ich so weit war zu verstehen, was Dewey wollte, würde ich Henry entsprechende Fragen stellen.

In diesem Moment wurde die Tür von Mamas Zimmer geöffnet. Doc war mit der Untersuchung fertig und kam in die Diele. »Ist mit dem Baby alles gut?«, fragte ich.

»Das weiß ich nicht, Jane. Aber wenn deine Mama liegen bleibt und sich ruhig verhält, dann vielleicht. Ich hoffe es. Im Moment musst du sie ein wenig schlafen lassen. Es ist auf jeden Fall nichts gebrochen.«

Loretta und Helen schlossen die Schlafzimmertür und kamen auch in die Diele. »Sie fragt nach dir«, sagte Loretta zu Henry.

Henry öffnete die Schlafzimmertür und steckte seinen

Kopf hindurch. Fran winkte ihn herein, und er setzte sich abwartend auf den Stuhl neben ihr Bett, wie er es im Laufe der Jahre so oft getan hatte. Er sah auf den Boden, um sein Entsetzen zu verbergen. Er konnte den Anblick ihres Gesichts und ihrer Augen, die rot und blau geschlagen und verquollen waren, kaum ertragen.

Fran sah ihn lange an. »Wie in alten Zeiten, nicht wahr, Henry? Wenn du und Loretta rüberkamt und mich mit Verbänden und Salben wieder zusammengeflickt habt.«

»Die Zeiten sind vorbei, Fran. Sheriff Dutton sorgt dafür, dass Dewey so etwas nie wieder jemandem antut.« Er legte seine Hand auf ihre. »Es tut mir schrecklich leid, Fran.«

Sie schüttelte den Kopf. »Das ist nicht deine Schuld, Henry. Vom ersten Tag an wollte ich dieses Baby nicht haben. Jetzt will ich es nicht mehr verlieren, aber Gott hat mir schon früh ins Herz geblickt. Man bekommt, was man verdient hat.«

Henry schüttelte den Kopf. »Ich lebe schon ziemlich lange, Fran, und ich habe nicht beobachten können, dass Gott so handelt. Das ist auch gut, denn sonst wären wir alle in Schwierigkeiten.« Sie schwieg. »Es gibt eben einige bedauerliche Männer auf dieser Welt. Aber es gibt auch einige schrecklich gute.«

»Manchmal habe ich den Eindruck, dass Loretta den letzten guten in Greene County geheiratet hat.«

Henry sah erneut zu Boden und räusperte sich. »Jetzt ist's genug davon.«

»Ich hab darüber nachgedacht, was geschehen ist – als ich in der Kammer mit Dewey war. Das Nächste, woran ich mich dann erinnern kann, ist, dass ich hier in meinem

Bett lag. Und ich habe eine Frage.« Er sah zu ihr hoch. »Wo hast du bloß gelernt, so zuzuschlagen?«

»Ich habe nicht...«

»Henry, das Letzte, woran ich mich erinnere, ist der Geruch deines umwerfenden Duftwassers.« Henry warf seinen Kopf nach hinten. »Also – wo hast du bloß gelernt, so zu kämpfen?«

»Ich hatte, wie du weißt, fünf Brüder und eine Schwester – Sarah. Sie war gemeiner als alle fünf Jungen zusammen.«

»Wie viele Schläge hat Dewey gekriegt?« Er hielt zwei Finger hoch. »Na, wenn ich so aussehe, wie sieht Dewey dann aus?«

»Wenn sich sein Gesicht auch nur annähernd so anfühlt wie meine Hand, dann vermute ich, dass er reichlich schlimm aussieht.« Er fuchtelte mit seinen Händen herum und rieb sie an seinen Beinen. »Joe hat dich da rausgetragen, Fran. Als die Leute den Tumult hörten, sind sie in den Flur geströmt, aber Joe ist durch sie hindurchgerannt und hat dich zugedeckt. Er hat dich da rausgebracht, bevor ich darüber nachdenken konnte.« Er machte eine Pause. »Was er da sah, hat ihn zu Tode erschreckt.«

»Ich glaube, der Anblick von zwei Leuten, die da so liegen, würde jeden erschrecken.«

»Er hat sich nicht im Geringsten darum geschert, dass Dewey da lag.« Sie sah ihn an. »Fran, ich kenne euch beide, seit ihr ganz klein wart, und vielleicht werde ich alt, aber ich habe noch immer Augen im Kopf, und ich kann noch immer dich und jenen kleinen Jungen vor all den Jahren sehen, als ihr beide gemeinsam den Hügel hinauf zur Schule gegangen seid.«

Sie wandte ihren Kopf weg und sah aus dem Fenster. »Er geht wieder zurück nach Atlanta. Dort hat er seine Arbeit.«

Henry drehte ihr Gesicht zu sich. »Glaubst du denn, dass er den ganzen Weg hierher zurückgefahren ist, bloß um ein bisschen Gesang zu hören, wo er das jederzeit in Atlanta haben kann?« Fran drehte ihren Kopf wieder von ihm weg zum Fenster hin, und Henry wusste, dass sie nicht mehr reden wollte. »Er ist ein guter Mann, Fran.« Sie schloss die Augen und hoffte, dass er nichts mehr sagen würde. »Fran, du musst...«

»Ich kann nicht.«

»Er ist nicht Lonnie.«

»Er hat es nicht verdient, hier reingezogen zu werden. Er braucht eine gute Frau.«

Henry setzte sich auf die Kante des Bettes und beugte sich über sie. Er sah, dass ihre Augen tränennass waren. »Fran, die bist du.« Sie schüttelte den Kopf. »Du warst in diesem Haus so viele Jahre lang mit Lonnie eingeschlossen, dass du glaubst, dass es kein anderes Leben gibt, aber das ist nicht so.« Henry erhob sich, um zu gehen, und tätschelte ihre Schulter. »Schlaf jetzt ein bisschen, Frannie.«

»Henry.« Er drehte sich zu ihr um. »Warum sollte er eine gebrochene Frau und vier Kinder, die noch nicht einmal seine sind, haben wollen? Warum sollte irgendein Mann so etwas haben wollen?«

Er stand an der Tür und zuckte die Schultern. »Ich glaube, weil er sich in zwanzig Jahren sein Leben ohne euch alle nicht vorstellen können wird.«

Loretta schlief auf dem Sofa, und Henry legte einen Strohsack auf den Boden neben sie. Er hatte ihn gerade ausgebreitet, als das Geräusch eines Transporters zu hören war, der die Auffahrt heraufkam.

Ich sprang zum Schlafzimmerfenster und hielt die Luft an, als ich Beef zu unserer Küchentür gehen sah. Mein Blick streifte Milo und John, aber die schliefen fest. Ich zwängte mich zwischen ihr Bett und schob das Fenster ein Stück hoch, um hören zu können, was geschah. Henry öffnete die Tür und ging hinaus zu Beef auf die Veranda.

»Ich hab erfahren, was passiert ist«, sagte Beef.

»Sie schläft, Beef.«

Henry ging mit Beef zur Auffahrt, und ich lehnte mich vor, um etwas zu hören, aber das war nicht möglich. Ich sah sie im Mondlicht, und nach ein paar Minuten gab Henry Beef etwas. Beef stieg in seinen Transporter und fuhr davon. Das war das letzte Mal, dass ich ihn je sah.

Man erzählte sich, dass Beef einfach weggefahren sei, ohne Ruby oder Louise eine Nachricht zu hinterlassen. Wenn die Leute in den Laden kamen, spekulierten sie endlos darüber, warum Beef fortgegangen war: »Er konnte nicht in einer Gemeinde mit Farbigen leben.« Oder: »Er konnte es nicht ertragen zuzusehen, wie sein Kind mit einem Farbigen auf eine Schule geht.« Oder: »Er ist zur Vernunft gekommen und hat erkannt, dass Ruby und Louise nur ohne ihn in Frieden leben können.« Jeder hatte seine eigenen Theorien, aber Henry sagte nie ein Wort dazu.

Ein paar Tage später kam Joe zu unserem Haus, um Mama zu fragen, ob wir am Samstagmorgen mit zur Tabakauktion nach Greeneville gehen dürften. Ich stöhnte. Ich konnte es nicht ertragen, erneut zu hören, dass wir eins über den Schädel bekommen würden. Aber sie dachte noch nicht einmal darüber nach, bevor sie Ja sagte. Henry begleitete uns, und Helen blieb den Tag über bei Mama.

Wir gingen in eine riesige Lagerhalle. Bei dem Anblick, der sich uns bot, schnappten wir nach Luft: Auf dem Boden standen lange Reihen mit Tabakkörben, die den besten Tabak enthielten, den ich je gesehen hatte. Joe führte uns zu den Reihen, wo er und Del ihren Tabak ausgestellt hatten. Milo legte seine Hand darauf. »Das ist sicher ein schöner Tabak.«

»Es ist der schönste, den wir je hatten«, bestätigte Joe. »Ohne jeden Zweifel.«

Die größten Tabakfirmen der damaligen Zeit wie Liggett & Myers, Philip Morris, R. J. Reynolds oder die Southwestern Tobacco Company sandten Vertreter nach Greeneville, die für die besten Ernten mitboten. Ich beobachtete, wie die Einkäufer die Reihen entlangschritten, um die Farben der Blätter zu begutachten und sie auf Schäden zu prüfen. Ich griff nach Milos Hand, als zwei Männer neben dem Cannon-Tabak niederknieten. Der ältere der beiden, er rauchte Pfeife, murmelte etwas in das Ohr des jüngeren Mannes, der ihn begleitete. Er nahm die Pfeife aus dem Mund und steckte seine Nase in den Korb. Dann sah er zu mir hoch, und ich lächelte ihn an, wobei ich Milos Hand noch fester drückte.

»Ist das euer Tabak?«

»Es ist der von den Cannons«, antwortete Milo. »Und der von meiner Mama und meinem Daddy.«

»Na, dann sag den Cannons und deiner Mama und deinem Daddy mal, dass sie einen ziemlich guten Tabak produziert haben.«

Joe klopfte Milo auf die Schulter, und wir sahen, wie er vor uns um einige Zentimeter größer wurde.

Der Auktionator ging durch den Irrgarten aus Tabak und stellte sich auf eine Plattform in der Mitte der Körbe. Ein Mann hielt eine Nummer für den ersten Posten hoch, der versteigert wurde. Ich versuchte zu verstehen, was der Auktionator sagte, aber vergeblich. Die Tabakeinkäufer hingegen wussten genau, was er sagte, und sie reagierten mit einem Zuruf, einem Nicken oder indem sie eine Hand in die Luft warfen. Bevor wir wussten, was geschah, hatte Liggett & Myers die erste Ernte des Tages gekauft. Wir gingen mit der Menge mit, während der Auktionator jede Reihe abschritt. An jenem Morgen jagte ein Angebot das nächste, während sich die Männer dem Cannon-Tabak näherten.

»Posten sechzehn«, rief der Auktionator. »Posten sechzehn.« Ein Mitarbeiter des Auktionators hob einen Korb des Cannon-Tabaks und schritt damit an den Tabakeinkäufern entlang. Henry nahm mich auf den Arm, während der Auktionator eine Abfolge von Worten herunterratterte, die ich nicht verstand. Ein Einkäufer von Liggett & Myers hob die Hand. In der Lagerhalle erhob sich Stimmengewirr.

»Moment«, rief ein Mann von Philip Morris und streckte seine Hand in die Luft.

»Hier!« Das war der Vertreter von R. J. Reynolds. Der Auktionator zeigte auf ihn und sprach lauter und schneller als vorher.

»Hier!«

»Hier!«

Mein Herz raste, und ich umklammerte Henrys Hals. »Hier!«, schrie ich über die Menge hinweg. »Hier bitte.«

Der Auktionator hielt inne und drehte sich zu mir hin. »Wie willst du denn diesen Tabak kaufen?«

»Ich will ihn gar nicht kaufen. Ich will den Preis hochtreiben.« Die Menge lachte, und Joe hob Milo auf seine Schultern, damit er die Männer dabei beobachten konnte, wie sie für den Tabak seines Daddys boten.

»Verkauft!«, rief der Auktionator und zeigte auf den Einkäufer von R. J. Reynolds.

»Was hat er gebracht?«, fragte ich Henry.

»48,3 Cent das Pfund«, antwortete der Auktionator. »Du hast den Preis mit Sicherheit hochgetrieben, weil dieser Tabak das bisher höchste Gebot des Tages erzielt hat.«

Schließlich brachte der Tabak von den Cannons und Willie Dean 565 Dollar pro Morgen ein. Jauchzend warf Joe Milo in die Luft.

»Dürfen wir dir beim Ausbringen der Ernte vom nächsten Jahr helfen?«, fragte ich Joe.

Sein Lächeln verschwand. »Ich werde nächstes Jahr nicht hier sein. Ich muss nach Atlanta zurück.«

Ich klammerte mich an ihn. »Nein, Joe. Geh nicht zurück.«

»Ich muss. Ich habe zu ihnen gesagt, dass ich zurückkommen werde, sobald ich mich um die Ernte von Mutter und Pop gekümmert habe.«

Ich verstärkte meine Umklammerung. »Wann gehst du diesmal weg?«

Er drückte meine Schulter. »Ich muss jetzt bald gehen, aber es wird schwer sein, in dem Wissen abzureisen, dass eine meiner ältesten Freundinnen krank im Bett liegt.«

Ich lächelte. »Dann wartest du, bis das Baby gekommen ist?«

»Ich werde ein paar Anrufe nach Atlanta machen müssen. Wir werden sehen.«

Am nächsten Tag gingen Helen und Joe zu Fran. Joe überreichte ihr einen Umschlag. »Das ist Milos Anteil an dem Geld.«

Sie öffnete ihn und zog einen auf ihren Namen ausgestellten Scheck heraus. »Nein, Joe, das ist euer …«

»Nein, das ist nicht unser Geld. Willie Dean und Addy und Milo haben die Arbeit am Tabak gemacht. Dies ist sein Geld.«

Sie starrte auf die Zahlen, die auf dem Scheck standen. Sie hatte noch nie etwas in der Hand gehalten, das so viel Geld wert war. »Ich finde nicht, dass es richtig ist, das hier zu nehmen.«

Helen setzte sich an ihr Bett. »Und wir können es nicht nehmen, Fran. Milo hat genug durchgemacht. Als seine Mama und sein Daddy starben, ist vor ihm eine ganze Welt voller Mühsal aufgerissen.«

Fran blickte auf den Scheckbetrag. »Aber hier steht mehr, als der Tabak eingebracht hat.«

Helen sah sie an. »Fran, hier ist niemand mehr, der dein Geld vertrinken wird. Es ist Zeit, dass du in diesem Haus Strom bekommst und eine Waschmaschine und einen größeren Kühlschrank.«

»Ich kann nicht nehmen, was mir nicht gehört.«

»Dann nimm es für Jane, John, Milo und dieses neue Baby.«

Und das tat sie dann auch.

Ich hatte mich seit dem Sommer auf die erste Probe für das Krippenspiel gefreut. Ich konnte es kaum erwarten, jeden Samstag zur Kirche zu rennen und zu üben. Aber bevor John, Milo und ich an jenem Abend hingingen, stieg ich den Bahndamm hinunter und lief zum Haus von Louise und Ruby. Ich arbeitete mich durch das abgestorbene Unkraut und das Gestrüpp und stieg den Hügel zu ihrer Tür hoch. Ruby öffnete mir. »Hallo, Miss Ruby. Ist Louise da?«

»Ich rufe sie.«

Ich trat ein und sah mich in dem schmuddeligen Raum um. An einer Wand, von der der Putz bröckelte, standen ein zerschlissenes Sofa und ein wackeliger Holzstuhl. Beef war durch und durch nichtsnutzig, dachte ich. Louise kam von der Rückseite des Hauses herbei und lächelte, als sie mich sah.

»Wir sind gerade dabei, für unsere erste Krippenspielprobe zur Kirche zu gehen.« Ich wartete kurz, damit Louise etwas sagen konnte. Aber weder sie noch Ruby zeigten eine Reaktion. Also preschte ich vor. »Loretta lässt mich jedes Jahr die Maria spielen, aber ich habe darüber nachgedacht und glaube, dass es an der Zeit ist, dass jemand anders sie spielt.« Louises Augen weiteten ich. »Ich glaube, dass du perfekt dafür wärst.«

»Ich kann so etwas nicht.«

»Da ist überhaupt nichts dabei. Maria sagt nichts. Sie

sitzt einfach nur da und hält das Baby. Manchmal ist es ein lebendiges Baby, wenn eins geboren wurde, aber in diesem Jahr gibt es kein neues Baby, also wirst du einen Kürbis halten.« Sie starrte mich mit aufgerissenem Mund an und sah Ruby an. »Willst du oder nicht? Wir brechen gleich auf.«

»Darf ich, Mama?«

»Das wäre mal was anderes«, sagte Ruby. »Du spielst die Mutter des Jesuskinds höchstselbst.« Ruby wandte sich zu mir hin. »Aber wir sind nie in die Kirche gegangen.«

Ich zuckte die Achseln und lächelte sie an. »Dann ist dies vermutlich eine gute Gelegenheit, damit anzufangen.«

In jener Woche half uns Joe jeden Morgen beim Melken der Kühe und bei der Versorgung der Tiere, und Helen machte uns Frühstück.

Mamas Zimmer betrat Joe nie. Er blieb draußen im Flur stehen und fragte sie, wie es ihr gehe. »Mir geht es gut. Danke, Joe«, sagte sie Tag für Tag.

»Es freut mich, das zu hören«, antwortete Joe, seine Mütze in den Händen drehend.

Meine Hoffnung schwand. Meine Mutter war zu stur und Joe zu schüchtern, als dass je irgendetwas zwischen ihnen passieren konnte.

Nachdem wir unsere Arbeit beendet hatten, liefen John und Milo und ich zur Schule und ließen Mama allein im Haus zurück. Manchmal blieb Helen eine Weile bei Mama und unterhielt sich mit ihr. Oder Loretta, Charlotte oder eine der Frauen aus der Kirchengemeinde kamen und machten sauber und kochten etwas, das dann für unsere

Rückkehr aus der Schule in die Warmhaltekammer des Ofens gestellt wurde.

Wenn wir heimkamen, liefen John und Milo und ich in Mamas Schlafzimmer und erzählten ihr, was am Tag geschehen war. Und wir hörten ihren Schilderungen zu, wer zu Besuch gekommen war und worüber sie sich unterhalten hatten. Nachts schlief ich bei Mama, John und Milo breiteten für sich Strohsäcke auf dem Boden in ihrem Zimmer aus. Im Rückblick weiß ich, dass wir während der Zeit von Mamas Bettruhe zu einer Familie wurden. Bis in die Nacht hinein unterhielten wir uns über alles, was uns in den Sinn kam.

»Wie kommt dein Buch voran, Jane?«, fragte Mama. Sie hatte mich vorher noch nie nach meiner Schreiberei gefragt.

»Ich schreibe es nicht. Ich kann so etwas nicht.«

Sie setzte sich auf. »Wenn Henry imstande ist, sich an den Bach zu setzen und eine wilde Geschichte nach der anderen zu erzählen, dann kannst du dich zweifellos auch hinsetzen und ein Buch schreiben.«

In ihrer Stimme lag ein gewisser Glaube, sodass ich fast geplatzt wäre vor Freude. Ich wollte meine Arme um ihren Hals schlingen, aber ich blieb auf meinem Kissen liegen, weil keiner von uns dafür bereit war.

Zwei Tage lang bemalten wir in der Klasse Magnolienzweige. Jeder Schüler brachte einen Baumzweig vom eigenen Grundstück mit, und wir strichen die großen Blätter in leuchtendem Rot oder Blau oder Gold an. Ich bemalte mehrere Zweige, weil ich sie als Weihnachtsdekoration in Mamas Zimmer stellen wollte. Miss Harmon half uns, schmale Streifen aus Bastelpapier zu schneiden und sie so zusammenzukleben, dass daraus Papiergirlanden entstanden. Ich machte meine extra lang, damit ich sie um das Fenster von Mamas Schlafzimmer hängen konnte. Milo befestigte den Papierstern, den er vorher bemalt hatte, am Kopfteil von Mamas Bett, und John legte ein kleines Büschel Heu auf Mamas Bettkante und steckte drei eingefärbte Kiefernzapfen in die Mitte. Sie sollten Maria, Josef und das Christuskind darstellen, aber trotz aller Bemühungen konnte ich keinerlei Ähnlichkeit mit irgendwelchen menschlichen Gestalten erkennen.

»Wenn das nichts ist«, sagte Mama wieder und wieder und bewunderte unsere Dekoration. »Das ist wirklich wunderhübsch!«

»Joe geht mit uns raus, um Mistelzweige runterzuschießen«, berichtete ich. »Dann hängen wir die hier auch auf.«

»Das wird sicher schön aussehen«, sagte sie.

»Er hat gesagt, dass er uns auch helfen wird, einen Weihnachtsbaum reinzuholen, wenn es dir recht ist.« Wir warteten gespannt auf Mamas Reaktion. Zu Daddys Zeiten hatten wir nie einen Weihnachtsbaum gehabt.

»Das wäre wunderbar, sofern es Joe nicht zu viel Arbeit macht.«

»Macht es nicht«, rief John und rannte aus dem Zimmer. Milo und ich stürmten hinter ihm her.

Wir waren noch nie so stolz oder aufgeregt gewesen wie an jenem Tag, an dem wir die dürre Kiefer über die Weiden der Cannons zu Joes Lastwagen schleiften. Zum ersten Mal in unserem Leben würden John und Milo und ich einen Weihnachtsbaum schmücken. In den vorherigen

Jahren hatte Mama stets dafür gesorgt, dass wir etwas in die Socken gesteckt bekamen, die wir an den Kamin hängten: eine Orange oder ein paar Walnüsse oder vielleicht auch ein Säckchen mit Murmeln oder Gummibällen. Mir war es egal, ob ich dieses Jahr ein Geschenk bekam. Ich wollte nur den Baum aufstellen und hoffte, dass er Milo und meiner Mutter ein wenig Frieden brachte. Wenn es je ein Jahr des Trostes und der Freude gab, dann war es dieses Jahr.

Wir zogen den Baum durch die Eingangstür und legten ihn in der Diele ab. Ich rannte in Mamas Schlafzimmer, um es ihr zu sagen. Aber dann wurde mir bewusst, dass sie uns nicht helfen konnte, ihn zu schmücken. »Glaubst du, dass du uns zusehen könntest?«

»Ich bin sicher, dass mich der alte Doc bis zum Sofa gehen lassen würde.« Sie schlug die Decken zurück und versuchte, ihre Beine zu bewegen, aber dann hielt sie inne.

»Was ist los, Mama?«

»Es tut bloß ein bisschen weh.«

Ich rannte zur Tür. »Joe! Glaubst du, dass du hier reinkommen und Mama raus zum Sofa tragen könntest?«

Mama winkte in meine Richtung, als wollte sie einen Schwarm Bienen verscheuchen. »Jane! Bist du übergeschnappt?«

Joe stand schon vor der Schlafzimmertür, und ich ließ mich nicht bremsen. »Glaubst du, dass du sie tragen könntest, sodass sie zusehen kann, wie wir den Baum schmücken?«

Joe drehte verlegen seine Mütze in den Händen. »Du musst deine Mama fragen, ob sie das will.«

Ich sah zu Mama hin. Sie war kreidebleich. »Mama, Joe trägt dich zum Sofa raus, wenn du das möchtest.«

»Lieber Gott, hab Erbarmen«, murmelte sie und schlug die Hände vors Gesicht.

»Mama!«, sagte ich lauter. »Joe will dich raustragen, damit du ...«

»Okay, Jane. Okay!« Sie schlug die Decken von ihren Beinen zurück und zog ihren Morgenmantel glatt.

Ich wandte mich zu Joe um. »Mama sagt Ja.«

»Geht es dir auch gut, Fran?«, fragte Joe und trat an ihr Bett. Mama schlug eine Decke um ihre Schultern und nickte. »Schrei, wenn ich dir wehtu, dann leg ich dich wieder hin.« Joe schob einen Arm unter ihre Beine und den anderen unter ihren Rücken. Sie verzog das Gesicht, als er sie hochhob, aber ich war die Einzige, die das sah. Joe konnte sich nicht dazu durchringen, sie anzusehen, und sie starrte an die Decke, als er sie durch den Flur in die Diele trug. Er legte sie vorsichtig auf das Sofa und wich dann zurück, als wäre sie aus Dynamit.

»Mann, das ist aber ein prächtiger Baum!«

»Nicht?«, sagte John. »Milo und ich haben ihn geschlagen.«

»Joe hat auch geholfen«, rief Milo und rannte um den Baum, um Joe zu helfen, ihn in den Ständer zu stellen.

Sobald er stand, zogen wir Popcorn und die Beeren der Mistelzweige, die Joe von den Bäumen hinter dem Cannon-Haus geschossen hatte, auf Fäden. Joe tat sein Bestes, uns zu helfen, aber er hatte zwei linke Hände. Er machte tapfer weiter – zum Teil, wie ich glaube, weil ihm das die Möglichkeit gab, in Mamas Nähe zu sein.

Ich bewunderte unseren Baum. Joe half uns, aus zwei Papiertüten einen Stern zu schneiden, und John und Milo und ich malten ihn mit roten und blauen Buntstiften an.

Dann klebten wir die beiden Sterne zusammen, und Joe hob Milo hoch, sodass er den Stern vorsichtig über die Spitze des Baumes schieben konnte. Zusammen mit John und Milo hüpfte ich freudig umher.

Mama und Joe lachten, als sie uns sahen, und für einen Augenblick hatte ich das Gefühl, dass wir so etwas wie eine Familie waren. Ich betete, dass Gott uns einen Weg weisen würde, eine richtige Familie zu werden.

Am späten Nachmittag kam Margaret unsere Auffahrt hochgefahren. Fred rannte zu ihr, um sie zu begrüßen, wie er das immer tat. Sie brachte einen Topf mit Hühnerfleisch und Knödeln mit, und ich stellte ihn auf den Ofen, während sie zu Mama ging, die noch immer auf dem Sofa lag.

»Schön, dich zu sehen, Margaret«, sagte Mama freundlich. Zu freundlich, fand ich.

»Ist das ein schöner Baum! Wie geht es dir, Frannie?«

»Ich schaff's schon.« Die Stimme meiner Mutter hatte einen seltsamen Klang.

»Wo sind John und der kleine Junge?«

»Sein Name ist Milo. Du kannst ihn ruhig beim Namen nennen, so, wie jeder auch dich bei deinem Namen nennt.«

»Ich hab's nicht böse gemeint, Fran. Ich wollte...«

»Nur mal vorbeischauen, um zu sehen, wie es mir geht. Ich weiß.«

Ich unterbrach meine Arbeit in der Küche und schlich durch den Flur zur Dielentür. Sie stand einen Spalt offen, so konnte ich Mama und Margaret beobachten, ohne dass sie mich sahen.

»Natürlich bin ich gekommen, um zu sehen, wie es dir geht.« Margarets Stimme war angespannt.

»Du bist nicht gekommen, um mich zu sehen.« Ich spürte mein Herz hämmern. Was sagte meine Mutter da? »Du hast mich schon seit Wochen nicht mehr besucht. Sonst bist du immer diese Auffahrt hochgekommen, und deine Kinder sind aus dem Laster gesprungen, um im Stall mit Jane und John zu spielen. Du hast deine Jungs nicht mehr mitgebracht, seit Milo in diesem Haus ist, weil du fürchtest, seine farbige Haut könnte mit deinen Jungs in Kontakt kommen.«

»Ich würde meine Jungs nicht davon abhalten, mit deinen Kindern zu spielen.«

Es folgte eine lange Pause. »Ich habe nicht von meinen Kindern gesprochen. Ich habe von Milo gesprochen. Du streichelst den Hund, aber zu ihm würdest du nie ein Wort sagen.« Margaret schnaufte ärgerlich, aber sie erwiderte nichts. »Du streitest es nicht ab, Margaret.«

Margaret lief herum. »Du hast deinen Verstand verloren, Fran Gable. Wir sind miteinander befreundet, seit wir nicht größer waren als John, und du bist ...«

»Warum hast du es getan, Margaret?« Margaret starrte Mama lange an. »Mir ist egal, wie du es getan hast. Du bist immer klug gewesen. Du warst in der Schule immer viel klüger als ich. Du warst klüger mit der Auswahl deines Ehemannes. Ich will einfach nur wissen, warum du meine Kuh getötet hast.«

»Der Herr im Himmel steh uns bei!«, rief Margaret und drehte sich um.

»Ich weiß, dass du es warst, Margaret. Du kannst mich ruhig ansehen. Zuerst wusste ich es nicht. Ich dachte, es wäre Beef gewesen. Joe sagte zu mir, Beef sei zu dumm und zu faul, um so etwas zu tun, aber ich habe ihm nicht geglaubt. Ich hätte für den Rest meines Lebens gedacht, dass es Beef gewesen ist. Aber dann hat Ruby während jenes Platzregens zufällig erwähnt, dass Beef donnerstags und freitags immer nach Morristown zum Arbeiten fährt. Meine Kuh ist an einem Freitag gestorben. Da ich hier seit einer Woche herumliege, denke ich viel nach, und es kommt mir wirklich seltsam vor. Als Beef eines Tages hierherkam, hat ihn der Hund ununterbrochen angebellt. Dich bellt er nicht an. Wenn Beef seinen Fuß mitten in der Nacht auf dieses Grundstück gesetzt hätte, dann weiß ich, dass Fred dies jedem laut und deutlich mitgeteilt hätte. Aber wenn du kamst, nun, dann hat er nur einen Freund gesehen und sich gleich wieder hingelegt.«

Ich hielt den Atem an. Margaret rührte sich nicht und versuchte auch nicht, irgendetwas zu sagen. Dann fuhr meine Mutter fort zu sprechen. »Es hat sicher eine Menge Mühe gekostet, all die Ränke und Pläne zu schmieden, nur um einen kleinen Jungen loszuwerden.«

Margaret kehrte Mama noch immer den Rücken zu. »Einen kleinen Jungen, der dir nichts als Probleme eingebracht hat, Fran.« Sie drehte sich abrupt um. »Dein ganzes Leben wird nichts als Mühsal sein.«

»Vielleicht. Ich bin nicht wie du imstande, in die Zukunft zu sehen. Alles, was ich tun kann, ist, das zu tun, was von mir erwartet wird.«

Ich konnte sehen, dass Margaret aus dem Fenster auf die Schienen blickte. »Und nun, Fran?«

»Du kannst nach Hause gehen. Du sollst wissen, dass ich dir hier und heute all die von dir verursachten Schwierigkeiten vergebe und auch das, was du meiner Kuh angetan hast. Ich weiß, dass ich, wenn ich das nicht tue, so wie du von Gemeinheit zerfressen werde, und das ist keine Art zu leben. Aber das bedeutet nicht, dass ich dich als meine Freundin bezeichnen muss. Ich glaube, dass wir inzwischen weit darüber hinaus sind. Ich werde Sheriff Dutton nichts darüber sagen. Deine beiden Jungen brauchen eine Mama. Also geh nach Hause, wo du hingehörst, und lass uns in Frieden.«

Ich hastete fort und versteckte mich neben dem Garderobenschrank im Flur. Als Margaret vorbeiging, hielt ich die Luft an. Mein Herz schlug mir bis zum Halse. Mama stand schwerfällig auf und ging zur Tür, die zum Flur führte. Als sie mich neben dem Garderobenschrank entdeckte, sah sie mich lange an, und ich bemerkte, dass Tränen in ihren Augen standen. Natürlich wusste sie, dass ich die ganze Zeit gelauscht hatte. Ich nickte ihr zu, und sie ging vorsichtig den Flur entlang zu ihrem Schlafzimmer.

Dies sollte unser Geheimnis bleiben.

ZWÖLFTES KAPITEL

Unsere letzte abendliche Probe für das Krippenspiel fand drei Tage vor Weihnachten statt. Nach der Schule ließen wir Mama, die darauf bestand, allein zu Hause zurück.

»Aber Henry könnte herkommen und bei dir bleiben«, sagte ich.

»Henry braucht nicht herkommen und bei mir hocken. Er hat genug zu tun. Geht los und gebt bei der Probe euer Bestes.«

Loretta führte die Kinder in die Kirche, Charlotte arbeitete an der Fertigstellung der letzten Kostümteile: Sie ummantelte die Pappkronen der weisen Männer aus dem Morgenland mit Folie und probierte unterschiedliche Handtücher als Kopfbedeckung für die Schäfer aus. Und sie steckte das Laken, in das ich als Engel gehüllt war, so um, dass ich nicht stolperte, wenn ich die Geburt Christi verkündigte.

Die Rollen waren bei unserer ersten Probe verteilt worden. John hoffte darauf, einen der Weisen spielen zu können. »Ich habe keine Lust mehr, jedes Jahr ein Handtuch auf dem Kopf zu tragen«, hatte er gesagt. In Wirklichkeit wollte jedes Kind ein Weiser sein, sogar die Mädchen, weil die weisen Männer aus dem Morgenland mit Dosenfolie veredelte Kronen und Backpulverdeckel trugen, die mit Goldfarbe bemalt worden waren, sodass sie wie Geschmeide aussahen.

Loretta hatte die Notizen durchgelesen, die sie sich auf

die Rückseite eines Lagerzettels aus dem Laden gemacht hatte. Alvin Dodson würde den Josef und Louise die Maria spielen. Wie vermutet, übernahm ein Kürbis die Rolle des Christkindes. Ich war der Engel und drei andere Jungen die Hirten. Ned war der Gastwirt. Ich wusste, dass die Rollen der Weisen an die älteren Jungen und Mädchen vergeben wurden, das war immer so. Daher gab es für Milo eigentlich keine Rolle. Aber ich sollte mich irren.

Loretta blickte über ihre Brillengläser hinweg. »Delroy und Lyndon werden Weise spielen und – Milo? Könntest du dieses Jahr auch einen Weisen spielen?« Das war unsere Besetzung. Wir waren ein bunter Haufen, aber irgendwie glaube ich, dass das auch für die Mitwirkenden der ersten Weihnacht zutraf.

Bei jener letzten Probe stand ich auf einer Leiter und hob meine Arme, sodass sich der Stoff des Lakens ausbreitete, und sprach zu den Hirten, die einander in die Arme kniffen und stießen: »Seht, ich verkündige euch große Freude…« Die Hirten fielen theatralisch schreiend auf den Boden.

»Ihr werdet doch nicht erschossen«, sagte Loretta und eilte zu ihnen. »Wenn ihr den Engel seht, müsst ihr nur überrascht aussehen und euch dann mit einem Bein niederknien, um zuzuhören. Das hab ich euch doch schon so oft gesagt.« Ich versuchte es erneut, und diesmal fielen nur zwei Hirten auf den Boden. Das lag in Lorettas Augen im Bereich des Möglichen, deshalb unterbrach sie uns diesmal nicht.

Charlotte ließ einen von einer Angel herabhängenden Pappstern über unseren Köpfen baumeln, und die drei Weisen aus dem Morgenland folgten ihm. Delroy Jenks streckte seinen Arm aus und schlug gegen den Stern, sodass er sich um die Angelrute drehte. »Berühr den Stern nicht, Delroy«, rief Loretta. »Kein Lebender hat je einen Stern berührt. Noch nicht einmal ein weiser Mann.« Charlotte entwirrte die Schnur, und die Weisen gingen erneut den Gang entlang. »Schreitet so, als wärt ihr weise«, befahl Loretta.

Milo ging voran. Er hielt eine rot bemalte Zigarrenschachtel in den Händen und konzentrierte sich aufs Gehen. Das war auch nötig, weil ihm die Krone über die Augen rutschte. Charlotte eilte zu ihm und rückte die Krone wieder zurecht. Sie gingen zum Stall (angedeutet durch ein paar Ballen Heu und einige Milchkannen) und verbeugten sich vor Alvin und Louise. »Pass auf, dass der Kürbis bedeckt bleibt«, flüsterte Loretta Louise zu. »Wickel ihn ganz in die Decke ein und tätschel ihn ab und zu wie ein richtiges Baby.« Louise klopfte dem »Baby« den Rücken, und prompt rutschte der Kürbis ihr aus der Decke. Loretta rannte hinter dem davonrollenden Kürbis her. »Lass doch Jesus nicht aus seinen Windeln fallen! Das steht nirgends in der Bibel«, rief sie durch die Kirche, sodass alle es hörten.

Ich nahm mein Laken ab und fragte Loretta, ob ich nach Hause gehen könne, um bei Mama zu sein. Sie nickte, und ich rannte davon. Es war schon fast dunkel, darum beeilte ich mich; wieder und wieder übte ich die Zeile, die ich als Engel zu sprechen hatte, bis ich sie konnte. Ich lief den Bahndamm hoch und durch die Küchentür ins Haus.

»Ich bin wieder da«, rief ich und warf meinen Mantel ab. Mama antwortete nicht. Ich ging zu ihrem Schlafzimmer. »Mama! Ich bin wieder da.« Ich ging in ihr Zimmer, aber sie war nicht dort. »Mama!«, schrie ich mit schriller Stimme. Ich lief durch den Flur, in der Diele fand ich sie. Sie lag neben der Tür am Boden, ihr Nachthemd war voller Blut. Schreiend warf ich mich neben sie auf den Boden. »Mama!«

»Lauf!« Ihre Stimme war schwach und kaum zu hören.

Ich rannte, so schnell ich konnte, zu den Cannons, wie ich es im Laufe der vergangenen Monate so oft getan hatte. Die Dunkelheit brach schon an. *Wir haben in diesem Jahr bereits genug Menschen unter die Erde gebracht, lieber Gott, und ich finde, du hast schon sehr viele bei dir im Himmel. Also bitte, lass meine Mama und dieses Baby nicht sterben. Bitte, rette sie.* Ich stürmte durch die Tür der Cannons. »Mama blutet!«, stieß ich aus.

Helen lief direkt zum Telefon. »Ich ruf Doc an.« Joe griff meine Hand und rannte mit mir zum Transporter. Bevor ich die Tür schließen konnte, brauste er schon los. Wir rasten unsere Auffahrt hoch, und Joe stürmte zum Haus und stieß die Küchentür auf. »In der Diele«, rief ich und rannte hinter ihm her.

Er kniete sich neben sie hin. »Fran!« Er berührte ihr Gesicht, aber ihre Augen waren geschlossen. »Fran!« Ihre Augen öffneten sich, schlossen sich aber gleich wieder. Joe hob sie hoch, trug sie ins Schlafzimmer und legte sie behutsam auf das Bett.

»Warum blutet sie?«, schluchzte ich. »Was ist los?«

»Ich weiß es nicht, Jane. Lauf in die Küche und setz für Doc Wasser zum Kochen auf den Herd.« Meine Beine waren wie taub, meine Augen voller Tränen; ich konnte die Töpfe nicht finden. Ich riss alle Schranktüren auf.

Bitte, lass sie leben, dachte ich wieder und wieder. Irgendwann rannte ich zum Brunnen, füllte einen großen Topf mit Wasser und stellte ihn mit solch einem Schwung auf den Herd, dass das Wasser auf den Boden schwappte. Ich hastete in Mamas Zimmer zurück.

»Bleib bei deiner Mama, Jane«, sagte Joe. »Ich hol ein paar Handtücher und Laken.«

Ich setzte mich neben Mama und weinte und weinte. »Jane, hör mir zu.« Mamas Gesicht sah mitgenommen aus und war schweißbedeckt. »Ich weiß, dass es Zeiten gegeben hat, in denen ich dir und John keine gute Mama war.«

Ich schüttelte den Kopf. »Das ist nicht wahr, Mama. Das ist kein bisschen wahr.«

»Ich weiß, dass ich mehr hätte tun müssen, um von deinem Daddy wegzukommen.«

Tränen rannen mir über das Gesicht. »Nein, Mama. Du hättest nicht mehr tun können.«

»Sag John, dass ihr beide der Grund dafür wart, warum ich jeden Morgen aus dem Bett aufgestanden bin. Sag ihm das.«

Ich wischte mir mit dem Arm die Nase ab. »Er kommt, Mama. Er wird gleich hier sein. Du kannst es ihm selbst sagen.«

Plötzlich wölbte sich ihr Rücken und sie hielt sich schreiend den Bauch. Erschrocken sprang ich auf. Keuchend rang sie nach Luft und sah mich an.

»Stirb nicht, Mama. Bitte stirb nicht.«

Der Schmerz raubte ihr den Atem. »Wein nicht, Jane.« Ich nickte und wischte meine Tränen mit dem Ärmel ab. »Sei ein großes Mädchen für John und Milo.«

»Stirb nicht, Mama«, schluchzte ich. Ich griff ihre Hand, und dann hörte ich die Tür knallen.

Doc kam mit Joe ins Zimmer gestürzt. »Jane! Bitte geh in die Küche und warte dort auf Henry und Loretta.«

»Ich will aber...«

»Geh, Jane!«

Ich verließ das Zimmer, und Doc schloss die Tür hinter mir. Ich ließ mich auf den Boden sinken und presste mein Ohr an die Tür. Mein ganzes Leben lang hatte ich Leute über Frauen reden hören, die bei der Geburt gestorben waren. Erst kurz zuvor war eine junge Frau gestorben, und man hatte sich darüber in Henrys Landen unterhalten. *O Gott, bitte! Bitte, rette meine Mama. Bitte, rette meine Mama.* Tränen strömten unaufhörlich meine Wangen hinunter, und ich wischte mit einem Pulloverärmel immer wieder über mein Gesicht, um es zu trocknen. Ich weiß nicht, wie lange ich dort hockte, bis Henry und Loretta mit John und Milo hereinkamen. Ich streckte meine Arme nach Henry aus, und er hob mich hoch. Loretta öffnete die Tür zu Mamas Zimmer. Joe kam in den Flur heraus.

»Was tut er?«, fragte ich.

Joe wirkte verängstigt und kraftlos. »Er versucht, deiner Mama zu helfen.« Er klang nicht so, als würde Doc sehr viel Gutes bewirken.

»Sie hat geblutet«, sagte ich. »Irgendetwas Schlimmes ist da los.«

»Doc ist bei ihr«, erwiderte Henry und setzte mich neben John und Milo aufs Sofa. »Er hat schon unglaublich viele Babys auf die Welt geholt.«

»Aber was ist, wenn das Baby nicht geboren werden

soll? Was, wenn es sterben soll wie alle anderen in diesem Jahr?«

»Pscht, pscht, pscht. Sprich nicht so.«

Loretta stürzte aus dem Zimmer und kehrte blitzschnell mit ein paar Sachen zurück, die ich nicht sehen konnte. Ein paar Minuten später hörten wir Mama schreien, und ich griff nach Henrys Hand. John kauerte sich an ihn, und Joe hielt Milo auf seinem Schoß fest. Ein weiterer Schrei zerriss die Stille in der Diele, und ich presste die Hände an die Ohren. *Bitte, bitte, bitte,* flüsterte ich. *Bitte lass sie leben. Was soll aus uns werden, wenn meine Mama auch noch stirbt?*

Pete und Charlotte kamen und gesellten sich zu uns, aber niemand sagte etwas, erst recht nicht laut. Pete blieb ein paar Minuten, dann stand er auf und legte Henry eine Hand auf die Schulter. »Ich gehe und sage den Leuten, was geschehen ist«, sagte er. Ich sah ihm hinterher, und mein Herz pochte heftig. Er wusste, dass es meiner Mutter und dem Baby schlecht ging. Charlotte kochte Kaffee für die Männer und bestrich für alle Salzkekse mit Erdnussbutter, aber niemand aß sie.

Helen und Del kamen, und als Helen Mama schreien hörte, eilte sie zur Schlafzimmertür. »Henry«, sagte sie, »bring die Kinder in mein Haus.«

»Nein!«, rief ich so laut, dass es mich selbst erschreckte. »Es tut mir leid, Miz Cannon, ich will nicht unhöflich sein, aber ich gehe nicht weg, während meine Mama da drinnen ist.«

»Ich auch nicht«, sagte John.

»Ich auch nicht«, sagte Milo.

Sie verschwand ins Schlafzimmer. Als Mamas Stöhnen

und Schreie wieder laut wurden, rannte Milo auf die hintere Veranda. Joe folgte ihm und nahm ihn auf den Arm. Er zitterte, und seine Augen waren so weit aufgerissen wie die der Eule im Stall, die sich immer auf den Dachsparren dort niederließ. »Es ist gut, Milo.«

»Meine Mama hat geschrien.« Tränen stiegen Milo in die Augen, und Joe drückte ihn an sich. »Meine Mama hat geschrien.« Joe trug ihn in den Hof und blieb oben auf dem Bahndamm stehen. »Sie stirbt«, stieß Milo hervor. »Ich weiß, wie sich das anhört. Ich weiß, wie es sich anhört.«

»Sie schreit, weil ein Baby auf diese Welt kommt.« Joe hatte Angst, aber er ließ seine Stimme sicher klingen. »Das Baby hat sich entschieden, heute Abend zu kommen.« Joe setzte sich auf den Boden und hielt Milo wartend auf seinem Schoß.

Ich schob meine Hand in Henrys. »Sie stirbt, nicht, Henry?«

»Deine Mama hat in ihrem ganzen Leben noch nie aufgegeben«, sagte er, aber seine Handfläche war schweißnass. Er stand auf und lief im Zimmer auf und ab.

Es vergingen zwei Stunden, bis Mama aufhörte zu schreien. Danach konnten wir sie von Zeit zu Zeit stöhnen hören, und dann die flüsternden Stimmen von Loretta, Helen und Doc. Joe stand mit Milo und John am vorderen Fenster und starrte in die Dunkelheit. In jener Nacht verstrich die Zeit zäh. Wir saßen stundenlang zusammen in der Diele, aber niemand bewegte sich bis auf Henry, der gelegentlich Holz im Ofen nachlegte.

Irgendwann in den frühen Morgenstunden öffnete Loretta die Schlafzimmertür und kam in die Diele. Sie sah mitgenommen aus, aber sie lächelte und hielt etwas in den Armen, das in eine Decke gehüllt war. »Was ist das?«, fragte ich.

»Na, ein Kürbis ist es nicht.«

»Wird Mama leben?«

»Ja, aber wir werden uns alle noch lange um sie kümmern müssen.«

Joe schlüpfte an uns vorbei in Mamas Zimmer und sah Doc an. »Wie geht es ihr?«

»Es war schwer für sie. Das Baby hatte sich gedreht und wollte nicht kommen. Ich musste ihr das Becken brechen.« Blutgetränkte Laken lagen zerknüllt auf dem Boden, und Joe wandte sich von ihnen ab. »Ich habe die Blutung gestoppt, bevor das Blut ihre Bauchhöhle füllen konnte, aber sie hat dennoch sehr viel Blut verloren. Sie ist sehr geschwächt und wird lange schlafen.«

Joe setzte sich neben ihr Bett und blieb dort die Nacht über.

»Das Baby!«

Loretta stand von ihrem Stuhl auf und hielt einen Finger an ihre Lippen. »Es geht ihm gut, Fran.« Sie zeigte auf eine am Boden stehende Schublade, die mit Decken ausgeschlagen war. »Er hat sehr gut geschlafen. Wie fühlst du dich?«

»Als ob ich überfahren worden wäre.«

»Es wird lange dauern, bis bei dir alles verheilt ist, Fran. Also schone dich so lange, wie es nötig ist.« Loretta sah das kleine Bündel an. »Er wollte unbedingt auf diese Welt kommen.«

Fran lächelte. »Addy hat gesagt, dass er ein Kämpfer

werden würde.« Sie sah ihr schlafendes Baby lange an. »Er ist ein hübsches Baby, nicht?«

»So ziemlich das hübscheste, das wir seit langem in Morgan Hill gesehen haben. Er sieht aus wie seine Mama.«

»Wo sind die Kinder?«

»Draußen mit Joe beim Melken.« Fran sah zu Loretta hoch. »Er ist die ganze Nacht hier gewesen. Hat hier auf dem Stuhl gesessen und sich nicht gerührt.« Loretta ging durchs Zimmer. »Lass mich dir schnell etwas zu essen holen. Du brauchst etwas, das dir Kraft gibt. Danach musst du wieder schlafen.«

Loretta schlug Eier fürs Frühstücksomelett auf, als wir auf Zehenspitzen zurück ins Haus schlichen. »Eure Mama ist wach«, sagte sie. John und Milo und ich rannten ins Schlafzimmer. »Weckt das Baby nicht auf«, rief sie hinter uns her.

Mama sah schwach aus. Die dunklen Ringe unter ihren Augen waren ausgeprägter als je zuvor. Ich hatte sie noch nie so krank aussehend erlebt.

»Hast du ihn schon richtig angesehen?«, fragte ich.

»Hab ich.«

»Er ist süß, nicht?«

»Er sieht wunderschön aus.«

»Wie wirst du ihn nennen?«, fragte John.

»Das weiß ich noch nicht genau.«

»Wir haben darüber nachgedacht«, sagte ich.

»Und was ist euch eingefallen?«

Ich sah zu John und Milo. »Uns gefällt Willie Dean Henry Joseph Del Gable.«

Sie lächelte. »Wenn wir ihn all das nennen, wird er sich

eines Tages möglicherweise von uns abwenden. Wie wäre es, wenn wir ihn Will Henry nennen würden?«

John und Milo und ich sahen einander an und lächelten. Will Henry. Unser Bruder. John und ich rannten in die Küche, um es Loretta zu erzählen.

Milo setzt sich auf Mamas Bett, und sie lächelte. »Du stirbst nicht, Ma'am?«

»Nein, Milo. Jedenfalls jetzt noch nicht.«

Er nickte, stand auf und verließ das Zimmer, nachdem er sich noch einmal vergewissert hatte, dass sie auch wirklich atmete.

Am Abend vor dem Weihnachtstag gingen alle Bewohner von Morgan Hill in die Kirche, um sich das Krippenspiel anzusehen. Tante Dora kam von Ohio angefahren, um Will Henry zu begutachten. Als sie ins Haus kam, umarmte ich sie. Helen sagte, dass sie bei Mama und dem Baby bleiben würde. Joe fuhr John, Milo und mich zur Kirche, damit wir unsere Kostüme anziehen konnten. »Fahrt wieder zurück«, sagte Loretta und gab uns unsere Sachen. »Wir bringen die Aufführung zu deiner Mama.«

Joe und Pete stellten Heuballen auf und verteilten sämtliche Laternen, die sie besaßen, draußen vor Mamas Fenster, um unsere Bühne zu erleuchten. Die Luft war kalt und klar, eine schöne Winternacht für die Aufführung. Ich fragte Loretta, ob Louise Will Henry als Christkind verwenden könne, aber das wollte sie nicht, weil er gerade erst geboren worden war.

Die ankommenden Zuschauer stellten sich an beiden Seiten der Krippe auf. Sie waren in dicke Mäntel eingehüllt, alle hielten sie Laternen. Unsere kleine Farm strahlte im Licht. Unser Atem erzeugte kleine Wolken, als wir sangen. Hoby Kane, Reverend Alden und seine Frau kamen von Greeneville herbei, um uns zuzusehen, ebenso mehrere Mitglieder der Mount Zion Baptist Church. Ihre Stimmen erschollen laut, als wir sangen, mir lief ein Schauer über den Rücken.

Pete Fletcher gab die Geburt von Will Henry für jene bekannt, die noch nicht davon gehört hatten, und alle jubelten. Henry öffnete das Fenster für Mama, sodass sie das Krippenspiel auch hören konnte. Ich konnte sie sehen, wie sie zu uns hinausschaute, während sie Will Henry im Arm hielt. Ich war so glücklich, dass sie noch bei uns war. Wir Kinder standen auf den Heuballen und sangen lauter als je zuvor, besonders ich, weil ich wollte, dass Mama mich hörte. Ich wollte, dass der ganze Himmel die Kinder der Morgan Hill Baptist Church von der Geburt Christi singen hörte und dass Willie Dean, Addy und Rose in die Hände klatschten, während sie uns zusahen. Offenbar hatten alle die gleiche Absicht, weil dies das beste Krippenspiel war, das wir je aufgeführt hatten, und einer der schönsten Abende, an die ich mich erinnern kann.

Am Weihnachtsmorgen wachte John als Erster auf. »Es ist Weihnachten«, rief er und sprang von seinem Strohsack auf. Will Henry fuhr aus dem Schlaf hoch und begann zu schreien. »Lass uns nachsehen, ob der Weihnachtsmann da gewesen ist.« John und Milo rannten in ihren langen Unterhosen zur Diele. Ich war aufgeregt, aber ich lief nicht zum Baum. Ich wusste, dass dort keine Geschenke für uns sein würden. Ich beugte mich herab, hob das Baby hoch und hüllte es in seine Decke. »Er war da!«, rief John. »Der Weihnachtsmann ist wirklich hier gewesen!«

Ich lief mit Will Henry in die Diele, und mir fiel der Kiefer runter. Unter dem Baum lagen eingewickelte Geschenke, und unsere vom Kamin herabhängenden Socken beulten sich, weil irgendetwas hineingesteckt worden war. Milo und John krabbelten auf Händen und Knien um den Baum herum und versuchten, die Namen auf den vier Päckchen zu entziffern. »Ich kann das hier nicht lesen«, sagte Milo und reichte John eines der Geschenke. »Was steht da drauf?«

»Na, das ist ein *J*, also muss es meins sein!«

Ich nahm ihm das Geschenk ab. »Da steht Jane. Das da drüben heißt John und das eine da heißt Milo, und dies hier ist für Will Henry.« John und Milo griffen nach ihren Geschenken und rannten in Mamas Zimmer. Ich gab ihr das Baby, sodass ich die Socken vom Kamin holen konnte. Wir schütteten den jeweiligen Inhalt der Socken auf dem Bett aus und schrien und lachten, als wir Gummibälle und Murmeln und Zinnsoldaten und ein paar der schönsten, rundesten Orangen vorfanden, die wir je gesehen hatten. Mama knabberte ein paar Walnüsse, die aus einer Socke fielen, während John und Milo und ich um die Wette Schokoladenbonbons in uns hineinstopften.

»Wer soll als Erster sein Geschenk öffnen?«, fragte Mama.

»Milo soll anfangen«, sagte ich. John war einverstanden, und Milo riss das braune Packpapier auf. Er öffnete die darin eingeschlagene Schachtel und zog einen Baseball hervor. John kreischte, als er ihn sah. Milo rollte ihn in den Händen hin und her, während John sein Päckchen hastig aufriss. Er zog einen Fängerhandschuh hervor, und jetzt begannen beide Jungen zu schreien. »Ein echter Baseball und ein Fängerhandschuh«, rief John.

Mama wickelte Will Henrys Geschenk aus – sie zog ein winziges, mit Gänsefedern gefüttertes Jäckchen aus dem Papier hervor. Fassungslos fuhr sie mit den Fingern über die Stickerei. »Wer hat das bloß ...?«

»Jetzt bist du dran, Jane«, sagte Milo, bevor Mama ihren Satz zu Ende bringen konnte.

Ich schob meinen Finger unter das Klebeband des Päckchens, damit das Einschlagpapier heil blieb, und öffnete es behutsam an beiden Enden. Dann hob ich den Deckel der Zigarrenschachtel, die darunter zum Vorschein kam, und rang nach Luft, als ich darin einen Schreibblock entdeckte. »Jetzt kannst du damit beginnen, deinen Roman zu schreiben«, sagte Mama. Ich nahm den Schreibblock heraus und sah das schönste Buch, das ich je in meinen Händen gehalten hatte, schwarz mit Goldrand. »Die drei Musketiere!«

Ich glaubte eigentlich schon lange nicht mehr an den Weihnachtsmann, gleichzeitig wusste ich, dass Henry es sich nicht leisten konnte, so viele Geschenke zu kaufen. Aber, dachte ich, wenn er die Geschenke nicht gebracht hat, wer dann? Es musste also doch einen Weihnachtsmann geben. »Woher wusste der Weihnachtsmann das?«, fragte ich Mama.

Mama lächelte. »Ich glaube, er hat viele Helfer gehabt.«

Helen und Loretta brachten das Weihnachtsessen zu uns. Henry und Del und Joe mussten mehrere Male zu ihren Transportern gehen, um all die Speisen auszuladen. Loretta setzte sich zu Milo an den Tisch und zog einen Umschlag aus ihrem Portemonnaie. Sie überreichte ihm drei Fotos. »Das sind die Fotos, die ich an dem Tag aufgenommen habe, an dem du all den Fisch gefangen hast. Ich hatte den Film vergessen und ihn erst jetzt entwickeln lassen.«

Ich blickte Milo über die Schulter und sah die Fotos von ihm und Willie Dean, Addy und Rose, die an jenem strahlenden Tag im Juli aufgenommen worden waren, als sie uns alle besucht hatten. Willie Dean grinste über das ganze Gesicht, und Addy und Milo lachten. Rose hing am Hals ihres Daddys.

Milo betrachtete schweigend die Fotos. »Ich werde ein paar kleine Bilderrahmen für sie besorgen, damit du sie immer ansehen kannst«, sagte Loretta. Milo sagte nichts. Er hielt die Fotos den ganzen Tag in der Hand. Als Loretta sie ein paar Tage später rahmte, stellte er sie auf die Kommode in unserem gemeinsamen Schlafzimmer, wo sie stehen blieben, bis er erwachsen war. Addys Medaillon legte er dazu. Es war sein einziger Familienbesitz.

Später, als wir alle beisammensaßen und aßen, begann das Baby zu schreien. Ich stand auf, um es in die Küche zu holen. Joe kam mir nach.

»Fröhliche Weihnachten, Fran«, sagte Joe und spähte ins Schlafzimmer.

»Fröhliche Weihnachten, Joe.« Er nickte und wollte wieder gehen. »Danke, Joe«, rief Fran hinter ihm her. Er blieb auf der Türschwelle stehen. »Loretta hat mir erzählt, dass du hier der Erste warst, der geholfen hat, als Will Henry kam. Und Henry hat gesagt, dass du mich in jener Nacht, in der das Konzert gegeben wurde, aus der Schule getragen und nach Hause gebracht hast. Ich habe dir nie dafür gedankt.« Joe drehte seine Mütze in den Händen. Dann ging er zu dem Stuhl, der neben Mamas Bett stand, und blieb daneben stehen. »Es ist in Ordnung. Du kannst dich neben mich setzen.«

Sie schwiegen beide lange, und als sie sprachen, war ihre Unterhaltung stockend, voller Zögern und Verlegenheit. »Ich weiß, dass du lange genug hiergeblieben bist, um die Geburt des Babys mitzuerleben. Danke.«

»Ich fand es nicht richtig abzureisen, während du ans Bett gebunden warst.«

Sie zog ihren Morgenmantel fest um sich und glättete die Decken, die ihre Beine bedeckten. »Vermutlich wirst du bald nach Atlanta aufbrechen.«

Sie lauschten den Stimmen in der Küche, die sich um Will Henry drehten. Joe räusperte sich und richtete sich im Stuhl auf. »Fran, ich war damals ein Dummkopf.« Er sprach leise.

Sie sah ihn nicht an. »Nein, Joe. Das warst du nicht.«

»Ich war ein ängstlicher, schüchterner Junge und...«

»Du brauchst nichts zu sagen, Joe. Ich hätte meine Kinder nicht, wenn die Dinge anders gewesen wären.«

Sie lauschten dem Ticken der Uhr am Krankenbett. Fran sah aus dem Fenster.

Joes Bein wippte auf und ab, und er presste seine Hand darauf, um es stillzuhalten. »Fran.« Seine Stimme war weich, und sie lauschte angespannt. »Ich will nicht nach Atlanta zurückgehen. Ich habe die vergangenen beiden Wochen mit meinem Kumpel telefoniert und mit seinem Pop und versucht, meine Rückfahrt hinauszuschieben, weil ich einfach nicht... Das Einzige, was ich tue, wenn ich da bin, ist, darüber nachzudenken, was hier ist ... wer hier ist. Ich arbeite und sehe die Gesichter dieser Kinder, und ich sehe deins, und ich kann es nicht ertragen. Alles, was ich will, befindet sich hier.« Frans Augen füllten sich mit Tränen. »Ich bin vielleicht bloß ein Farmer. Jene zwei Morgen Tabak sind möglicherweise das einzig Wertvolle, was ich je besitzen werde, aber ich würde gut zu dir sein.« Sie wandte ihm nicht ihr Gesicht zu. »Und ich würde gut zu den Kindern sein.« Sie rührte sich immer noch nicht. »Fran, wenn du mich hättest, würde ich dir helfen, deine Kinder wie meine eigenen aufzuziehen.« Es herrschte Stille im Raum. Ihr taubes Ohr war ihm zugewandt. Er glaubte nicht, dass sie ihn gehört hatte.

Aber dann drehte sie sich um und streckte ihre Hand nach seiner aus. Sie hatte ihn gehört.

Es war ein klarer Tag im Juni, als wir uns im Hof der Cannons versammelten. Von dem Platz aus, auf dem wir standen, konnte man den Ort, an dem das Haus der Turners einst gestanden hatte, nicht sehen. Eine dichte Wolkenbank verdeckte die Sonne, aber es war trotzdem schön unter den großen Magnolienbäumen. Mama trug ihr bestes Baumwollkleid, weiß mit winzigen rosa Blumen. Ihr Gesicht war weich, und sie strahlte, ganz anders als in den vergangenen Tagen. Sie war schön wie nie zuvor. Joe strahlte an jenem Tag ebenfalls. Wenn ich mir im Rückblick die Bilder anschaue, zeigen sie, dass er jungenhaft und anziehend in seinen dunklen Hosen und dem weißen Hemd wirkte.

Gut ein Jahr zuvor, als Pete die Beerdigung meines Daddys durchführte, hatte er gezittert. Aber als er meine

Mutter und Joe traute, wirkte er sicher. Ich hielt Will Henry und stand neben Mama, und John und Milo flankierten Joe, jeder von ihnen hielt eine seiner Hände. Es erschien passend, auf dem Hof der Cannons eine Hochzeit abzuhalten. Das Land, auf dem eine Familie ihr Leben verloren hatte, brachte nun eine neue Familie hervor.

An jenem Tag platzte ich fast vor Glück. Gott hatte meine Gebete erhört und uns einen neuen Dad geschenkt. Er hatte uns allen eine Familie gegeben. Als die beiden ihre Gelübde wiederholten, wichen die Wolken von der Sonne, und Henry und ich sahen gleichzeitig zum Himmel hoch in das Licht, das durch die Blätter gefiltert wurde und sich um uns herum ausbreitete. Henry zwinkerte mir zu, und ich wusste, dass wir dasselbe dachten. Willie Dean, Addy und Rose lächelten.

EPILOG

*I*ch blicke aus dem Fenster des Autos und nehme die Bilder in mich auf, die sich im Laufe der Jahre so sehr verändert haben. Mein Sohn fährt langsam an Henrys einstigem Laden vorbei, und ich drehe mich in meinem Sitz um, damit ich während des Vorbeifahrens alles besser sehen kann. Stöhnend schüttele ich den Kopf. Im Schaufenster verkündet ein Neonschild, dass man sich hier die neuesten Videos ausleihen kann. Die Zapfsäule ist längst durch zusätzliche Parkplätze ersetzt worden, und die Hollywoodschaukel auf der Veranda ist verschwunden. Mein Enkel Caleb kreischt in seinem Kindersitz, und ich drehe mich um und spiele mit seinen Füßen. Er ist mein fünfter Enkel.

Mein Mann Al und ich haben drei Kinder, zwei Mädchen und einen Jungen. Al lebt im Ruhestand, früher hat er für die Stromgesellschaft der Stadt gearbeitet, in der wir wohnen. Sie liegt gut sechzig Kilometer vor den Toren von Atlanta. Wir sind seit vierundvierzig Jahren verheiratet.

John wohnt im Nordosten von Ohio, nur zwanzig Minuten von Tante Dora entfernt, die tatsächlich einen Mann im Bus kennen gelernt hat. Sie heirateten und haben vier Kinder, elf Enkelkinder, und demnächst erwarten sie den vierten Urenkel. Inzwischen ist sie vierundachtzig, und sie liebt es noch immer, nichts ahnende Kinder zu küssen. John hat ein paar Jahre beim Militär verbracht, bevor er Maschinist in einer Fabrik wurde. Er und Edie haben zwei Kinder und fünf Enkel, und obwohl er sich als Kind jedes

Frühjahr über die Gartenarbeit beschwert hat, bestellt er, ohne zu jammern, seinen Garten und baut die herrlichsten Tomaten an, die ich je gesehen habe.

Will Henry war ein süßes Baby, und ich habe mich oft gefragt, wie unser Zuhause wohl ohne ihn gewesen wäre. Er ließ sich in Knoxville nieder und hat zwei Kinder mit seiner Frau. Sie erwarten jeden Tag ihr erstes Enkelkind.

Meine Eltern – Joe war vom Tag der Hochzeit mit meiner Mutter an »Dad« für uns – hatten noch zwei Kinder miteinander: David und Paul. Und obwohl ich heiratete und mein Zuhause verließ, als sie beide noch kleine Jungen waren, sind sie wunderbare Brüder gewesen. Sie wohnen mit ihren Familien in Nashville und Kentucky.

Milo ist am dichtesten bei unserem Zuhause geblieben. Er hat eine Frau namens Clara geheiratet und sich in Greeneville niedergelassen, wo er als Versicherungsregulierer arbeitet. Er hat vier Kinder und sieben Enkel. Milo ist Willie Dean wie aus dem Gesicht geschnitten, eine seiner Töchter sieht genauso aus wie Addy damals im Sommer 1947. Er besucht unsere Eltern häufig, und wir unterhalten uns mehrmals pro Woche darüber, wie es ihnen geht. Er brauchte Jahre, bis er aufhörte, Mama »Ma'am« zu nennen, und damit begann, sie mit »Mutter« anzusprechen. Das tut er noch heute.

Als Heranwachsende wusste ich, dass das Leben für ihn zuweilen schwer war. In diesen Phasen lief er fort, um irgendwo mit sich allein zu sein. Er sagte Mama aber stets, wohin er ging. Er stieg dann die Berge hoch oder setzte sich an den Bach. Ich glaube, dass er in solchen Momenten versuchte, das Gesicht seines Daddys zu sehen oder das Lachen seiner Mutter zu hören.

Meine Mutter hielt das Versprechen, das sie Addy gegeben hatte, und liebte Milo wie einen eigenen Sohn. Sie behandelte ihn nie besser oder schlechter als uns Übrige. Wenn wir unterwegs waren und jemand Milo sah und wissen wollte, wer er war, sagte sie einfach: »Er ist mein Sohn.« Und sie meinte es so.

Mama und Dad sind jetzt alt. Meine Mutter hat Arthritis, aber sie macht sonntagmorgens noch immer Kartoffelgebäck zum Frühstück. Nachdem ich fortgegangen war, arbeiteten Dad und die Jungs auf der Farm, aber Dad nahm zusätzlich eine Stelle als staatlicher Landvermesser an, um die Rechnungen bezahlen zu können. Vor siebzehn Jahren ist er in den Ruhestand getreten.

Meine Großmutter Helen starb, als ich siebzehn war, und Großvater Del starb zwei Jahre später, in dem Jahr, in dem ich heiratete. Mama und Dad zogen darauf in das Cannon-Haus, wo die Jungs dann erwachsen wurden. Es war während dieses Umzugs, dass ich all die Briefe fand, die mein Vater aus Morgan Hill erhalten hatte, als er in Übersee war. Ich sah die Briefe durch und hielt inne, als ich meine eigene unbeholfene Handschrift erkannte.

Lieber Joe,
ich hoffe, es geht Dir gut. Hier ist es heiß. Ist es dort heiß? Was isst du dort? Gestern Abend haben wir Bohnen und Maisbrot gegessen. Also, tschüss.
Deine Freundin Jane

Ich griff nach einem weiteren Stapel Briefe und fand einen, der zu einem winzigen Viereck zusammengefaltet war. Vorsichtig öffnete ich ihn, damit die Falten nicht einrissen.

Ich sah auf die Unterschrift. Er stammte von meiner Mutter und war ein Jahr nach Joes Abreise verfasst worden.

Joe,

ich hoffe, Dir geht es gut, und Du hast es warm. Gloria B. hat ein Baby bekommen, ein Mädchen, das sie Hope genannt haben. Hubert J. ist gestorben. Er ist vierundsiebzig geworden. Sonst gibt es nicht viel Neues. Uns geht es gut hier. Jane ist jetzt vier, und John ist fast zwei. Es sind brave Kinder. Ich wünschte, ich könnte mehr für sie tun, aber ich habe meine Hände mit so vielen Dingen voll. Ich kann nicht auf das zurückblicken, was hätte sein können. Sie brauchen eine Mama. Ich hoffe, Du isst gut. Meine Gedanken sind oft bei Dir, und ich bete viel für Dich.
Herzlichst, Fran

Ich strich mit meinen Fingern über das dünne Papier, und meine Augen füllten sich mit Tränen. Er musste den Brief zusammengefaltet und ihn während des Krieges in seiner Tasche getragen haben. Er hatte sie immer geliebt.

Ich stöberte in einer anderen Schachtel und fand all die Medaillen, die er erworben hatte, und die Briefe von dankbaren Eltern oder Ehefrauen, die ihren Sohn oder Mann im Krieg verloren hatten. Ich vertiefte mich in die Briefe und versuchte, mir meinen Dad in Übersee vorzustellen. Ich kann mich noch immer daran erinnern, wie er aus dem Krieg heimkehrte, und an den ersten Sonntag, an dem er wieder in die Kirche kam. Ich fand nicht, dass er etwas Heldenhaftes an sich hatte, aber da war ich im Irrtum. Die Medaillen auf dem Boden der Schachtel bewiesen, dass er ein Held war, nur hatte niemand es je erfahren. Er wollte es so.

Ich durchsuchte die Schachtel weiter und fand Zeitungsartikel, die Helen aufbewahrt hatte, und ein Dokument des Kriegsministeriums. *Drei Schusswunden.* Ich las weiter. *Ungewöhnliche Tapferkeit. Kampf in der Normandie.* Wir hatten bei Henry im Radio von der Normandie gehört, aber nie daran gedacht, dass Dad dort gewesen war. Ich brachte Dad, der in einem anderen Zimmer beim Packen war, die Schachtel. John und Milo und die Jungs versammelten sich darum und betrachteten die Medaillen. Dad schwieg, als er die Briefe durchblätterte.

Er hatte das Purple Heart und die Ehrenmedaille des Kongresses erhalten, aber selbst diese Würdigungen hatte er in die Schachtel gelegt. Ich fragte Dad, ob ich die Medaillen und Briefe nach seinem Tod haben dürfe, und er gab sie mir noch am gleichen Tag. »Ich muss die Briefe nicht noch einmal lesen«, sagte er. »Ich weiß, was darin steht. Ich habe mich immer daran erinnert.«

All die Jahre hatte ich mir Dad nie als Kriegshelden, vorgestellt, aber ich habe ihn stets deshalb als heroisch empfunden, weil er uns alle bei sich aufgenommen hat. Das war ungewöhnliche Tapferkeit. An jenem Tag wurde mir klar, dass er in jedem nur denkbaren Sinn ein Held war. Er ist der tapferste Mann, der mir je begegnet ist.

Ich werfe einen Blick an den Ort, wo einst das Haus von Henry und Loretta stand. Jemand hat es abgerissen und zwei zweistöckige Wohnungen an seine Stelle gebaut. Im Jahr 1980 wurde Henry schwer krank. Eines Tages klingelte das Telefon, während ich gerade das Geschirr spülte.

»Wenn du ihn noch mal sehen willst, kommst du am besten sofort«, sagte Loretta. Ich rief Al an und bat ihn, unser jüngstes Kind von der Schule abzuholen. Dann sprang ich ins Auto.

Bitte lass mich noch rechtzeitig ankommen, betete ich. *Bitte lass mich ihn noch ein letztes Mal sehen.* Ich fuhr auf den Krankenhausparkplatz in Knoxville und rannte die Treppen zu Henrys Zimmer hoch. Mama, Dad, Loretta und Henrys Kinder waren im Flur.

»Er hat seit zwei Tagen nicht mehr reagiert«, sagte Loretta. »Nur damit du dir keine falschen Hoffnungen machst.«

Ich nickte und betrat das Zimmer. Einen Monat zuvor hatte Henry einen Schlaganfall erlitten. Es hatte den Anschein, als gehe es ihm wieder gut, bis ihn vier Tage zuvor ein Herzinfarkt erneut ins Krankenhaus brachte. Ich ging zu seinem Bett und betrachtete ihn. Sein sechsundachtzigjähriges Gesicht war von Falten durchzogen, und die Haut an seinen Händen war dünn und vom Alter gezeichnet. Ich schob meine Hand unter seine und hielt sie fest. Tränen liefen mir über das Gesicht. Ich beugte mich dicht an sein Ohr. »Ich bin da, Henry.«

Seine Augen öffneten sich flatternd. »Hey, meine Hübsche.«

Seine Stimme erschreckte mich, und ich lachte. Tränen rollten über meine Nase, und ich wischte sie mit dem Handrücken fort. »Was glaubst du, wohin du gehst?«

»Zum Angeln.«

Ich umfasste seine Hand mit beiden Händen. »Klingt langweilig.«

»Du hast noch nie im Himmel geangelt. Die Fische

springen einfach aus dem Wasser und lächeln dich an.« Ich lachte und weinte gleichzeitig. »Wo ist das Buch, das du schreiben wolltest?«

Ich schüttelte den Kopf. »Ich bin inzwischen zu alt. Ich weiß noch nicht einmal, worüber ich schreiben soll.«

»Schreib doch einfach über die Dinge um dich herum. Und falls ich darin vorkomme, dann vergiss nicht, jedem zu erzählen, was für ein gut aussehender Mann ich bin.«

Ich nickte, und Tränen tropften auf sein Bett. »Ich wünschte, dass du dableiben würdest, damit du es sehen kannst.«

Er drückte meine Hand. »Ich werde es sehen, meine Hübsche. Mach dir darüber mal keine Gedanken.«

Ich beugte mich vor und küsste sein Gesicht. »Danke, Henry. Du bist für mich der Vater gewesen, den ich nicht hatte ...«

Er versuchte, mir erneut die Hand zu drücken, aber ihm fehlte die Kraft. »Das Glück war auf meiner Seite, meine Hübsche. Immer wieder.«

Loretta hatte mich gebeten, bei Henrys Beerdigung die Grabrede zu halten. Die Kirche war brechend voll.

»Als ich ein kleines Mädchen war«, begann ich, »war mein bester Freund ein über fünfzigjähriger Mann namens Henry Walker. Und ich weiß nicht, was ich ohne ihn gemacht hätte. Er konnte nicht Nein sagen, und möglicherweise haben das ein paar Menschen ausgenutzt. Er war nicht gerade der größte Geschäftsmann der Welt; er machte viele Dinge falsch. Aber er machte noch erheblich mehr Dinge richtig. Er bot jedem in seiner Umgebung seine Freundschaft und Güte an, und durch ihn wurde

Morgan Hill zu einer Gemeinde der Hoffnung für alle, die hier wohnten. Neben seiner Registrierkasse hatte er ein Zitat angebracht, das lautete: ›Charakter zeigt sich daran, wie du Menschen behandelst, die nichts für dich tun können.‹ Ich habe Henry einmal gefragt, was dieser Satz bedeutet, und er sagte: ›Ich glaube, das bedeutet, dass man sich einfach um die Menschen kümmern muss.‹ Und das tat Henry. Jeden Tag. Er hat sich um andere gekümmert und sein Leben für sich sprechen lassen, so einfach wie die Vögel in den Lüften und die Lilien auf dem Felde.«

Ich erzählte noch einige meiner Lieblingsgeschichten über Henry, und alle lachten. Ihm hätte das sehr gefallen. »Du hast den Kampf des Guten gekämpft, Henry. Du hast den Glauben behalten, das Rennen mit Würde und Redlichkeit ausgeführt und es jetzt beendet.« Ich sah in die Gesichter von Freunden und Verwandten und lächelte. »Ich bin dankbar. Ich bin dankbar für einen Mann namens Henry, den Gott an einen Ort namens Morgan Hill geschickt hat.«

Als ich neun Jahre alt war, träumte ich davon, zu einer richtigen Familie zu gehören, und dieser Traum ist wahr geworden. Es war nicht leicht, einen schwarzen Jungen in einem weißen Zuhause aufzuziehen, aber wir gaben unser Bestes. Wir kämpften und stritten miteinander und brachten einander manchmal zur Weißglut, aber wir haben alle überlebt. Mir gefällt der Gedanke, dass wir vielleicht gerade deshalb Erfolg hatten, weil wir lernten, uns aufeinander zu verlassen und auf Gott. Es gibt noch mehr Geschichten zu erzählen, aber das überlasse ich Milo und John.

Mein Sohn Aaron biegt in die Auffahrt ein, und ich kann Mama und Dad auf der vorderen Veranda sitzen sehen. Dad erhebt sich, als er das Auto sieht, und winkt. Mama geht vorsichtig zu den Verandastufen und wartet dort auf uns. Aaron hebt die dreijährige Ashley aus ihrem Kindersitz, und ich schnalle einen schreienden Caleb aus seinem los.

»Meine Güte! Was soll denn das Geschrei?«, frage ich und küsse sein Gesicht.

»Ist das das neue Enkelchen?«, fragt Mama und geht auf uns zu.

»Ja, und er ist kein Winterkürbis.« Ich umarme meine Mutter und überreiche ihr Caleb.

»Was für ein hübscher kleiner Kerl! Sieh mal, wie hübsch er ist, Joe.«

Dad streicht mit seinen rauen Fingern über Calebs Gesicht, und er lächelt zu ihnen hoch. »Du kannst mich Pap nennen. All die anderen Enkelchen tun das auch.«

Aaron überreicht Mama eine Karte. »Herzlichen Glückwunsch zum Muttertag, Großmutter. Ich möchte dir etwas schenken, darum dachte ich, dass wir nach Greeneville fahren können, da kaufe ich dir etwas zum Anziehen.«

Sie schüttelt den Kopf. »Ich brauche nichts. Ich habe dieses neue Enkelchen. Das ist alles, was ich will.«

Ich gebe ihr einen Blumenstrauß. »Der ist von Al. Wir haben ihn in der Privatklinik in Greeneville abgesetzt, damit er seine Mutter besuchen kann. Milo holt ihn später zum Essen ab und bringt ihn dann zusammen mit seiner Familie her.«

»Wie geht es Alvin?«

»Gut, Mama.«

Alvin Dodson ging nach seinem Highschoolabschluss zwei Jahre zur Armee, und als er nach Morgan Hill zurückkam, war aus ihm ein anderer Mensch geworden. Er war jetzt ein Mann. Ich konnte ihn nicht mehr mit dem kleinen Jungen in Verbindung bringen, der mir Kletten ins Haar geworfen hatte.

Mama und Dad sind mit dem Baby beschäftigt, Caleb strampelt lächelnd mit den Beinen. Glücklich beobachten sie ihn. Aaron spielt mit Ashley im Hof, sie greift nach seinen Händen und steigt an seinen Beinen empor. Vor meinem geistigen Auge sehe ich noch immer, wie Willie Dean an dem Tag, an dem ich ihn kennen lernte, Rose auf seine Schultern hob. Ashley klettert, so hoch sie kann, und Aaron wirft sie in die Luft. »Heb mich höher, Daddy.« Er hebt sie höher, und sie streckt ihre Arme zum Himmel aus. »Höher, Daddy. Heb mich höher, damit ich die Engel berühren kann.« Er setzt sie auf seine Schultern, und ich lächele. Als ich ein Kind war, musste ich mich nie auf die Schultern von irgendjemandem stellen, um die Engel um mich herum zu berühren.

Sie waren stets in Reichweite.

Für alle, die sich wieder darauf besinnen wollen, worauf es wirklich ankommt.

Donna VanLiere
DIE WEIHNACHTSSCHUHE
Eine kleine Geschichte
mit einer großen Botschaft
160 Seiten
Gebunden als Halbleinenband
ISBN 978-3-431-03327-4

Ein unglücklicher kleiner Junge, der die schönsten Schuhe der Welt für seine todkranke Mutter sucht, ein verdrossener Anwalt, der alles im Leben hat und eigentlich nichts – ungleiche Helden, die am Heiligen Abend unter ungewöhnlichen Umständen aufeinander treffen – eine Begegnung, die beider Leben für immer verändern wird. »Die Weihnachtsschuhe«, eine Erzählung, die auf dem gleichnamigen Weihnachtssong basiert, der monatelang auf Platz eins in den amerikanischen Charts stand und eine riesige Nation zu Tränen rührte, ist ein bezauberndes kleines Buch, dessen große Botschaft sofort in das Herz des Lesers geht – nicht nur zur Weihnachtszeit.

Ehrenwirth

»Wenn Sie Beziehungsrat mit nostalgischem Flair suchen, ist das HANDBUCH FÜR VERLIEBTE *die erste Wahl.«* WASHINGTON POST

Abigail Grotke
HANDBUCH FÜR VERLIEBTE
Guter Rat vom ersten Kuss
bis zum Altar
Deutsche Erstausgabe
316 Seiten
Sonderausstattung
ISBN 978-3-431-03749-4

Von Vorspiel bis Verlobung, von Flirt bis Flitterwochen: Dieses Buch versammelt die besten Tipps aus Liebesratgebern der letzten hundert Jahre. Es enthält unverblümte Hinweise, praktische Anregungen und Antworten auf brenzlige Fragen wie:

Was kann ich tun, um begehrenswert zu sein?

Welches Balzritual macht am meisten Spaß?

Warum ruft er nicht an?

Wie sehr liebt er mich?

Machen Sie das Beste aus Ihrem Liebesleben. Der Weg zum Altar ist bisweilen hart und steinig!

Ehrenwirth

Werden Sie Teil der Bastei Lübbe Familie

- Lernen Sie Autoren, Verlagsmitarbeiter und andere Leser/innen kennen
- Lesen, hören und rezensieren Sie unter www.lesejury.de Bücher und Hörbücher noch vor Erscheinen
- Nehmen Sie an exklusiven Verlosungen teil und gewinnen Sie Buchpakete, signierte Exemplare oder ein Meet & Greet mit unseren Autoren

Willkommen in unserer Welt: www.lesejury.de